화보/부록 · 1 / 내 고향 강원도 구철원 전쟁의 땅

* 강원도 구철원 최전방 '통일 기원 망향비'가 외로이 홀로 서있다.

* 철마는 꿈을 싣고 달리고 싶다(철원군 월정리 역). 사진은 왼편이 저자 유용수.

*강원도 구철원읍 조감도(광복 당시).

*6·25때 미 제트기 폭격으로 뼈대만 남은 강원도 구철원역 어느 콘크릿 건물앞에서 6·25참전 전우들이 모여 김봉건 대령과 함께 기념 촬영(중앙이 저자 유용수).

Hail

**Brigadier General Jeffrey L. Gidley
Commanding General
April 2002**

＊1950. 6·25. 한국 전쟁 당시 참전 미 제40사단 사단장(예비역).(저자의 소설 중 동부 전선 강원 인제 편에 나오는 소설 소재 내용 참조.).

Farewell

**Major General Peter J. Gravett
Commanding General
July 1999 to April 2002**

*1950. 6·25. 한국 전쟁 당시 참전 미 제40사단 사단장(예비역).(저자의 소설 중 동부 전선 강원 인제 편에 나오는 소설 소재 내용 참조.).

*6·25. 당시 미 제40사단 사단장(좌) 피터 제이 그래벳(Peter J. Gravett)과 시인 유용수(우).

*베트남 전쟁을 그린 그림 엽서 중에서.

* 북한 마을 입구에 세워진 아치 — '환영 대한민국국 입성' (6·25때 강원도 철원 국군 선발대가 북진해 들어갔을 때).

*6·25 전쟁 때 섣달 추운 겨울 밤새 눈내린 다음날 국군 '3점 5인치 바즈카 포' 조원 병사들.

*6·25 한국 전쟁에 유엔 군으로 참전한 미군 병사들이 지친 몸을 이끌고 일선 고지로 이동하고 있다.

"한국전은 모든 미국인이 싸웠던 마지막 전쟁"

* 6·25 한국 전쟁(1950. 6. 25.~1953. 7. 27.) 때 일선 지역을 순찰하는 맥아더 장군.

미국의 유명 언론인 제임스 브래디(75)가 지난 5일 해병대 소대장으로 한국전에 참전했던 경험과 지난 2003년 비무장 지대를 다시 찾은 감회 등을 담담한 필체로 엮은 책, '세계에서 가장 무서운 곳'을 펴냈다.

저자 브래디는 이미 뉴욕 타임스 베스트 셀러인 '가을의 해병' '냉전: 한국의 추억' 등 한국전을 다룬 3권의 회고록을 낸바 있어 한국 독자들에게도 친숙한 편.

그는 참전 당시 한국전의 의미, 최근 한국 사회 내 반미 정서 등을 솔직하게 전달하면서 자신은 한국전을 통해 해병대와 전우에 대한 사랑을 배웠다고 전했다.

브래디는 책에서 "3년간의 한국전에서 미군 3만7천명이 숨졌다. 매달 1천명씩 죽은 셈이다. 이라크전 때는 지난해 9월을 기준으로 18개월간 1천명이 죽었다"고 언급하면서 "한국전은 부자건 가난뱅이건, 하버드 졸업생이건 고교 중퇴자들이건, 카우보이건 목장주의 아들이건 모든 미국인들이 싸웠던 마지막 전쟁이었다"고 회고했다.

그러나 최근 한국 내에서 높아져가는 반미감정이 주한 미군들에게 악영향을 미치고 있다며 아쉬움을 나타냈다. 그는 곧 한국을 떠나는 주한미군의 예를 들며 "주한 미군들은 더 이상 지하철을 타지 않는다. 한국인 중 주한미군에게 침을 뱉는 사람들도 있다. 한반도에 지금과 같이 한미관계의 긴장감이 높았던 때가 없다."라고 말했다.

외신종합

* 6·25 때 해병대 소대장으로 참전했던 미 언론인 제임스 브래디(75)가 2003년 비무장 지대를 다시 찾아보고 엮은 '세계에서 가장 무서운 곳' 이란 책의 기사를 소개한 '외신 종합' 기사.

*2000. 6. 9. 재미 한국 6·25 참전 동지회 김봉건 회장과 함께 저자가 1951년 총살형을 받고 아군들과 갇혀있던 철원 지역 북한 정치 보위부 '새우젓고개' 제1·2·3 아군 포로 감옥을 찾았다. 미 무명 조종사 공군 대위와 저자가 같은 방에 갇혀있던 제1감옥을 들러보고나오는 김 회장. 우측으로 제2·3감옥이 보인다.

*'새우젓고개' 제1·2·3 시멘트 지하 감옥은 구철원 옛수도국 물 탱크였다. '철원 새우젓고개'에서 유엔 군 사령부 단 크랍 대령(중앙)과 비서장 중령, 통역 임 소령(중앙) 및 저자(왼편에서 두 번째)와 김봉건 회장(왼편).

*1951. '새우젓고개'에 있던 북한 정치 보위부 본부 지하 사무실이자 취조실. 2000. 6.9. 현장을 둘러보는 김봉건 회장(오른편)과 단 크랍 대령·저자·비서장·임 통역관 등.

*2000. 6.9. 철원 '새우젓고개' 물 탱크 감옥에 갇혀있다 굶어죽은 무명 미 공군 대위 조종사 무덤을 찾고있는 유엔 군 사령부 측 조사단과 김봉건 회장 및 저자 유용수 시인.

* 2000. 6. 강원도 구철원읍 관전리 '새우젓고개' 산골짜기에서 무명 미 공군 조종사 유해 발굴 현장 취재를 나온 '종합 통신' 기자. 뒤로 발굴 작업 단원들이 보인다.

* 2006. 6.3. 6·25때 미 공군 제트 기 폭격에 뼈대만 남은 북한(철원 지역) 로동 당사 건물(소련인 설계 건축) 잔해 정문 계단위에서 미군 하와이 유해 발굴 책임자 소령(중앙)과 함께 저자(지팡이 짚은이) 및 관계자들과 기념 촬영.

49년전 미군포로 시체 묻었던 유용수씨
미국방부 요청으로 유해발굴 한국간다

한국전쟁 당시 북한군 정치범 수용소에서 미군 포로의 시체를 묻었던 한인이 미 국방부의 요청으로 49년만에 유해발굴을 위해 본국에 간다.

LA에 거주하는 유용수(67·사진)씨는 지난 51년 한국전 당시 인민군 징집을 피해 토굴 속에 숨어 있다가 발각돼 철원군 노동당사 근처의 정치범 수용소에 갇혔는데 이 때 같은 방에 있던 미군조종사를 만나게 됐다.

그 조종사는 음식을 잘못 먹어 사망했고 유씨는 간수와 함께 이 미군의 시체를 수용소 인근에 묻었다. 그후 유씨는 북한군에 의해 북으로 압송되던 중 탈출해 70년대에 파라과이로 이민갔으며 다시 87년에 미국에 정착했다. 현재는 은퇴해 문필활동을 하면서 생활하고 있다.

미국에 왔어도 이 포로의 시신을 찾겠다는 생각은 그의 머리를 떠나지 않았다.

"꿈에서도 그의 목소리가 들리는 것 같았어요. 이국 땅에서 허망하게 숨져간 그 조종사의 시신이라도 찾아서 가족에게 돌려주는 것이 제가 죽기전에 반드시 해야 할 일이라고 생각했습니다."

시신을 기필코 발굴하겠다는 그의 의지가 구체화 된 것은 지난 98년 5월 남가주 미수복강원도민회장의 자격으로 한국을 방문했을 때였다.

그는 한국주둔 미군당국에 시신을 묻었던 사실을 알리고 발굴에 도움을 줄 것을 요청했다. 처음에 미군 당국은 50여년이 지난 일이어서 그다지 적극적인 태도를 보이지 않았다가 유씨가 기억을 더듬어 말하는 시체를 묻은 장소가 정확하고 당시 미군 조종사가 실종됐다는 기록도 나와 구체적인 발굴계획을 세우기에 이르렀다.

그러나 상황이 여의치 않아 유해발굴을 못하다가 얼마전 유씨는 미 국방부로부터 하와이 유해발굴부대(CILHI)와 함께 메모리얼 데이인 29일 한국으로 갈 것을 요청받았다.

유씨와 부인의 경비는 미 국방부가 모두 제공하기로 했고 시민권을 받은지가 얼마되지 않아 미국 여권이 없는 유씨에게 국무부는 이례적으로 하루만에 여권을 발급해 주었다.

다음달 초부터 유해발굴 작업에 들어간다는 유씨는 "시신을 찾게 되면 평생동안 가슴에 앙금처럼 남아있던 짐을 덜게 될 것"이라고 말했다.

김완신 기자
〈kwsn@joongangusa.com〉

*2000. 5. 23. 엘에이(L.A.) '중앙 일보'에 김완신 기자가 쓴 유해 발굴에 관련된 저자의 기사.

한국 (한국일보)

"제가 묻은 美軍 찾고싶어요"

■ 재미동포 유용수씨

北학도병 탈출하다 붙잡혀

함께수감 미군 사망 매장

美유해발굴단과 함께 입국

재미교포 유용수(67·로스앤젤레스 거주)씨가 49년전 자신의 손으로 묻었던 미군포로 유해를 찾기 위해 29일 한국을 방문한다.

유씨는 1951년 4월 강원도 철원고 급중·고교 3학년때 북한인민군 학도병으로 징집돼 평양으로 가다 기차역에서 탈출. 총살령을 받았으나 담임선생 등의 호소로 총살을 면하고 포로수용소에 갇히는 신세가 됐다.

유씨는 인민군 고사포를 맞고 추락한 미 공군 대위(조종사)와 함께 같은 방에 수용됐으나 이 미군 포로는 다른 수감자가 면회 후 가져온 미숫가루를 손바닥에 놓고 들이키다 질식사했으며 간수와 함께 그의 시신을 수용소 인근 '새우젓 고개'에 파묻었다.

그후 유씨는 한시도 이 미군 조종사를 잊은 적이 없다고 말했다.

유씨는 "당시 이름을 들었으나 기억이 나지 않는다"며 "그러나 미군포로는 군번표를 목에 걸고 있었으며 내 옆에서 쪼그리고 앉아 죽었고 내 삽으로 땅을 파 묻었다"고 술회했다.

유씨는 "미국에 와 10년동안 사회보장혜택 등을 받으면서 나 혼자 편안히 살고있음을 생각할 때 어떻게 해서라도 미군의 시신을 찾아 유족들에게 돌려줘야 한다고 생각해왔다"고 말했다.

유씨는 98년 5월 남가주 미수복 강원도민회장으로 한국을 방문했을 때 주한미군 당국에 시신을 묻었던 사실을 알리고 발굴에 도움을 줄 것을 요청했다. 미군당국은 오래전의 일로 신빙성이 없다고 보고 유씨의 말에 귀기울이지 않았다.

그러던 중 유씨는 19일 미 국방부로부터 하와이 유해발굴부대(CILHI)와 함께 29일부터 6월2일까지 미군 유해발굴작업에 참여해달라는 요청을 받았다. 미 국무부는 국방부의 요청에 따라 미국 여권이 없는 유씨에게 하루만에 여권을 발급해줬다.

시작(詩作)으로 소일하고 있는 유씨는 "마치 과거시험을 보러 가는 것처럼 가슴이 떨린다"며 "이번 발굴작업으로 미군포로 유해를 꼭 찾을 수 있길 기대한다"고 말했다.

／로스앤젤레스=연합

* 2000. 5. 29. '한국 일보'에 실린 저자에 관한 '로즈엔질리즈=연합'발 기사.

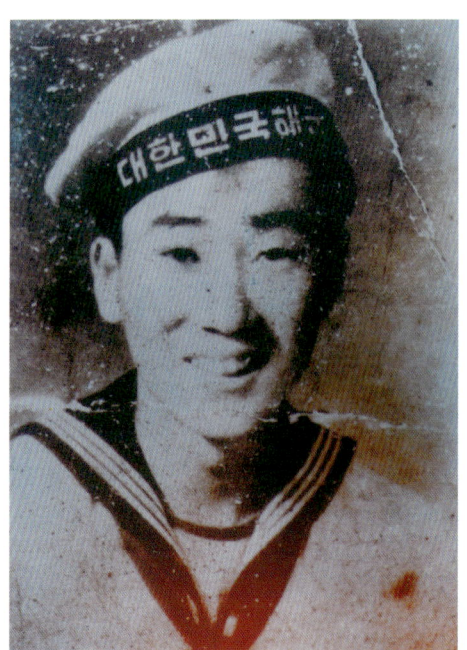

＊대한 민국 해군 제32기생(군번 5110379) 유용수(22세) 시인.

＊얼룩무늬 군복차림에 훈장을 착용한 80대 노병 柳龍秀 시인.

＊80대 노병 유용수(YOUNG S. YOO WAR : 柳龍秀) 시인.

* 2002. 12. 해군 출신 유용수 시인(중앙)이 한국군 순양함이 엘에이 롱비치 항에 정박했을 때 환영차 방문하고, 해군 사관 생도들과 기념 촬영. 늠름한 미남 사관 생도들이 자랑스러워 보인다.

*미국 워싱턴 소재 '한국 전쟁 참전 용사 기념 공원'에서 휠체어를 타고 '살아있는 기념 공원 조각상'을 바라보며 눈물을 흘리고 있는 유용수 시인의 모습.

*유용수 시인이 미국 워싱턴 소재 '살아있는 기념 공원 조각상' 앞을 거닐며(뒤에서 아들이 휠체어를 밀어준다.).

*1995. 2. 28. 가수 남진(좌)이 엘에이(L.A.)에 와서 '엘에이 케이에스시아이'(L.A. KSCI) 티뷔 '자니윤 쇼'에 출연했을 때 유용수 시인(우)과 함께. 유 시인은 1970년 동두천 '유한 극장' 총무 부장으로 '남진 쇼'를 기획해서 '대 만원 사례'를 써붙인 바 있다.

＊가수 이미자 얼굴 이모저모.

＊1998. 가수 이미자가 엘에이에 왔을 때…. 1970년도 유용수 시인이 동두천 '유한 극장' 총무 부장으로 있을 때 '이미자 쇼'를 기획 유치해 '대만원 사례'를 붙인 적이 있다.

* 1947. 7.15. 북한 철원 제일 인민 학교 광복 이후 6학년 1반 제2회 졸업생 기념 사진. 저자(유용수) 얼굴도 이 사진속에 들어있다.

*강원도 철원 관내 고교 동창생 출신들로 모인 '금하회' 회원들. 홍종호 함영배 김경환 김고명 고경환 이근수 이세강 박청강 이현용… 동창들 모습이 훈훈하다.

* 저자 유용수 시인(철원 중고)과 동창생 박승구 및 강원 철원 고급 중학교(북한 시절) 김병철 군 등과 함께….

* 강원도 철원 고등 학교 동창 기념 사진. 양승모 장학량 김고명 이근수 김상묵(철원 금학회 회원) 김병철 제군들….

**2003. 5.10. 김봉건 박사·김혜성 박사·유용수 명예 문학 박사(중앙)·미 박사·존 박사·미 목사 박사 들과 함께….

*2003. 5.10. 앞줄 오른편부터 남정숙 영문학 박사·유용수 명예 문학 박사 그리고 미국인 박사와 김혜성 박사…최종배 석사…와 함께.

* 1999. 6. 24.(목) 19:00, 재미 시인 협회 주최 조옥동(기념패 든 이) 시인 '여름에 온 가을 엽서' 출판 기념회에서 유용수 시인(뒷줄 오른편 첫째)과 강언덕 시인, 정진엽 시인, 전달문 시인(앞줄 중앙)·조만연 시인·박송희 시인, 김영중 수필가(앞줄 왼편 첫째)···제씨들과 함께 기념 촬영.

*오른편 뒷줄 첫째가 유용수 시인, 둘째 황후연 시인, 앞줄 오른쪽 첫째가 전덕문 시인, 둘째 조우독 시인…, 조만연 수필가, 김영중 수필가(옆줄 수필가(S운 왼편에서 두 번째)…전정미 소설가·이정아 수필가, 그리고 엘에이(LA) 문인 협회 회원들과 함께.

天 山 소설선 [2]

유 용 수 체험 전기 소설

고향 철원 실버드나무꽃 한 쌍

한기 *10950*
한웅기 *5911*
단기 *4346*
동이공기 *2564*
남방불기 *2557*
서기 *2013*

도서
출판 天 山

고향 철원 실버드나무꽃 한 쌍

유용수 체험 전기 장편 소설

上元甲子
8937
+2013
10950
5911
4346
2564
2557
2013
도서출판 天山

〈지은이의 말〉
이야기를 끝내면서
── 체험 전기 소설 '고향 철원 실버드나무꽃 한 쌍'을 내기까지

'고향 철원 실버드나무꽃 한 쌍'이 제목인 이장편 소설을 출판하면, 단편 소설 '어머니들은 남미에서 울지않았다'와 함께 자전 소설의 연결고리가 서로 이어지게 됩니다. 시집으로는 '무궁화꽃' '이산 가족의 눈물' '아버지의 사랑도 출판했습니다.

우리 가족은 남미 파라과이로 첫이민을 했습니다. 그곳 아순시온 시에서 보따리 의류상과 수퍼마킷을 운영하면서 12년 간을 살았습니다. 우리 가족은 열심히 노력했습니다. 거기서 장사를 해 나오는 돈으로 자녀들 교육까지 시켰습니다. 아들딸들이 낯선 이국땅에서 학교를 잘 다니며 공부 잘 하고 모두 잘 자라 주었습니다. 지금 생각해도 참 고마운 일입니다.

큰딸 희숙이는 아순시온 프로비덴사 천주 교단 고등 학교를 졸업한 후 아버지가 운영하는 수퍼마킷 일을 도와주고 있다가 혼청이 있어서 훌륭한 청년과 결혼해 캐너더 토론토로 이주해가서 살고있습니다. 그리고 큰아들 충렬이는 미국 애틀런터에 있는 조지어 데크 유니버스티에서 건축공학을 전공한 후 탁월한 성적으로 졸업했습니다. 그후 곧 결혼도 하고, 현재 잘 살고 있습니다. 둘째아들 충성이는 빌라델비어에서 결혼 후 행복하게 살고있습니다. 막내딸 희경이는 조지어 애틀런터에 있는 조지어 스테이트 주립 대학에서 회계학을 우수한 성적으로 전공한 뒤 역시 회

계학을 전공한 모범 청년과 결혼했습니다. 지금은 엘에이(LA)에서 부부 공인 회계사로 일하며 잘 살고 있습니다.

우리 내외도 아들딸들이 다 미국으로 진출하자 가게를 정리하고 캘리포니어로 올라가 노후 생활을 무난하게 잘 하고 있습니다. 돌아보면 참말 아무것도 아닌 삶을 살아온 것같은데, 그간 고생도 많았고, 눈물도 많았습니다. 나그네의 삶이라 그런 것이었습니다. 생존에 목을 매고 앞만 보며 달리다보니, 어느새 세월은 걷잡을 수 없이 흘러가버렸습니다. 요즘은 그저 하느님에게 고마운 마음가짐으로 하루하루 즐겁고보람있게 지낼 뿐입니다.

지금은 엘에이(LA) 노인 어파트에서 아내와 함께 노후를 무난하게 보내고있습니다. 또 자식들이 우리뜻에 어긋나지않게 잘 살고 있으니, 이 모두 하느님께 고마운 기도 드릴 일입니다.

이민살이 30년에 가진 것은 별로 없지만, 그동안의 떠돌이삶에서 지난 날 얻은 인생 체험은 오히려 나의 속사람사랑을 더 풍요하고넉넉하게 만들어주었습니다. 하느님께서 부족한 이늙은이에게 호랑이같은 용맹과 희망과 지혜를 주어 늘그막에 늦깎이로나마 소설과 시를 쓰게 해주었습니다. 또 고맙고고마운 일이지요.

이글을 쓰도록 용기와 격려를 아끼지않은 아내와 아들딸들, 그리고 조카들, 특히 희숙 내외, 충렬 내외, 충성 내외, 희경 내외에게도 '고마움을 전한다.'고 해야겠습니다.

도서 출판 天山 대표 申世薰 회장과 식자·교정·교열·출판에 함께해준 시인 신주원 편집 부장과 '自由文學' 발행인 신새별 동시 시인에게도 고맙다는 인사말 드립니다.

       2012. 8. 19. 로즈엔질리즈(LA) 코리어타운에서.
          시 인 유 용 수(柳 龍 秀)

차 례

유용수 체험 전기 소설
고향 철원 실버드나무꽃 한 쌍

지은이의 말/이야기를 끝내면서—체험 전기 소설 '고향 철원 실버드나무꽃 한 쌍'을 내기까지
/유용수 · 28

1. 철원 역전 실버드나무/33

2. 1945년 8월 15일 광복의 감격/39

3. 1950~1953년 한국 전쟁(6 · 25 : 7·27)/59

4. 미군용 트럭타고 서울로 피난/97

5. 마침내 모자 상봉/163

6. 동두천 '철원 제재소'/177

7. '동두천 극장' 거리와 어수동역/199

8. '유한 극장' 보산리 '바'와 춤거리여인/217

유용수 체험 전기 소설
고향 철원 실버드나무꽃 한 쌍 ———————— 차 례

9. 시 부 —— 우리 아버지(부록·2)

우리 아버지 / 253
파란 하늘바다의 해군 용사 / 255
노병은 숨쉬고 / 257
통일의 그날 / 259
문학 선생님 / 261
조랑말 나무장수 / 263
철마는 꿈을 싣고 달리고싶다 / 266
이산 가족의 눈물 / 268
철새의 고향 철원 / 270

부록·1/체험 전기 소설과 관련있는 사진 화보 24쪽 / 1~24
부록·2/9.시부—저자의 시 '우리 아버지' 외8편 / 251~271

1. 철원 역전 실버드나무

우리나라는 3면이 바다로 둘러싸인 아름다운 금수 강산이다. 그중에서도 강원도 구 철원땅은 옥토의 평야 지대로 사람살기 좋을 뿐 아니라 인심도 좋은 고장이다.

철원은 대일 항쟁기 때 산명호 저수지 수리 조합을 조성했다. 일본 제국 주의 침략자들은 구 철원 곡창 지대의 농민들을 착취하기 시작했다.

철원은 역사적으로 보면 서기 918년에 궁예가 태봉국을 세우면서 처음 나라이름을 고려라하고, '수도를 철원, 지금 구 철원으로 정했다.'고 한다.

처음엔 궁예 부하였던 왕건이 918년에 궁예를 제거한 다음 고려 태조가 되었으나, 그후에 '수도를 송악 지금의 개성으로 옮겼다.'고 한다.

철원은 기름진 옥토의 땅이기에 일본 침략 주의자들이 농업 도시로 발전시켰다. 대일 항쟁기에도 일본사람들이 강원도 구 철원역을 중심으로 시내를 아름답게 설계했다.

철원은 경원선 철도가 지나가는 지역이라 그당시에도 쌀을 구입하려는 서민들이 서울역(경성역)에서 철원으로 많이 모여들었다. 서울역에서 출발하면 청량리역 · 창동역 · 의정부역 · 덕정리역 · 동두천역 · 전곡역 · 연천역 · 대광리역 · 신탄리역을 거치면 바로 철원역이다. 철원역을 지나면 북쪽으로 월정리역 · 평강역 · 삼방역, 삼방역을 지나면 명사 십리로 유명한 원산역에 도착한다. 당시 원산까지 급행 열차를 운행하고있었다.

상인들은 원산 부두에서 명태 · 고등어 · 도루묵 등 싱싱한 생선들을 사서 새벽 두 시 급행 열차로 철원 시장에 도착했다. 부지런한 철원아낙네들은 새벽시장에서 받은 여러 가지 생선을 함지박에 이고 부잣집동네로 다니면서 '동태 사세요!' '고등어 사세요!' '싱싱한 도루묵이 왔습니다' 하며 큰소리로 외쳤다.

해물 시장에는 상인들과 손님들, 지게꾼 · 인력거꾼 등이 서로 뒤섞여서 아우성쳤다. 모두들 발걸음이 분주했다. 먹고살기 위해서다.

조선 여인들은 강하고도 위대했다. 돈벌어서 아들딸 공부시키는 강한 어머니들이었다.

원산에서 보따리장사하는 아주머니들은 철원들에서 생산되는 쌀 · 콩 · 참깨 · 옥수수 등 유명한 농산물을 원산으로 가져다가 열심히 장사를 했다. 너나없이 모두 생존 경쟁에 바빴다. 새벽마다 철원에서 원산으로 달리는 급행 열차는 칙칙 폭폭 검은 연기를 내뿜으며 잘도 달리고있었다.

구 철원에는 조선사람 자본가들이 많이 살고있다. 그사람들은 대일 항쟁기의 일본 쪽발이 앞잡이들로서 모두가 다 잘 살고있다. 일본인들은 땅을 많이 소유하고있다. 일본사람들이 살고있는 주택은 주로 사택으로, 대다수 일본식 건물이다.

철원역앞 늘어진 실버드나무 두 그루는 늘 바람에 머리카락같은 긴가지들을 휘날리고있다.

일본 순사는 긴칼을 차고 실버드나무옆에서 밤낮없이 경비를 서고있다. 그때 당시인 1943년 철원은 아름다운 도시였다. 철원역은 서울에서 달려오는 하행선 기차와 원산에서 내려오는 상행선 기차가 서로 교차하는 큰역이다. 철원역엔 전철, 금강산 행 전차도 있다. 대일 항쟁기(항일기)엔 최고급 전차인 급행 전철이 달렸다. 역에는 구름다리계단이 역앞 양쪽으로 높이 펼쳐져있어서 사람들은 그것을 '구름다리'라고 불렀다.

높이 떠있는 구름다리위에서 유리문으로 내다보면, 서울에서 오는 기차가 칙칙 폭폭 기적을 울리며 역구내로 들어오는 것이 보였다. 북쪽을 보면 원산에서 오는 기차가 기적을 울리며 철원역으로 들어와 정차했다.

서쪽을 보면, 금강산 방향 홈 쪽으로 달려오는 고속 전차가 목청껏 기적을 울리며 달려와 방금 금강산 관광객들이 몰려온다는 것을 알려주며 신호를 보냈다.

내가 이글을 왜 세밀하게 쓰는가 하면, 비록 오랜 세월이 흘러가긴 했지만, 강원도 구 철원이란 곳이 얼마나 아름다웠던 곳인지를 요즘 사람들은 잘 모를 거라는 생각 때문이다.

흔히들 '감자바우'니, '산골사람'이니, '촌놈'이니 하면서 함부로 무시하려드는 사람들이 많기 때문에, 일부러 구 철원에 대해 자세하게 글을 쓰고있다.

철원역앞은 여관이나 여인숙들이 밀집되어있다. 금강산으로 여행다니는 관광객이 많기 때문이다.

우리 조선사람들은 일본 행정 기관원의 압박속에서 살아야만 했다. 헐벗고 설움속에서 살아온 것 말로 다 표현할 수 없을 정도로 비참했다.

조선사람들은 농촌에서 1년 지은 쌀농사·보리농사 기타 잡곡 등을 거의 약탈 당해 힘없이 빼앗겼다. 농민들은 지은 농사를 강제로 공출 당하고는 잡곡밥·감자나물밥·옥수수·좁쌀밥·피밥·콩깻묵밥을 먹고만 살았다.

농촌에서는 소나무껍질을 벗겨서 떡을 해먹고 살았다. 그껍질을 벗겨와 물에 불려서 방망이로 때리고때려 찢어서는 앙금을 내어 그앙금가루를 말려 소나무껍질가루개떡을 쌀밥 대신 해먹고살았다. 보리밥 대신 해먹고살았다. 감자가루개떡·쑥풀개떡 등으로 비참하게 생계를 유지했다.

원래 구 철원쪽은 물도 좋고, 장작불 때면서 흰쌀밥 먹고 살아갈 수 있는 곳이었다. 그러나 벼농사지은 생산량 대부분을 일본놈들에게 빼앗기는 바람에 많은 사람들이 굶주림에 허덕거려야만 했다.

금강산 관광객들은 철원역앞 여관에서 하룻밤 여정을 풀고는 새벽전차를 타고가는 사람들이 대부분이다. '서울 여관' '평양 여관' '철원 여관' '원산 여관' '금강 여관'… 이외에도 여인숙들이 많이 있다.

철원역 전차 홈에서 전차 철로는 월하리역·동송역·재현역·금성역·금화역·창도역을 경유해야 금강역에 내릴 수 있다. 여기서는 외금강부터 쭉 차례대로 관광을 하게 된다. 그래서 강원도 철원역은 조선 천지에서도 모르는 사람들이 없었다.

강원도 구 철원은 교육 도시다. 1899년 철원 공립 보통 학교, 1929년 철원 공립 고등 소학교 6년제, 1932년 철원 남소립 초등 학교 6년제, 1945년 철원 초등 학교 6년제, 1981년 철원 초등 학교 6년제였다.

1940년 철원 중학교 4년제, 1948년 철원 고급 중학교 3년제, 철원 여자 고급 중학교 3년제, 1948년 철원 사범 전문 학교 3년제, 1948년 철원 농업 전문 학교 3년제, 우리 금학회 철원 초등 학교 제38회 졸업생 1947년 철원 초급 중학교 제7회 졸업생, 1949년 철원 고급 중학교 제3회 졸업 (1949-1951).

1945년 8월 15일 제2차 세계 대전 종전(대일 항쟁기에서 광복), 1950년 6월 25일 한국 전쟁 때라도(북에서 남침했다.), 강원도 구 철원은 유명한 금수 강산 아름다운 무궁화 동산 교육 도시였다고 자랑하고싶다. 철원역 실버드나무꽃은 영원히 바람에 날리고있다. 할아버지 · 할머니는 실버드나무꽃을 바라보고는 기뻐한다. 영원히 서서 기뻐한다.

강원도 구 철원은 북한에 속한다. 비록 38이북 땅에서 한 때 고통 · 슬픔 · 굶주림을 겪으며 6 · 25 전쟁속에서 구사 일생 살아나온 우리 금학회 동창들은 대한 민국으로 탈출해서 국방의 의무를 다했다.

그중에는 육군 장성도 있고, 육군 사관, 해군 수병, 공군 상사, 등등 많은 이들이 군에서 나라에 충성을 다했다.

사회 생활에서도 빠지지는 않는다. 기업 회장도 있고, 한의사도 있고, 80세 노년에도 사회 활동을 활발하게 하는가 하면, 신앙 생활도 열심히 해서 모범이다. 장로 직분으로서 봉사하며 신앙 생활도 열심히 하는 이가 많다.

우리 금학회 동창생들은 제2차 세계 대전의 굶주림과 고통도 다들 잘 극복해냈다. 뿐만 아니라 한국 전쟁, 6 · 25 전쟁의 피비린내나는 동족 상잔의 전쟁속에서도 살아남았다. 그만큼 노력했다.

지금은 서울에서 한 달에 한 번씩 모인다. 금학회 동창들은 모여서 '하느님 아버지 감사합니다.'하고 기도한다. 서로서로 친목을 도모한다. 남은 여생을 보내며 만날 때마다 말잔치를 벌이기도 한다. 지금까지 살아남은 할아버지 · 할머니 · 아버지 · 어머니들 모두 장하다. 전쟁속에서 살아남았으니까.

  대한 민국 국민으로서 의무를 다할 수 있게 지켜준 하느님께도 감사한다. 대한 민국 품안에서 충성 노력 다하고 있으니, 감사할 따름이다. 조상에게도 감사하며, 영원히 피어있는 개울가 실버드나무꽃에게도 감사한다.

  늘 발전된 조국을 위해 기도드린다. 올해도 여전히 실버들꽃은 평화롭게 필 것이다. 평화의 꽃, 무궁화꽃은 피어날 것이다.

2.1945년 8월 15일 광복의 감격

강원도 구 철원역은 학생들이 철원 기차 정거장이라고 불렀다. 철원역 건물은 일본에서 건축 전문 학교를 졸업한 사람이 설계했다. 빨간 벽돌로 아름답고웅장하게 지어진 건물이다. 밖에서 보나 안에서 보나 철원역은 잘 지어진 건축물이다.

외부 철원역 광장에는 수양버드나무 두 그루가 서있다. 외모를 볼 때 수양버드나뭇가지가 길게 늘어져 왠지 슬퍼보인다. 줄줄이 늘어진 가지 사이로 푸른하늘이 더욱 파랗게 보여 슬프다. 이 슬프도록 파랗게 보이는 하늘을 바라보며 모여앉은 노인네들 중엔 눈시울이 젖은 이도 있다. 악랄하고독살스러운 일본 침략 주의자들 때문이다. 36년 간이나 우리 민족의 피를 빨아먹었다. 그러나 그들은 망할 날이 머지않았다고 노인들은 입을 모아 말했다.

철원역 앞광장은 원형의 둥그럽고도 넓은 광장이다. 광장 한가운데에는 소나무 · 삼나무가 향기를 뿜으며 둥그렇게 원형을 이루고 서있었다. 중간 중간 빙 둘러선 진달래꽃들도 피어있다. 파란 잔디와 키작은 도장나무도 삼나무사이이사이 끼어있어 진달래 분홍꽃빛은 더욱 붉었다 빨간 꽃 분홍꽃들은 철원사람들의 마음인 양 한결같이 붉게 타오르고있다. 조선사람들의 마음을 이꽃들이 달래주고있다. 무궁꽃은 광복의 감격으로 피어나리라.

일본놈들은 무조건 우리 조선사람들을 사람으로 취급하지않았다. 일본말로 '조센진노 야찌 빠가야로' '구사이나 키다나이라'라고 욕설을 퍼붓기까지 했다.

나는 대일 항쟁기 때 일본 소학교 5년 시절의 기억이 떠오른다. 강원도 구 철원은 기름진 논밭을 가진 땅이다. 이 기름진 논밭을 일본놈들에게 강제로 빼앗겼다. 논밭 전지를 몽땅 빼앗긴 아버지·어머니는 눈물로 세월을 보냈다.

그때 소학교 5학년이던 어린 나까지 눈물을 흘릴 정도였다. 어린 학생들까지 구속 당했다. 우리 조선말은 물론 쓰지 못하게 했다. 학교에서 조선말을 하면 일인 교사는 손바닥을 회초리로 때렸다. 벌을 주면서 '조센진노야지 빠가야로'라고 욕설까지 퍼부었다. 무조건 우리말 하다 들키면 아랫바지를 걷어올려야 했다. 일본인 선생은 회초리로 종아리를 사정없이 내려쳤다. 그래도 어린 학생들은 말 한 마디 못 하고 그저 울기만 했다.

이무렵 조선사람들은 제2차 대전을 겪느라 피눈물을 흘리면서도 죽지 못해 하루하루 살고있었다. 아버지·어머니는 가지고있던 땅을 빼앗긴 대신 어느새 일본 대지주의 소작인으로 전락해있었다.

그들은 강원도 구 철원 임야와 평야 대부분의 땅을 차지하고있었다. 또 그들은 제2차 대전 당시 금·은·동·철 등이 부족하자 우리 조선사람들이 소유하고있는 쇠붙이들을 무조건 빼앗아가는 강도와 같은 행동을 서슴지않았다.

일본 순사들은 말을 타고다녔다. 말등에 올라앉은 채 거들먹거리며 순사앞잡이를 내세워 닥치는 대로 빼앗아 갔다. 제2차 대전 말에는 청년들을 일본군으로 무조건 끌고갔으며, 결혼하지않은 처녀들까지 위안부로 끌고갔다. 그리고 아저씨들은 징용으로 끌고갔다.

구 철원 역에서는 매일 원산 쪽에서 내려오는 기차가 있다. 이기차 객실속엔 누나·형·아저씨 들같은 동포들이 가득했다. 모두 끌려가는 사람들이다. 모두 하나같이 기차창밖을 내다보면서 눈물을 흘리고있다.

일본 순사들은 철원에서 끌려가는 누나·형·아저씨들을 향해 빨리 기차에 타라고 총칼로 위협하면서 큰소리까지 쳐댔다. 일본말로 욕설도 마구 퍼부었다.

늙은 할머니와 할아버지와 끌려가는 자식들의 부모들은 일본 순사들에게 악에 받쳐 덤볐다. 이 '악독한 왜놈들아. 이제 빼앗아 갈 것이 없으니까, 손자·손녀·아들딸인 귀여운 내 자식들까지 뺏아가느냐. 이 쪽발이 죽일 놈들아!' 소리치면서 몸싸움을 벌렸다.

일본 악질 순사놈들은 칼까지 뽑아들고 항의하는 이들의 옆구리를 쿡쿡 찌르면서 위협했다. 할아버지·할머니들은 큰소리로 '왜놈 너희들 쫓겨갈 날도 머지않았다.'고 외치다가 피눈물 흘리며 쓰러지고말았다.

대일 항쟁기 때 일본 제국 주의자들은 최후 발악을 다 했다. 전쟁 물자로 쓰기 위해 농촌 집집마다 찾아다니면서 놋그릇·놋대야·촛대·제기·놋요강 등 닥치는 대로 빼앗아갔다. 그럴 때마다 아버지·어머니는 일본 순사들과 몸싸움을 했다.

우리 어머니는 치마폭에 놋그릇을 안고 빼앗기지않으려고 싸움하다가 그들이 칼을 뽑아 들고 옆구리를 찌르는 바람에 그만 쓰러지고 말았다. 할아버지·할머니는 '이쪽바리 놈들아. 죽일 놈들아. 너희들 쫓겨갈 날도 머지않았다.'며 절규했다.

이당시 구 철원 노인들은 모두 피눈물을 흘리면서 일본 순사들과 싸웠다. 빼앗기지않으려고 말이다.

강원도 금강산 1만 2천 봉 아름다운 봉우리에는 민족의 꽃 무궁화꽃이 필날도 머지않았다. 이무렵 금강산 행 기차가 철원역 홈에서 출발 준비를 하고있었다. 내금강까지 가는 기차다. 외금강·해금강 관광객은 모두들 강원도 구 철원 '금강 여관'에서 하룻밤 여장을 푼 다음날 아침에야 떠난다.

급행 열차를 타고가면서 광복의 그날을 떠올리며 달리고있었다. 그러나 악독한 일본기마대 순사들은 철원 시내 순찰을 밤낮없이 강화해가며 돌았다. 어린 학생들까지도 일본 순사만 보면 무서워서 고개를 숙이고 땅만 보며 다녔다. 그러나 제2차 세계 대전에 뛰어든 그들은 인력도 부족했고, 자본조차 부족했다. 조선 곳곳에서는 독립군들과 독립 운동가들이 쉬지않고 일어나 싸웠다.

이들의 위력은 컸다. 아버지·어머니·누나·형님들의 힘은 컸다. 이 위대한 위엄의 힘에 눌려 일본 순사들은 점점 더 썩어갔다. 정신과 육체가 썩어가고, 그악독한 눈깔들도 동태눈깔처럼 썩어가고있었다.

그때 제2차 세계 대전은 미국의 원자 폭탄 두 발에 그만 일본이 졌다. 일본 천황은 연합군에게 무조건 두 손들고 항복을 함으로써 완전 무릎을 꾼 셈이다. 일본놈들은 하루아침에 모든 권력에서 종지부를 찍게 되었다. 이것으로 결국 일본 제국 주의 침략자들은 멸망하고 말았다. 꿈같이 제2차 세계 대전은 끝났다.

1945년 8월 15일 이후 18일 경에는 사택에 살던 일본 쪽발이들이 슬슬 도망가기 바빴다. 그야말로 게다짝 벗어들고 야반 도주하기에 바빴다. 무조건 남쪽으로 남쪽으로 도망쳤다. 육로로 도망가는 모습이 그야말로 비참했다. 꼴불견이었다.

순사놈들은 살림살이 소지품 다 버리고 도망갔다. 일본년들은 게다짝·지가다비 맨말로 야밤 도주하기에 바빴다.

구 철원 시민들은 일제히 거리로 쏟아져나와 '조선 독립 만세'를 외치며 태극기를 흔들었다. 모두들 감격의 눈물을 흘렸다.

조선땅 시·도·읍·면 사람들은 광복의 감격에 들떴다. '조선 독립 만세', 목이 터져라 만만세를 외쳤다. 하늘도 땅도 감격했다. 하늘은 꽃비처럼 고운 눈물비를 내렸다. '하느님이 보호하사 우리나라 만세' 광복의 종소리, 행복의 종소리가 울렸다.

조선 사람들은 모두 태극기를 들고나와 흔들며 눈물을 흘렸다. 할아버지·할머니·아버지·어머니·형님·누나 들은 모두 손에손에 태극기를 들고나와 휘날리며 감격의 눈물을 흘렸다. 하늘도 땅도 감격했다. 계속 비눈물 흘렸다.

구 철원 사택에 살고있던 일본사람들은 게다짝 벗어들고 야반 도주하기에 바빴다. 그들은 경기도 연천으로 가는 기차 철로를 따라 가족 단위로 도망가고있었다.

일본 침략 주의자 앞잡이 구철원 소방 대장눈엔 구 철원 역전 매점 사탕과자 종류가 눈에 띠었다. 아직도 개찰구 네 군데는 꼭 일본 순사가 서있었다.

구 철원역 내부는 천장 둥근형이다. 무슨 그림이 그려져있었다. 80세 노인이라 글을 잘 쓰려고해도 손이 떨려 글체가 형편없이 된다. 철원 역전 매점얘기를 쓰다가 옆길로 갔다.

역전 매표구옆에는 구내 매점이 하나 있었다. 조선사람 예쁜 아줌마 얼굴이 보였다. 조선아줌마는 철원읍 소방 대장 유상목 씨 작은부인이다. 역전 구내 매점은 그의 작은마누라 것이다. 아름다운 아줌마였다.

철원역 매점 주인 소방 대장은 키가 보통이다. 그래도 몸은 날씬하고, 미남형이다. 참 옛날에도 사랑에는 국경이 없다고 했던가. 조선사람 예법은 엄격했다고 배웠는데, 풍습이 그러해서인지 성도덕적으로 볼 때 수치스러운 것같지않았는가.

철원 역전 매점아줌마는 어린아기가 없다. 그래서 그런지 아름답고예쁜 아줌마로만 보였다. 유상목 소방 대장은 두 사람의 아내를 두었다. 큰마누라·작은마누라를 거느리고 산다. 그런데 큰마누라도 미인이다.

조선사람마누라 두 사람은 부잣집 두 딸이자 자매였다. 소방 대장은 두 자매를 아내로 데리고 산다. 두 자매 언니·동생, 자매를 소방 대장은 뜨겁게 두 사람 다 사랑한다.

소방 대장은 어떤 분인가. 언니와 동생은 사랑싸움도 하지않고 잘 산다. 그것도 한집에서 같이 살고있다. 사랑싸움도 하지않고 살고있다. 우리가 그러리라 생각하고 상상도 해보지만, 도대체 이해가 가지않는다.

소방 대장집안은 두 아내를 뜨겁게 사랑해서 과연 사랑싸움도 없이 생활하고있을까. 그후 소방 대장은 온가족 다 행방을 감추었다. <

광복이 되자 학생들은 우리말을 마음놓고 할 수 있게 되었다. 집에서 조선말을 하고살던 어머니말씀은 '조선글을 열심히 배워야 된다.'고 했다. 드디어 13세 소년인 나는 조선 학교를 다니며, 조선글을 마음대로 배울 수 있게 되었다.

1945년 8월 22일 경, 구 철원 역전으로 구경꾼들이 몰려들었다. 철원역 광장에는 원숭이같은 인간들이 모여들었다. 소련군이다. 그들은 얼굴에 털이 많아서 원숭이같아 보였다.

어느새 군중들은 '소련군 만세'를 외쳤다. 나는 나중에 이야기를 듣고야 이사실을 알게 되었다. 알고보니, 소련 군인들은 자기네 감옥에 있던 죄수들에게 군복을 입혀 조선땅 최전방 선발대로 진격시켰다.

그런 소련군이 철원역에 들어왔다. 기차 정거장 화물칸에는 탱크와 말마차가 실려있었다. 선발대 소련 군인들은 기타를 잘 쳤다. '댄스'라는 춤도 추었고, 이런 광경을 보고 역광장으로 모인 군중들은 또다시 '소련군 만세'를 불렀다. 환영 일색이었다. 점령군들인 줄도 모르고 그저 남들이 만세를 부르니까 따라서 만세를 부르는 사람들이 더 많았다.

소련 여군들도 있다. 그녀들은 앞가슴도 컸다. 엉덩이도 둥근 떡판같았다. 그 뚱뚱한 몸을 둥둥 흔들며 춤추는 모습은 꼴불견이었다. 커다란 앞가슴과 넓적한 엉덩이를 잘도 흔들어댔다.

소련 여군들은 노래를 불렀다. 남자 군인들은 아코디언을 어깨에 걸치고 탱고, 부르스 곡에 맞춰 잘도 켰다. 원숭이같은 소련 군인들과 소련 여군들은 엉덩이를 서로 맞대고 춤을 췄다. 신나게 흔들며 서로 손을 잡고 원형으로 뺑뺑 돌며 춤추는 것을 구경하느라 철원 군민들은 넋이 빠져있었다.

철원 백성들은 순식간에 철원 인민들이 됐다. '소련 군인 만세'를 열심히 불러댔다. '조선 독립 만세'를 외쳤다.

소련 여군들의 구두창은 딱딱 소리도 잘 냈다. 음악에 맞추어 이들이 춤을 추는 모습에 군중들은 훼면 걸린 듯했다. 정말 가관이었다. 소련 군인들은 생각보다 키가 별로 큰편이 아니다. 얼굴색은 희다기보다 붉은 편이다.

겨울엔 땅에 끌릴 듯한 긴 오버를 입고있었다. '후레이빵'은 옆구리에 꼭 끼고다녔다. '홀레바리빵'이다. 잠잘 때는 그긴빵을 베고잔다고 한다. '홀레바리빵'을 먹어봤다. 술빵같이 시큼털털한 맛이 났다. 그런 대로 먹을 만했다.

'홀레바리빵'을 먹고사는 소련군들 장교 복장은 참 멋이 있었다. 어깨 혁띠엔 권총을 찼다. 당꼬바지는 무릎까지 올라온 가죽구두로, 더욱 멋이 있었다. 그러나 소련 공산 국가가 선진국인 것으로 알았는데, 이제보니 후진국인 것같다.

소련 병사들 복장이며, 모든 행동이 군인같지않아 보이고, 꼭 패잔병같아 보였다. 우리눈에는 거지군인같이 보였다. 장교들만 빼고…

말 두 마리가 끄는 마차는 둥근형 천막 호로를 씌웠다. 마차안은 볼 수가 없었다. 쉽게 말하면 서부 영화에 나오는 마차같이 생겼다. 그러나 길이가 좀 긴편이었다. 마차속에는 전쟁때 쓰는 군용품이 하나도 없다. 말먹이 마초뭉치만 있었다.

자세히 보니, 그속에서 잠을 자는 것이었다. 마차타고 다니면서, 철원 시내로 말을 끌고다니면서 조선사람만 보면 무조건 손목을 잡았다. 손목을 잡아보고 시계를 차고있으면 빼앗았다. 여상스럽게 빼앗아 자기 손목에 차는 등 날강도같은 짓을 했다.

　말이 통하지않았다. 고스란히 그대로 빼앗기는 수밖엔 없었다. 그들은 긴창을 끼운 장총과 말채찍으로 위협했다. 철원사람들은 빼앗기면서 그들이 두렵고도 이젠 억울하기만 했다.

　누구 하나 대항도 하지 못했다. 그들은 소련 군인들이 아니라 날강도·도둑놈 행동을 서슴없이 저질렀다. 그들은 조선인들에게 장총끝에 칼을 꽂거나 긴창을 꽂아 위협했다. 총구로 겁주다 못해 말채찍까지 마구 휘들렀다.

　이제 조선사람들은 하나둘씩 '조선 독립 만세'를 외치기 시작했다. 태극기까지 들고나섰다. 온마을사람들은 광복의 감격이 아니라 이제부터는 소련군이 두려워졌다. 슬펐다, 억울했다. 고통스러웠다.

　소련 군인들은 좋은 것을 보면 무조건 빼앗아갔다. 그뿐만이 아니다. 인간이라고 할 수 없는 행동을 했다. 어느 날 철원 역전에 사는 내 친구의 누님이 우연히 거리에 나왔다가 소련군 마차에 잡혀갔다는 소문까지 났다.

　산적같은 소련군들이다. 선발대 소련군들은 조선 여자만 보면 무조건 마차에 잡아싣고 납치해갔다. 마차속에서 겁탈을 했다고 한다. 돌아가며 윤간까지 했다는 것이다. 마차에 천막을 씌워놓았기 때문에 밖에서는 마차속을 볼 수가 없다.

　소련군 선발대들은 약탈자들이다. 성폭행자들이다. 그사람들은 조선 여자만 보면 무조건 잡아갔다고 한다. 이런 얘기가 돌자 집집마다 문을 꼭꼭 걸어잠그고 지냈다.

　그러나 군용차를 타고다니는 소련 군인들은 수준이 좀 나은 편인지 그

47

런 야만적 행동은 하지않는 것같았다. 하지만 '해방군'이라며 진주한 소련군이 아닌 야만인들 같았다. 전부 굶주린 놈들이었다.

  소련군은 식량이나 보급품이 부족했다. 우리가 먹는 감자·고구마·보리·쌀밥도 잘 먹었다. 마늘·파도 달라고 했다. 그러나 군용차를 타고 다니는 간부급들은 조금 신사축에 끼였다. 그들은 무조건 빼앗는 것이 아니고, 일본군 보급창에 남아있던 군수품 중 병사들 보급용 건빵을 어린이들한테 나눠주며 선심을 쓰기도 했다.

  군용차안에서 꺼낸 일본군 군화도 사람들에게 나누어주었다. 물론 건빵도 주었다. 어린 조선 학생들은 일본군이 버리고 간 군화를 얻기 위해 마늘 한 통을 갖다주면 소련군 그들은 일본군 군화 한 켤레와 건빵까지도 주었다. 그당시에는 신발이 무척 귀했다. 신발을 받은 사람들은 모두 좋아했다.

  특히 가죽구두는 너무나 귀해서 그냥 얻어신을 수가 없었다. 나도 어머니한테 마늘 한 통을 받아가지고 철원 역전으로 갔다. 기차 승강장쪽에 있는 군용차 차고앞으로 가서 '빠친끼 다와이' 하니까 마늘 한 통 가져왔느냐고 손짓을 한다. 나는 재빨리 마늘 한 통을 보여주었다. 그러자 그군인은 군용차속으로 들어가더니, 일본 군화 한 켤레를 들고나와 마늘 한 통과 맞바꾸어주었다.

  이글을 쓰면서 1945년 8월 28일 경 그때 당시 철원역 풍경을 곰곰이 생각하니, 참 우습기도 하고 슬프기도 하다. 군화 한 켤레 얻은 것이 너무나 좋아서 기뻐날뛰며 '어머니 가죽구두 한 켤레 얻어왔습니다 어머니, 이것이 일본 군인들 군화래요 일본이 항복하고 쫓겨가면서 두고간 것이래요.' 하며 자랑하던 나는 그무렵 열세 살 소년이었다.

나에겐 광복의 기쁨보다 가죽구두 한 켤레를 가질 수 있었다는 사실이 더 큰기쁨이었다. 지금 생각해보면 소설같은 이야기다. 우습기만 하다.

　철원 초등 학교 동창생인 송세는 아버지가 세 살 때 돌아가셨다. 송세는 어머니와 누나와 같이 살고있었다. 그친구의 누님은 소련군 마차속에서 그놈들에게 겁탈 당했다고 한다. 철원읍 외촌리 온동네에 소문이 다 났다. 우미숙이란 그누님은 결국 꽃도 피워보지 못한 채 시름시름 앓다가 죽고말았다.

　그때는 병원에 갈 수도 없는 어려운 형편이라 친구어머님은 말도 못하고 목놓아 울기만 했다. 그렇게 우미숙 누님은 꽃도 피워보지 못하고 꺾어지고말았던 것이다.

　공산당 소련군들은 레닌 소비엣 스탈린 주의자들이다. 맑스 주의자들이다. 이들은 그때 비도덕적 행동을 많이 저질렀다. 짐승만도 못한 소련군인들이었다. 그들은 줄줄이 악행을 저지르면서 탱크와 포대를 달고 3·8선 남쪽에 나타났다. 대광리·연천·전곡으로 이동해갔다.

　그들은 계속 외딴 촌마을 동네집에 침입해 부인이나 처녀·학생 구별 없이 여자만 보면 욕을 보이고, 함부로 겁탈했다. 광복이 되었다고 만세를 부르며 환영나간 사람들도 괴롭혔다.

　오히려 환영나간 주민들이 어처구니없는 일들을 당하고 말았다. 소련 선발대 군인들은 정말로 짐승같은 사람들이었다. 그악당들은 계속 3·8선 부근 전곡쪽으로 이동하면서 그런 난행을 자꾸자꾸 저질러댔다.

　조선 땅 3·8 이북은 소련군이 진주했다. 그들의 탱크 부대가 주둔했다. 조선 남쪽땅은 미군이 주둔했다. 그렇게 3·8선이 그어졌다. 3·8 이남 3·8 이북 선이 그어졌다. 그결과 강원도 구 철원은 결국 3·8 이북

땅이 되고말았다. 그때가 1946년 3월 경이다. 이때 북조선 인민 공화국이 설립되었다.

강원도 철원군 철원읍에도 인민 위원회 간판이 걸렸다. 그때부터 철원엔 빨간 완장을 팔에 두르고다니는 사람이 보이기 시작했다. 모자는 도리우찌 모자를 쓰고, 바지는 당꼬바지를 입고, 무릎까지오는 긴구두를 신은 사람은 평양에서 내려온 인민 공화국 공산 당원들이었다.

하얀 광목에 빨간 글씨로 '북조선 민주 주의 인민 공화국 수립 만세'라고 쓰여진 현수막이 높이 걸려있었다.

그때부터 '김일성 장군 만세' 현수막도 철원역 광장에 걸리기 시작했다. 철원역에는 소련군 군용차들이 늘어서 있었으며, 이따금씩 탱크도 보였다. 긴총을 멘 소련군들도 있었고, 따발총을 메고 지프 차로 순찰하는 군인들과 3발이 오토바이를 타고다니는 군인들도 있었다. 이들은 난데없이 철원읍을 지배했다.

그때부터 철원군 인민 위원회 · 철원군 여성 동맹 위원회 · 철원군 민청 위원회 · 철원읍 · 리 인민 위원회 · 철원군 농민 위원회 · 철원군 노동자 위원회 들이 조직되었다.

위원회 회원은 조선 민주 주의 인민 공화국 노동당에 입당해야만 회원이 될 수 있었다. 노동 당원 자격은 만17세 이상 남 · 녀 모두 성분이 좋은 인민이어야 입당할 수 있었다.

북조선에서는 성분에 만점을 받을 수 있는 사람은 노동자 · 농민 중에도 빈농 즉 쉽게 말하면 양반 · 상놈을 구분해 지주 자본가밑에서 노예같이 구속받고살아온 사람들만 특별 양민 대우를 해주었다.

북조선에서 만점을 받고 노동당에 입당한 사람들이 모두 그들이었다.

이때부터 노동 당원들은 무조건 권력과 힘으로 불법적인 행동을 하기 시작했다. 노동 법령법·토지 개혁법이 태어났다.

1946년 3월 6일 경 조선 민주 주의 인민 공화국 최고 회의에서 '토지 개혁'을 선포했다. 그때는 전쟁보다 더 무서운 전쟁 아닌 전쟁이었다. 상 놈들, 머슴살이하던 사람들이 주로 오른팔에 노동당의 빨간완장을 두르 고 설치며 다녔다. 철원 시내 동네로 떼를 지어다녔다.

그들은 '지주 자본가 친일파를 타도하자.'라는 구호를 외치며 골목길을 누비고다녔다. 그들은 '양반놈들 때려 잡아라.' '지주·자본가·친일파를 때려 잡아라.' 소리치며 다녔다.

큰부잣집을 찾아다니며, 대문을 걷어찼다. 몽둥이로 집대문을 부수고 안으로 들어가서는 좋은 세간 집기를 끌어내 마구잡이로 세간살림살이 들을 때려부쉈다. 그러고는 집앞에 끌어내 불을 질렀다.

구호를 외쳤다. '지주·자본가·친일파·양반놈들 타도하자.'고 소리소 리 외쳤다. 그들은 눈에서 불이 번쩍번쩍 일듯이 독을 뿜어대며 미친 듯 이 날뛰었다. 소위 양반·지주·자본가·친일파라는 집주인들을 끌어냈 다. 노끈으로 팔을 뒤로 젖혀 포승을 지어놓고는 발길질을 해댔다. 몽둥 이로 마구 후려치면서 '죽여버리겠다.'고 소리쳤다.

구경하던 소작인들은 덩달아 '조선 민주 주의 인민 공화국 만세!'를 외 쳤다. '만세! 만세!' 이젠 노동자·농민·소작인들·상놈들 세상이 되어버 렸다.

이튿날에 철원 양반들은 몽둥이로 몰매를 얻어맞고 많이들 병들어죽었 다. 이렇게 전쟁 아닌 전쟁, 몽둥이로 때려잡는 전쟁이 시작됐다. 지주· 자본가·친일파·중농 양반들은 재빨리 야반 도주를 해야 했다.

3·8선을 넘어 대한 민국으로 피신해 살아남은 사람들은 그래도 운이 좋은 사람들이다. 3·8선을 넘다가 소련군들한테 붙들린 사람들은 소련 코멘탄트로 붙들려가서 감옥에 갇혔다.

철원에 사는 노동 당원들은 활개를 쳤다. 여성 동맹원들은 활갯짓을 치며 죄없는 여성들과 부자집마님들을 붙들어갔다. 그들에게 붙들려간 사람들은 인민 재판을 받았다. 많은 모욕과 고통은 물론 개만도 못하게 끌려다니다가 결국 숙청을 당했다. 정치 보위부 감옥으로 납치돼 가기도 했다.

북조선은 언론·출판·종교 등의 자유가 없었다. 철원 인민들은 살기 위해 '김일성 장군 만세'를 외쳤다. 살기 위해 부르기 싫은 만세를 부르는 사람들도 많았다.

철원 초등 학교 학생들, 초급 중학교, 고급 중학교 학생들도 거리로 나다니면서 '조선 민주 주의 인민 공화국 김일성 장군 만세'를 불렀다. '지주·자본가·친일파를 타도하자!'는 구호를 외치며 행진했다.

철원군 노동당 당사는 철원군 사요리 3층 건물이었다. 철원 노동당 당부 건물은 구 소련사람들이 건축했다. 현재도 철원 사요리에 가면 6·25 때 미군 폭격을 당한 건물이 뼈대만 남아 그때를 증언하고 서있다. 관광 가는 시민들은 철원 월정리역에 기차 화통 쓰러져있는 것을 볼 수 있다. 보면 새삼 6·25 전쟁 생각이 날 것이다.

철원군 철원읍 사요리에는 군 노동당 당사 건물이 뼈대만 남아있었지만, 월정리역에는 지금도 폭격맞은 철마가 그자리에 서서 슬피 울고있다. 철원군 학생들은 북조선을 지지하는 운동을 해야 학교를 다닐 수가 있었다. '북조선 민주 주의 인민 공화국 만세'를 외쳐야 무탈했다.

철원읍에는 철원 남자 초급 중학교·철원 여자 초급 중학교·철원 고급 중학교·철원 사범 전문 학교·철원 농업 전문 학교·철원 축산 전문 학교가 있었다.

그때만해도 북조선 교육 위원회는 대단했다. 철원군 교육 위원회 교육 시설은 다른곳보다 잘 되어 있었다. 공산 주의 교육을 철저하게도 잘 시켰다.

소련 맑스 레닌 주의와 소비에트 스탈린 주의를 학교에서 철저하게 교육시켰다. 김일성 장군 우상화 교육으로 '김일성 아버지' 교육을 시켰다. '김일성 아버지께서 쌀밥에 쇠고기반찬을 먹여주시니, 김일성 수령님 감사합니다.'라고 했다. 어린이 유치원에서부터 '아버지 수령님 교육'을 가르쳤다.

1947년 경 철원 고급 중학교·사범 학교·농업 전문 학교·축산 전문 학교 학생들은 철원군 일대를 찾아다니면서 문맹 퇴치 운동을 했다. 리 인민 위원회를 찾아다니면서 노동자·농민 등 문맹자들에게 조선글을 가르치며, '가, 갸, 고, 교, ㄱ, ㄴ, ㄷ, ㄹ'이란 글을 가르쳤다. 그것이 문맹 퇴치 운동이었다.

북조선 리 인민 위원회 사무실이나 마을사랑방에서는 문맹자들을 상대로 한글을 가르쳤다. 사범 전문 학교 여학생들은 '김일성 장군의 노래'를 가르쳐서 행사 때나 공부하기 전엔 반드시 그노래를 부르게 했다.

북조선에서는 당위원장과 노동당 당간부까지 '공산 주의 주제 토론'을 해야 했다. 높은 사람들이 들어오면 박수치는 것과 조선 민주 주의 인민 공화국 국기 흔드는 방법도 가르쳤다.

여성 동맹 위원장의 권력은 대단했다. 리 인민 위원회 위원장은 주기적으로 모여 공산 주의 교육을 시켰다. 언론의 자유가 없어, 말을 함부로 할 수가 없었다. 말 한 마디 잘못하면 자아 비판회에서 망신을 당한다. 눈물이 날 정도로 자기 잘못을 자아 비판해야 한다. 무조건 자아 비판은 누구라도 차례가 되면 해야 한다.

북조선 학생들에게도 자유가 없었다. 모든 언행을 항상 조심해야 했다. 노동 당원 자녀들은 같은 동무와 동무끼리도 감시를 한다. 학교 내에서는 특히 말조심을 해야 한다.

이렇게도 서로 서로 감시 체제속에서 공부를 해야한다. 교육은 공산주의 체제 소련식 공산당 교육·맑스 레닌 주의·소비에트 스탈린 주의·공산 주의 당 조직 개혁 교육을 시켰다.

사범 전문 학교·농업 전문 학교·축산 전문 학교·고급 중학교 등을 만들어 철원을 교육 도시로 개혁했다.

강원도 도청은 원산시에 두었다. 옛날 선비 양반들, 일본 유학생들 등 실력있는 지식인들은 숙청시켰다. 이런 교육 개혁은 최고 학문을 닦은 학자들로 하여금 모두 야밤 피신해 월남하게 만들었다.

종교 개혁으로 교회는 모두 불질러버렸다. 교회란 교회는 다들 하루아침에 잿더미로 변했다. 목사들은 귀신도 모르게 숙청됐다. 8·15 광복되자 남한으로 미리미리 월남한 목사들이 있었으나, 그외에 북한에 남아있던 목사들은 전부가 숙청 당했다.

토지 개혁 후 많은 지주와 자본가들은 5정보 이상 등기되어 있을 경우 그땅은 무조건 몰수됐다. 그렇게 이유없이 억울하게 땅은 빼앗기고 말았다.

조선 민주 주의 인민 공화국 수립 후 토지 개혁법으로 빈농 노동자들은 갑자기 공짜땅을 분배받았다. 이때 걱정·근심·빈곤에서 해방된 사람들은 극빈자들이었다. 극빈자나 못살던 노동자·농민들이 갑자기 땅을 분배받았으니, 공산 주의 열성 분자가 될 수밖에 없었다.

너도 나도 공산 당원이 되어 김일성 체제에 충성하는 활기찬 노동자·농민·근로 인민으로 변해가고 있었다.

이때 북조선은 없는 사람도 평등하게 잘 먹고 잘사는 세상으로 바뀌었다. 여성 동맹 위원회는 헐벗고 굶주림에서 해방되었다고 하면서 '조선 민주 주의 인민 공화국 만세'를 계속 외치며 살았다.

북조선은 5개년 계획 운동을 벌였다. 계속 '김일성 장군 만세' '조선 독립 만세'를 외쳐댔다. 북조선에서는 중앙 당부·노동당 총 당부 명령을 잘 지켜야 살 수 있었다. 모든 인민들은 반드시 이를 지켜야만 살 수가 있었다.

북조선 농민들은 모두가 밤이나 낮이나 '김일성 장군의 토지 개혁에 감사한다.'는 구호를 외쳤다. 거리마다 '김일성 수령 만세'라는 벽보와 프래카드가 붙어있었다. 그리고 밤마다 군 인민 위원회·리 인민 위원회에서는 공산 주의 사상 교육과 '김일성 주체 사상 교육'을 시켜야만 했다.

철원군 교육 위원회에서는 각 전문 학교에 대고 '북조선 인민군 군사 훈련 실시 교육 명령'을 내렸다. 사범 전문 학교·축산 전문 학교·농업 전문 학교·고급 중학교, 이렇게 4개 전문 학교에 일제히 인민군 군 위관이 파견되었다. 학교에 가면 군 위관은 인민군 소좌 계급장을 달고있었다. 당꼬바지에 긴가죽구두, 어깨가죽혁띠에 권총을 차고있었다. 학생들은 엄격한 규칙 하에서 군사 훈련을 받았다.

학교 내에는 무기고가 지어졌다. 거기에는 소련제 소총·기관총·수류탄 등이 가득 차 있었다. 이것들로 전투 훈련을 받게 했다. 전투 훈련은 야산으로 기어올라가는 훈련, 땅굴이나 참호를 파거나 산중턱에 통로를 파는 훈련 등이 있었고, 산위에서 소총쏘는 훈련, 수류탄 던지는 훈련, 포복으로 기어서 산으로 진격하는 속전 속결 군사 훈련도 받았다. 공부보다는 매일 전투 훈련을 가르치는 것이었다.

이때가 1950년 봄 4월 경으로 기억난다. 고급 중학교 1학년 때부터 목총으로 학교 운동장에서 군사 훈련을 받았다. 각 전문 학교에서도 일제히 인민군 군사 훈련을 받기는 매한가지였다.

북조선에서는 '일하지않는 자는 먹지도 말라.'는 구호를 외쳤다. '일치 단결해야 잘 살 수 있다.'면서, '농민들은 열심히 일해 수확을 1백 퍼센트 달성하라.'고 명령했다.

노동자들은 공장에서 '노동자의 노래'를 불러가며 열심히 일해 '목표 달성, 생산력을 확보하라.'고 명령했다. 노동당은 이렇듯 '생산량 확보 구호'를 외치면서 '일하러 가세, 일하러 가' 노래를 부르며 손놀림도 더욱 빨라져갔다.

남녀 평등권을 내세우며 남자·여자 구별없이 노동력을 착취했다. 여자 노동자는 주로 어린이를 아침부터 탁아소에 맡기고 8시간 노동을 해야만 배급을 탈 수 있는 북조선 여성 동맹 회원이 되었다. 일반 노동자들은 8시간을 노동해야 겨우 식량 배급을 탈 수 있었다.

북조선 여성들은 화장품이 없어 화장할 줄도 몰랐다. 1949년도였다. 북조선 여자들은 몸빼바지를 입고 공장에서 열심히 일만하고 식량 배급을 받았지만, 그래도 한 달 양식이 부족할 지경이었다.

배불리 먹지 못했다. 감자·옥수수와 같은 잡식으로 배를 채웠지만 그래도 목표 달성을 위해 일터공장에서 열심히 일했다. 허리띠를 졸라매고 열심히 일하는 노동자・농민・여성 동맹 회원들의 열심히 일하는 모습들은 참으로 아름답기까지 했다. '여자는 약하나 마음은 강했다.' 위대한 어머니 여성들이었다. 그리하여 여성들은 노동 목표를 달성했다. 일터에서 공장에서 아기를 탁아소에 하루종일 맡겨놓고 열심히 일했기 때문이다.

그러나 이모두가 남녀 평등권을 내세워 어린 처녀 어머니들에게 노동 착취를 한 것이 아닌가. 이들은 공장에서 노동을 하면서도 틈틈이 정신 교육을 받아야만 했다. 즉 공산 주의 교육을 철저히 받았다.

공산 주의자들에게는 8・15 광복이 감격적이었으나 반면 지주・자본가・친일파・중농 지주들에게는 감격이 아닌 치욕이었다. 공산 주의자들은 이들에게 반동 분자로 몰아 숙청해야 하는 역사적 전환점이기도 했다. 잘 살았던 사람은 오히려 못 살고, 머슴살이하던 사람들과 피흘리고 싸워야만 했다.

즉 양반과 쌍놈(양민)들의 싸움이었고, 공산 주의자와 자본 주의자들 간의 전쟁이었다. 공산 주의자들은 모두가 무신론자들이지만, 기독교 정신은 '사랑으로서 이웃과 원수까지도 사랑하라.'고 가르쳤다. 그러나 무신론을 주장하는 공산 주의자들은 눈물도 없고, 인정도 없고, 사랑도 없었다.

오직 '김일성 수령에게 충성하라.'는 것뿐이다. 하늘은 무신론자들을 그냥 두지않았다. 구 소련과 동독을 보더라도 하늘은 그들을 가만두지않았다. 사람을 무차별 죽이고, 자유를 없애고, 노동을 착취하는 공산당은 이 지구상에서 존재하지 못한다. 생존할 수가 없다. 언젠가는 멸망할 것이다. 그시기는 하늘만이 안다. 공산 주의자들은 머지않아 멸망한다. 전 세계는 자유 민주 주의 국가로 발전해가고있다. 평화의 종소리가 울려퍼지는 광명의 날이 곧 올 것이다. 그런날이 곧 올 것이라 믿는다.

오늘아침 신문을 읽고나서 펜을 들었다. '독도는 우리땅'이라는 일본 만행을 보고서다. 독도는 한국땅이다. 침략 도발 탐욕은 일본 만행이다 '일본은 즉시 침략 도발 발언을 중단하라.' 우리 대한 민국은 이제 60년 전의 조선이 아니다.

우리 대한 민국은 강대국이다. 대한 민국 젊은 아들딸들을 보아라. 용감하고 씩씩하다. 이 미남·미녀들은 밤낮없이 조국을 지키고있다. 세계에서 제일 잘난 미남 미녀들이다.

용감한 대한 민국 육해 공군은 한 시라도 빈틈없이 하늘·바다·땅과 아름다운 조국 산천을 물샐틈없이 지켜내고있다. 대일 항쟁기의 쇠사슬에서 광복이 된 우리 조선사람들은 일본 '독도 영유권 주장'을 용서할 수가 없다.

할머니·할아버지·어머니·아버지·형님·누나들의 고통과 피눈물의 댓가로 찾은 이땅이다. 독립 운동으로 유명을 달리한 선조들에게 두 손 모아 명복을 빈다. 지난 역사를 돌이켜 생각하면 피눈물이 앞을 가린다. 일본은 반성하라!

3. 1950~1953년 한국 전쟁(6·25:7·27)

　북조선 철원군 노동당 총 본부당에서 '산하 단체에 각 단체별로 궐기 대회를 하라.'는 지시가 내려졌다. 철원군 인민 위원회·철원 총 노동 당부·철원군 노동 당부가 각 리 인민 위원회 회원·철원군 총 학생회 전문 학교 학생들에게까지 지시가 내려졌다. '각 단체마다 총 동원해 궐기 대회를 하라.'는 지시가 내려졌다.
　각 단체는 현수막을 들고, 조선 민주 주의 인민 공화국 국기를 들고, 김일성 장군 초상화까지 그려들고 철원역 광장으로 꾸역꾸역 모여들었다.
　철원역 광장에는 발들여놓을 틈도 없었다. 수천 명이 운집했다. 여기 저기서 조선 민주 주의 인민 공화국 국기가 펄럭였다. 김일성 장군 초상화가 일렁였다. 그리고 붉은 깃발을 든 군중들은 '미 제국 주의 타도하자!' '남조선 괴뢰 도당 이승만 타도하자!'는 구호를 외치기 시작하면서 본격적인 궐기 대회를 벌렸다.
　'미 제국 주의 타도하자!' '남조선 괴뢰 도당 이승만 타도하자!'고 외치는 구호와 함성에 역전 광장은 떠나갈 듯했다. 이궐기 대회에 모인 학생들 노동자·농민·인민 여성 동맹원들은 허튼소리 한 마디 못한 채 위원장의 지시에 따라 소리소리 질렀다. 흡사 인간 기계와 같이 움직이는 광경은 북한에서만 볼 수 있는 희한한 궐기 대회였다.

이러한 성토 대회·토론 대회같은 집회는 다 북조선 노동당 지시에 의해 이루어지는 것이다. 이는 북조선 인민들을 훈련시키는 작전이다. 전쟁이 나면 누구나 다 총을 들고 싸울 수 있도록 정신 무장을 시키는 빨치산 산교육의 일종이다.

철원 인민 위원회는 주기적으로 인민들에게 소련 전쟁 영화나 **소련** 시월 혁명을 다룬 선전 영화를 무료로 관람시켰다. 선전 영화 상영 극장은 물론 '철원 극장'이다. 주로 '철원 극장'으로 학생들이나 인민들을 동원해서 공짜 구경을 시켜주었다.

늘 정치 문화부에서 고급 중학교·전문 학교 학생들을 총 동원해 소비에트 시월 혁명 기록 선전 영화를 무료로 관람시키고 있었다. 구 소련 공산 주의 스탈린 대원수나 김일성 장군의 명령 영화나 소련군 통치 전쟁 영화를 한 달에 두 번씩이나 보여줬다. 전쟁 영화·혁명 영화는 홍보 선전 용이므로 꼭 관람을 해야만 했다. 누구라도 그러해야만 했다.

철원군 인민 위원회·여성 동맹 위원회·각 위원장·노동자·농민·민청원·학생 들은 일치 단결해서 한깃발아래 모여야했다.

'피곤한 놈은 갈 테면 가라!' '우리들은 붉은 깃발 지킨다.'는 노래를 부르며, 5개년 경제 개혁을 부르짖었다.

철원군 내의 지주 자본가·고리 대금 업자·친일파·종교인·언론인·방송인 들은 공산 주의식으로 모두 숙청시켰다. 이들은 끌려가 정치 보위부 감옥에서 옥살이하다가 죽는다. 생명이 긴 반동 분자는 평양으로 이접시켰다가 나중엔 소련 시베리어 벌목장으로 강제 수용 당한다. 눈보라가 몰아치는 추운 곳에서 쓰러져가며 나무를 자르다가 간다. 목재 운반도 하다가 간다. 그러다가는 목재에 깔려죽기도 한다.

 북조선 인민 공화국 괴뢰 도당 김일성은 죄없는 부유층 지식인은 물론 인격인·문학인·학계·박사 학위 소지자 들을 무조건 반동 분자로 분류 호칭해 인민 재판소에서 재판을 받게 한다. 그리고 정치 보위부 감옥에 구속시켰다.

 강원도 철원 역전엔 어느날 기적소리가 요란하게 들렸다. 그리고 마차 바퀴소리와 말발굽소리가 요란하게 들렸다. 철원역에서 내려 철원읍 사요리쪽으로 가는 행군 부대 이동소리였다. 소련군의 대이동이다.

 야포를 단 트럭과 탱크도 캄캄한 야밤을 이용해 이동했다. 장갑차에는 길고긴 대포가 달려있다. 트럭들도 야전포를 끌고 경기도 연천·전곡 쪽인 3·8선 부근으로 밤낮 이동하는 소리가 요란했다.

 우리집은 마침 큰도로변에 위치하고 있어서 이 모든 광경을 놓치지않고 다 지켜 볼 수가 있었다. 탱크 소리·장갑차소리 마차소리가 제일 컸다. 집이 흔들리고, 구들장이 울려 잠을 이룰 수가 없었다.

 철원동네 사람들은 이들을 빨치산 부대라고 했다. 북조선 인민군들이라고도 불렀다. 대문을 열지도 못하고 우리는 문틈으로만 붉은 기가 꽂힌 소련제 탱크 행렬을 내다보았다. 어머니와 형님은 걱정스러운 눈초리로 말했다. '북조선 인민군이 언제 저런 무기를 가졌을까?' 이런 생각도 해보았다.

 소련제 탱크에는 붉은 기가 꽂혀있다. 소련제 고사포도 있고, 처음 보는 탱크와 장갑차·군용 트럭에는 기관총도 장치돼 있었다. 사람들은 말도 못하고 그냥 웅성거리면서 서로서로 눈치만 바라보고 있었다.

또한 동네사람들 중 어떤 사람들은 말 한 마디 못하고 감옥으로 끌려가기도 했다. 이런 일이 벌어지던 그때가 6·25 전쟁이 터지기 바로 전 해의 추운 겨울로 기억된다.

인민군들의 개털모자차림도 생각나고, 긴오바자락을 펄럭이며 지나가던 인민군들의 누르팅팅한 얼굴까지 떠오른다. 밤이면 탱크 소리가 나고, 인민군들은 계속 계속 지나갔다. 주로 낮에는 말마차소리가 들리고, 밤에는 탱크랑 장갑차소리가 며칠 간 계속 울렸다. 소련군 고문관은 지프차를 타고다녔고, 3발이 오토바이 옆엔 인민군 장교가 타고있었다. 새까만 졸병은 운전을 하고있었다.

겨울이 지나고 새봄이 왔다. 철원 산야에는 진달래·개나리꽃이 만발했다. 봄을 알리는 꽃들은 참 아름다웠다. 농민들은 농사 준비를 하고, 철원 농민 소비 조합에서는 집집마다 배급을 주었다. 개인 장사군들에게는 장사를 하지 못하게 했다. 북조선의 모든 공장과 가게와 농토와 회사는 모두모두 국영 업체로 빨려들었다. 국영 소비 조합·국영 백화점 등 …이런 식이다. 개인 재산이나 개인 사업체란 없다. 하나부터 열까지 나라에서 몽땅 운영했다.

북조선 인민들과 노동자들은 열심히 일을 해서 배급을 타먹고 생활했다. 노동자들은 8시간씩 노동하고, 그나머지 시간은 리 인민 위원회에서 주관하는 토론회·음악회·사회 주의 공산 교육을 받아야 했다. 그야말로 자유 시간은 없었다.

계절은 어김없이 돌고돌아왔다. 봄이 오면 꽃이 피고, 여름이 오면 산천은 파랗게 물들고, 비가 오다 개이면 파란하늘은 더욱 파래졌다. 그토록 이 아름다운 하늘을 바라보며 말 한 마디 못한 채 한숨만 짓는 사람도 많이 있었다. 울고만 지내는 사람들도 많았다. 여름날의 하늘도 슬퍼서 자주 울었다. 여름먹구름은 간헐적으로 비를 내렸다. 어떤 때는 밤낮 계속 비를 내렸다. 비를 기다리던 농민들은 못자리를 냈다. 모내기 운동이 벌어지기도 한다.

못자리에서 모가 자라면, 비올 때만 기다리던 농부들은 일손이 더욱 바빠진다. 모내기 운동은 절정을 이룬다. 초급 중학교 학생들, 고급 중학교 1학년 학생들, 이학생들은 농촌마을을 찾아 일일이 일손을 거든다.

학생들은 학교에서 새노래를 부른다. '일하러 가세. 일하러 가세. 다함께 일하러 가세.' 이런 노래를 부르며 신나게 집단 농장으로 가서 모내기를 했다.

철원 군내 고급 중학교 · 전문 학교 학생들은 낮에는 군사 훈련을 하고, 밤에는 마을사랑방을 찾아가 문맹 퇴치 문화 사업을 했다. '일하지않는 자는 밥먹지 말라.'는 그들이다. 중앙 당부에서는 전문 학교 학생들에게까지 가혹한 군사 훈련을 시키라고 명령했다. 바로 전쟁 준비였다.

북조선 인민 공화국 인민군 탱크 부대는 이미 3·8선 일대에 완전 배치되었다. 경기도 전곡 부근 즉 3·8선 부근의 북에 사는 농민들은 아무 영문도 모른 채 후방으로 이주 당했다. 3·8선 부근에 사는 산동네 화전민들도 후방으로 이주시켰다.

북조선 3·8선 일대엔 전쟁 준비가 철두 철미하게 이루어져갔다. 이주 농민들은 웅성거리며 무슨 일이 곧 일어날 것같다고 했다. 곧 전쟁이 일

아날 것같아 불안해 했다. 할아버지·할머니·아버지·어머니·아저씨·아주머니·형님·누나 들은 저마다 불안해하며 입조심들을 하기에 바빴다.

북조선 백두산 빨치산 부대가 최일선 3·8선에 배치되었다고들 한다. 전쟁 준비에 만전을 기하고 있다고들 한다. 이들은 김일성 장군의 명령만 기다리는 중이라는 말도 돌았다. 산계곡마다 배치된 장갑차와 탱크의 수10문 대포들이 하나같이 남쪽으로만 포구를 향하고 있었다.

드디어 1950년 6월 25일 새벽. 일제히 탱크 포와 야포·고사포 포구는 하늘로 불을 뿜었다. 여기저기서 번쩍번쩍하는 불빛이 터졌고, 대포소리는 천둥소리처럼 울려퍼졌다. 김일성 장군의 공격 명령이 전군에 떨어졌다. '철원 중앙 방송'에도 일제히 긴급 뉴스로 보도했다. 이방송에서는 '남조선 괴뢰 군인들이 탱크를 앞세우고 진격해 쳐들어온다.'고 방송을 했다. '남조선 괴뢰 군인들이 전쟁을 먼저 일으켰다.'고 계속 떠들어댔다.

1950년 6월 26일 아침방송은 정황을 구체적으로 알려줬다. 방송에서는 '조선 민주 주의 인민 공화국 붉은 인민군들과 북조선 백두산 빨치산 부대와 장갑차와 탱크 부대가 남조선 괴뢰군들을 즉각 물리쳤다.'는 소식이다. '계속 인민군 소총 부대와 탱크 부대는 남쪽으로 진격하고 있는 중이라고 했다.

철원군 인민 위원회에서는 갑자기 궐기 대회를 열었다. 6월 28일 방송에는 '북조선 민주 주의 인민 공화국 인민군 총 사령관 김일성 장군의 명령을 받들어 남으로 진격을 하고있다.'고 했다. 이부대들은 '백두산 부대·빨치산 부대·만주 8로군 부대·인민군 특공 부대 들이 탱크 부대를 앞세우고 맹렬히 공격하며 진격하고있다.'고 했다.

'용감하고 씩씩한 인민군은 앞으로 앞으로 승리의 깃발을 휘날리면서 돌격만 하고있다.'고 했다. '말마차 부대는 후방에서 보급품을 수송하며 돌진하고, 장갑차 대포 부대와 야포 부대는 맹렬히 남을 향해 포사격을 하고있다.'는 뉴스다. '전진 · 전진 · 전진하고 있다.'고만 했다.

'여름비가 계속내리는 가운데서도 인민군들은 잘 싸우고 있다.'는 것이다. '남조선 괴뢰군들은 전투도 하지않고 후퇴만 계속하고 있다.'고 방송했다.

이런 전쟁통에도 철원군 학생들은 열심히 공부하면서도 농민들의 바쁜 일손을 도왔고, 밤에는 마을사랑방을 찾아가서 조선글을 모르는 아저씨 · 아주머니들에게 한글을 가르쳤다. 이를 '문맹자 퇴치 사업'이라 했다. 인민 위원장은 농민들에게 '농사일에만 열심히 전념하라.'고 명령했다.

철원군 철도국 기관사들은 철도청 지시를 받았다. 평양 · 원산에서 탄약과 탱크, 트럭과 대포 등 전쟁에 필요한 군수품들을 화물칸으로 운송하고 있었다. 철도국에서는 역 주변 철로 경비를 철저히 하도록 지시했다.

금강산가는 철길도 철도 경비병이 삼엄하게 경비하고있었다. 후방 부대는 근로 부대가 담당했다. 이때가 한창 전쟁이 무르익어가는 1950년 7월 초순 경이다. '만주 8로군 부대는 3 · 8선을 넘어 동두천까지 점령했다. 그리고 포천군쪽으로 돌진한다.'는 뉴스가 방송되었다. '인민군 특공 부대는 운천 지역을 점령했다. 계속 포천군 쪽으로 돌진한다.'는 방송이다.

'빨치산 부대는 산악 지대인 금성 · 금화에서 양구 · 화천 · 춘천 쪽으로 육박전을 무릅쓰고 맹진격 중'이라 했고, '인민군 소총 부대는 직접 육박전으로 돌격하고있다.'고 했다.

'붉은 깃발 높이 들어라./우리들은 승리한다.'는 노랫소리와 함께 '곧 강원도 춘천도 점령할 수 있다.'고 방송한다.

'철원 방송국'은 '북조선 민주 주의 인민 공화국 만세' 소리와 '김일성 장군의 노랫소리'를 연거푸 방송하고있다. 만주 8로군 부대와 탱크 부대는 드디어 속전 속결로 의정부로 진격해 그곳 일대를 점령했다. '북조선 인민군 만세' '김일성 장군의 노래'는 계속 방송됐다.

'춘천시도 곧 점령될 것'이라고 했다. '탱크 부대는 대포를 쏘며 춘천 시가지로 진격하고있다.'고 '철원 방송국'은 알린다.

철원하늘 상공에서 처음으로 쌕쌕이 비행기를 보았다. 쌕쌕이 비행기 그것은 바로 소련 제트 기였다.

처음 소련 제트 기가 6·25 전쟁에 참전한 것이다. '곧 서울 시가지를 폭격하러 갈 것'이라 한다. '중앙청도 목표물로 세워 폭격할 것'이란 소문이다.

그후 '만주 8로군 부대의 강력한 붉은 탱크가 서울시를 점령했다'고 방송했다. '철원 라디오 방송'은 '북조선 인민 공화국 만세' '인민군 만세' '8로군 만세' '빨치산 부대 만세' '백두산 부대 만세'를 계속 날렸다. '김일성 장군의 노래'는 연이어 방송으로 내보내고있었다.

철원군 인민 위원회에서는 농민들과 학생들을 총 동원해 '서울 점령 축하 궐기 대회'를 열었다. 철원역앞 광장엔 공화 국기·소련기와 김일성 초상화가 물결쳤고, 붉은 깃발로 물들었다. 계속 '강한 탱크 부대 만세' '만주 8로군 만세' '김일성 장군 만세'가 쏟아졌다. 방송국에서도 그렇게 방송을 하고있다.

어느 날 철원 상공에 처음으로 미군 제트 기 4대가 맴돌기 시작했다. 이것이 미군 '쌕쌕이'였다. 이때 철원군 사요리 야산에는 '철원 방송국'과 송전 안테너가 있었다. 미군 제트 기는 몇 바퀴 철원하늘을 빙빙 돌다가 드디어 '철원 라디오 방송국'을 폭격하기 시작했다. 제트 기들은 번갈아 가며 휘발유통을 투하하고, 연이어 내리꽂으면서 기관포 사격을 가했다. '쌕쌕이' 비행기 한 대씩 교대로 내려오면서 기관포 사격을 가하고는 번개같이 공중으로 솟아오르면 곧 뒤따라 또 한 대가 내려오며 기관포를 연발로 쏘아댔다.

4대의 미군 제트 기는 순식간에 '철원 라디오 방송국'을 불바다잿더미로 만들어버렸다. 그후로는 더 이상 '철원 라디오 방송'을 들을 수가 없었다. 그다음부터는 '북조선 인민군 탱크 부대가 남쪽으로 진격, 수원 쪽으로 공격 중'이라고 '평양 방송국'에서 방송했다.

그이후로 철원하늘위에서는 정찰기 한 대가 상공을 맴돌고있었다. 이 무렵 처음으로 철원군 일대에 본격적인 폭격이 가해졌다. 더 무서운 것은 미국 'B29' 폭격기다. 이놈은 나타나자마자 철원역 철도를 대대적으로 폭격했다. 새우젓독같은 것이 쏘악-쉬 하면서 떨어졌다. 철원역 철도와 기차 곳배들은 한순간에 날아갔다. 철원하늘은 구름먼지로 덮었다. 두 가락 철길 레일이 하늘 높이 솟아올라갔다가 떨어지기도 했다.

그때 당시 철원 인민들은 이폭풍에 집들이 날아가기도 해서 많은 피해를 입었다. 경원선 철도는 완전히 두절되었고, 인민들 수백 명이 죽었다. 팔이 떨어져나간 사람, 다리가 절단된 사람들, 여기저기서 살려달라는 아우성소리, 엄마·아버지를 부르며 울고있는 어린아기들, 목놓아 우는 소리가 지금도 내 귓전을 때린다. 철원 상공은 쉴 새없이 정찰기가 맴돌고있었다.

　나는 이글을 쓰면서도 손이 떨려 글씨가 잘 써지지않았지만, 그때 그 시절을 생각하면 눈물이 앞을 가린다. 참으로 비참했다. 현재의 대한민국에서는 아마도 철원군의 그당시 피해 상황을 전혀 모르고있을 것이다 그래서 내가 이생생한 체험적 글을 쓰는 것이다.

　억울하게 죽어간 민간인들이 참으로 많다. 철원군의 시민들과 인민들, 물론 노동 당원도 많이들 죽었지만, 특히 할아버지·할머니·부인들과 청소년들 그리고 많은 어린 생명들이 죽어나갔다. 미처 피할 수가 없었다. 미군 'B29'가 떴다하면 비행기가 오는 반대 방향으로 무조건 빨리 뛰어가야 살 수 있었다. 젊은이들은 힘이 좋아 무조건 비행기 떠오는 반대 방향으로 뛰었다. 그래야 살 수 있었다.

　그후에도 계속해서 'B29' 비행기는 철원군 사요리·관전리·월하리 일대를 샅샅이 누비며 폭격했다. 또 전기도 끊어졌다. 전봇대는 하늘 높이 솟았다가 쓰러졌다. 철원군 일대는 암흑 천지가 되고말았다.

　관전리·월하리 폭격때는 수백 명, 수천 명 이상이 무너지는 집에 깔리고, 폭풍에 날아가 죽었다. 말로 표현할 수 없이 무섭고도 두렵다. 눈물도 말라서 흐르지않았다. 악이 치밀어 올랐다. 공산당 빨갱이·인민들이 떼로 죽었다. 그러나 그중엔 선량한 인민·노인·어린이들이 억울하게도 많이들 죽어갔다.

　소문에는 'B29'가 철원 폭격 후 압록강 수력 발전소를 집중 폭격했다고 한다. 소문만이 아닐 것이다. 'B29'는 평양시·원산시·신의주 쪽 압록강 수력 발전소까지 폭격해 북조선은 이제 암흑 천지가 됐다. '평양' 방송국도 폭격당했다.

그이후로 이북 라디오 방송은 일체 들을 수가 없었다. 지금까지 죽지 않고 남아있는 철원 군민들은 산속으로 들어가 땅굴을 파고 숨어살았다. 비행기를 피하기 위해서였다.

'B29' 폭격을 당하기 전에 철원 고급 중학교·사범 전문 학교·축산 전문 학교·농업 전문 학교 젊은이들은 인민군 징집 명령을 받고는 평양으로 많이들 떠나간 후라서 'B29' 폭격 피해를 모면할 수 있었다. 만약 젊은 학생들이 떠나기 전에 폭격을 당했더라면 더 많은 젊은이들이 죽었을 것이다.

유엔 군 제트 기는 계속 철원군 역부근 육로길을 폭격했다. 여기저기서 집이 불탔다. 시체타는 냄새, 소들도 타죽고, 개와 닭들도 불에 타죽었다. '쌕쌕이' 제트 기들은 휘발유통을 떨어뜨린 다음 기관총을 쏴 퍼부어 온통 불바다로 만들었다.

산속으로 피란가서 생활하던 철원 인민들도 '쌕쌕이' 기관포 사격으로 많이 희생됐다. 그래도 철원 인민들은 산속에서 아침일찍 나와서 김매기 운동, 무엇이든 서로 돕는 운동을 하며 식량 생산에도 게을리하지않고있었다.

산속 땅굴생활을 하던 사람들은 식량 창고·농협 협동 조합 창고가 폭격으로 무너져 불타자 모두 내려와 불타는 콩·쌀·옥수수 들을 불길속에서 꺼냈다. 아저씨·아주머니 할 것없이 이들 식량을 머리에 등에 이고지고 산속 땅굴집으로 돌아가다가 미군 '쌕쌕이' 제트 기에 공습을 당해 또 억울하게 목숨을 버리게 되는 경우도 있었다.

북조선 인민군·백두 부대·만주 8로군 부대·인민 특공 부대는 수원 시를 점령하고, 계속 남쪽으로 진격했다. 강력한 탱크 부대는 평택에서 전투기의 폭격으로 전멸 당하기까지 했다. 인민군 소총 부대는 육박전으로 공격했으나 미군 중폭기·제트 기 폭격과 기관포 사격으로 인해 탱크와 함께 말마차 들까지도 길거리에서 불타버렸다. 군수 물자 운반 우마차들이 전멸 당하다시피 했다.

빨치산 부대는 소총만으로 낙동강까지 진격했으나, 낙동강 전투에서 거의 비참하게 죽었다. 개처럼 새까맣게 그을려 재가 되어죽었다. 총에 맞아 죽은 게 아니다. 유엔 군 포탄이 우박같이 떨어지면서 번쩍번쩍했고, 그때마다 재가 되어 죽어나갔다고 한다.

철원 고급 중학교 내 동창생 한 사람은 낙동강까지 소련 고문관을 태우고갔다. 소련제 3발 오토바이 운전병이다. 소련군 고문관을 옆에 태우고 낙동강 전투 상황을 탐색하기 위해 갔다가 인민군들의 죽은 시체를 만져보고는 깜짝 놀랐다. 거의 불에 타죽었다. 비행기가 뿌린 휘발유에, 소이탄에, 포탄에, 또는 유엔 군의 화염 방사기 불꽃에, 새까맣게 타서 죽은 것이다.

소련 고문관과 동창생 그인민군은 북쪽을 향해 되돌아오는 과정에서 미군 제트 기를 만났다. 당장 사격을 받았다. 소련 고문관은 기관포에 맞아 즉사했다. 내 동창생인 인민군 연락병 '윤 동무'는 다리부상을 입었다. 기어서 마을로 찾아가 밥을 얻어먹으며 평택까지 와서는 미군들에게 그만 포로로 잡히고 말았다. 그때는 유엔 군이 수원까지 진격해 왔을 때라고 한다.

윤 동무는 '거제도 포로 수용소'에 있다가 이승만 대통령의 당시 특혜법이 통과되어 인민군 포로에서 석방되었다. 그때 북쪽으로 가고싶은 인민군 포로는 북으로 보내졌으나 남한에 남고싶다고 하는 포로는 대한 민국 국민으로 인정해주는 '반공 포로 석방 제도'가 있었다.

중립을 택한 반공 포로들은 중립국으로 갔다. 브라질·아르헨티너로도 보내졌다. 바로 그때가 브라질이나 아르헨티너 1차 이민 시절이다. 중립국으로 이민간 포로들 숫자는 확실히 모른다. 그러나 그때 브라질로 간 포로는 3명이다. 아르헨티너는 4명이다. 또 다른 중립국으로 간 포로들도 있었다.

철원 고급 중학교 내 동창생인 윤 동무는 대한 민국 국군으로 입대했다. 국방의 의무를 무사히 마치고 결혼도 했다. 아들 둘, 딸 둘 4남매를 두고 행복하게 생활하고있다. 지금은 할아버지가 됐지만.

당시 철원 사범 전문 학교·농업 전문 학교·축산 전문 학교·고급 중학교 출신 그때 동창생들은 철원 '금학' 동창모임에 나온다. 매년 망년회에도 꼭 참석하는 이할아버지 친구들은 현재 25명이라는 소식을 들었다.

그중에는 인민 군대에 끌려가서 6·25 전쟁에 구사 일생 살아남은 친구로 축산 전문 학교 한원교 동창생 할아버지도 있다. 현재 동창 '금학회' 회원 중에는 매년 하늘나라로 한두 사람씩 떠나가는 동창들이 있기도 하다.

그때 북조선 인민군들은 수원에서 포로로 많이 체포되었다. 평택에서도 유엔 군에게 포로로 많이 잡히고, 유엔 군 제트 기에 수많은 인민군이 불에 타죽고, 기관포 사격에 빨치산 부대는 거의 다 전멸 당했다.

인천 상륙 작전으로 수도 서울이 탈환되었다. 미해군과 해병·한국군 해병대가 인천 월미도 상륙 작전에 성공한 것이다. 그들은 '중앙청' 꼭대기에 펄럭이던 인공기를 내리고, 그곳 국기 게양대에 태극기를 다시 휘날렸다. 인민군 패잔병들은 높은 산속으로 들어갔다. 계곡과 산맥을 타고 북쪽으로 후퇴하기 바빴다. 유엔 군과 국군은 의정부·동두천을 재빠르게 탈환하고, 3·8 이북으로 곧장 진격했다.

대한 민국 국군은 재무장을 했다. 학도병들도 훈련소에서 제대로 훈련받고 일선으로 배치됐다. 북으로 진격할 때 철원으로는 수도 사단이 앞장서서 달려갔다.

철원군에 수도 사단 선발대가 들어왔을 때는 이미 인민군 패잔병들은 모두 산속으로 숨어들어가고 없을 때였다. 대신 산속땅굴에서 생활하던 철원 군민들은 태극기를 들고 너도 나도 국군을 환영하며 '대한 민국 만세'를 불렀다. '국군 만세'도 외쳤다. 대한 민국을 지지하는 국민들이었다.

그러나 참 서글픈 현실이었다. 그들은 북조선 인민군이 나오면 '인민군 만세'를 부르고, 대한 민국 국군이 나타나면 '국군 만세'를 불렀다. 살기 위해서는 어쩔 수가 없었다. 밤이 되면 인민군 패잔병들이 나타나서 양민들을 죽이고, 낮에는 국군들이 치안대와 전투 경찰과 함께 공비 토벌에 나섰다.

산속 땅굴속에서 생활하다가 '국군 만세' 부르고, 치안대에 현지 입대하고 전투경찰에 현지 입대해 패잔병 공비 토벌대로 참전해싸우다가 귀한 생명을 잃고 죽어가는 아저씨들이 많았다. 이들은 북조선 인민 위원회를 피해 산으로 피난가서 땅굴생활을 하다가 전투 경찰대에 입대한 인물들이 대부분이다. 슬픈 운명의 주인공들이다.

같은 민족끼리 죽고죽이는 동족 상잔의 6·25 전쟁이다. 참 슬픈 일이다. 나는 철원 전투 경찰대에 현지 입대했다. 공비 토벌도 했다.

대한 민국 국군의 수도 사단이 철원에 들어왔을 때, 나는 태극기를 들고나가 만세를 부르며 환영했다. 그때가 9월 중순 경으로 기억된다.

철원군 치안대와 전투 경찰은 3개월 간 치안을 담당했다. 밤이면 밤마다 공비들과 전투를 했다. 철원읍 북쪽 구암산에는 인민군 패잔병들이 산속땅굴에서 생활하고있었다. 구암산은 평강쪽으로 산세가 높고, 계곡은 여러 갈래로 뚫려있었다.

12월 눈보라가 날렸다. 추운 겨울밤 북쪽 평강에서 밤새 꽹과리소리가 났다. 피리소리도 구슬프게 들려왔다. 중공군들이다. 구암산에 있는 인민군들에게 보내는 신호소리였다.

중공군 떼거리는 인해 전술로 피리를 불며 후퇴하는 국군 수도 사단 대대 병력과 평강 들판에서 한판 붙었다.

수도 사단 대대 병력은 전투를 하다가 전멸 당하다시피 했다. 철원 시내로 후퇴한 수도 사단 국군 중대 병력은 후퇴 준비를 하면서 겨우 방어 사격만 했다.

대대장은 겨우 1개 중대 병력 정도만 이끌고는 철원 역전에 나타났다. 밤이면 기관총·소총소리·인민군 따발총소리·중공군 꽹과리·피리소리만 계속 들렸다. 중공군들은 이처럼 소리로 철원 군민을 불안하게 했다. 인해 전술의 중공군은 악기를 동원한 정훈 홍보 전술도 대단했다.

1백만 명에 이르는 중공군은 계속 인해 전술로 공격해왔다. 꽹과리·피리까지 불며 포위해 들어왔다. 철원역은 중공군에게 완전 포위당했다. 구암산에서 내려온 인민군과 중공군들은 합동 작전으로 수도 사단 1중대를 꼼짝달싹하지 못하게 묶어놓았다. 철원 전투 경찰과 철원 치안 대원도 국군 중대장과 대대장의 뒤만 줄줄 따라다녔다.

밤마다 들려오는 중공군 꽹과리·피리소리는 밤이라서 그런지 왜 그렇게도 무서웠는지 모르겠다. 간헐적으로 인민군 따발총소리까지 따락따라락 소름끼치게 들려왔다.

치안 대원들과 현지 입대한 전투 경찰 대원들은 붙들리면 총살 당할 각오를 하고있었다. 밤낮 공비들과 전투를 할 수밖에 없었다.

철원 군민들은 산속땅굴에서 굶주려가며 산적같은 생활을 하고있었다 사람을 만나는 것이 무섭고도 두려웠다. 서로 눈치만 보고 말 한 마디 하지않았다. 누가 누군지 알 수가 없었기 때문이다.

사람들 중엔 북조선으로 후퇴했다가 철원산동네로 나온 사람도 있었고, 첨부터 대한 민국 국민인 사람도 있었다. 바지저고리 입은 농민같은 사람도 있다. 때묻은 양복입은 사람도 있다. 아래는 '당꼬바지'를 입고, 윗도리는 점퍼같은 것을 걸쳐입은 사람들도 있었다.

국군 복장을 한 사람은 대한 민국 국군으로 보였고, 인민군 복장한 사람은 북조선 인민군으로 보였다. 옷입은 태를 보고 착각해 함부로 말을 했다가는 붙들려가기도 했다. 몇은 죽기도 했다.

국군 중엔 일부러 인민군 복장을 한 사람도 있다. 인민군이 국군 복장을 하고있기도 했다. 그사람들은 모두가 정보 부대 정보원이었다 북조선 정치 보위부 사람들이 주로 국군 복장을 하고 다녔다. 치안대나 전투 경찰대에 위장해 현지 입대하기도 했다. 남조선 편으로 만세부른 사람들을 체포하기 위해 위장하고 다녔다. 치안 대원·전투 경찰에 입대한 사람들을 잡아가기도 했다.

철원군 북쪽 평강은 중공군과 인민군들이 점령하고있었다. 철원군 남쪽 사요리 산이나 월하리, 동송면쪽 신탄리 산골동네 초가집들과 약촌동네 초가집들, 그리고 강촌리 산동네집들에는 국군이 있었다.

북쪽으로 진격했다가 중공군들이 내려와서 수도 사단은 전멸 당했다. 수도 사단은 일개 대대 병력 국군들이 부상병을 데리고다니며 전투를 하고, 철원읍까지 쫓겨내려와 있었다. 계속 중공군들은 전 전선에 걸쳐 인해 전술로 공격해오거나 포위망을 좁혀가고있었다. 철원 시내는 집 한 채도 없었다.

신탄리 산동네 초가집엔 피난간 사람들이 있었다. 주로 산속에 땅굴을 파고살았다. 너구리·늑대·여우같이 산짐승같은 동물 생활을 하며 살았다. 하루에 밥 한 끼를 먹기도 힘들었다.

어느새 철원군 철원읍 역전은 잿더미로 변했다. 밤이면 수도 사단 대대 병력과 중공군이 서로 싸웠다. 인민군은 밤이 되면 산속에서 내려와 중공군과 합동 작전을 했다. 철원역 쪽으로 박격포를 쏘고, 따발총으로 위협 사격을 했다. 이제 국군들에게는 실탄도 떨어지고, 식량도 떨어지고, 이 때문에 전투다운 전투를 못하고있었다.

추운 곳에서 훈련된 되놈들은 거의 14세·15세의 어린 소년병들이다. 아군들은 철원읍 사요리 산비탈 초가집동네에 숨을 죽인 채 은신하고있었다. 국군들은 막막했다. 수도 사단 17연대 ○○대대장은 겨우 중대 병력 정도밖에 남지않은 군사로는 감히 인해 전술의 중공군과는 전투할 수가 없었다.

대대장은 철원 사오리쪽 산에 임시 방어땅굴을 파고있으면서 무전으로 지원군을 보내달라고만 하고있다. 종일 전령인 통신병을 시켜 무전만 쳐대고 있다. '총·실탄·식량 보급 바람'이 무전 내용이다.

어느날 오전 보급품을 실은 미국 'C119' 수송기가 철원 상공을 빙빙 돌고있었다. 사다리같이 생긴 비행기다. 국군은 식량과 총·탄약·기타 보급품을 실은 수송기가 왔다고 좋아 날뛰었다.

'대한 민국 국군'이라고 표시된 빨간색 광목같기도 하고, 노란색 광목같기도 한 'B표지'를 땅위에 펼쳐놓았다. 그런데 중공군이 그사실을 미리 알아차리고 평강 북쪽 넓은 벌판에 대형 빨간색 표지판을 잘 보이게 땅위에 펼쳐놓았다.

수송기는 착각했다. 비행기는 그위를 몇 바퀴 돌다가 중공군이 속임수로 표시해 놓은 곳을 향해 그만 보급품을 투하하기 시작했다. 보급품들은 북쪽 평강 들판으로 날아내렸다. 흰색낙하산에 매달린 보급품들은 중공군 지역으로 떨어지기 시작했다. 나무로된 네모진 궤짝에는 총·실탄·식료품 등을 넣어 투하했다는 무전이 국군 대대장에게 날아들어왔지만, 다 허사였던 것이다.

중대 병력 국군들은 모두 다 목놓아 울었다. 어떻게 저럴 수가 있을까 아무리 눈이 멀어도 중공군이 펼친 표지판도 알아내지 못하고, 국군 표지판도 구별할 줄 모르냐며 통곡했다. '우리들은 이제 중공군에게 포로가 되거나 굶어죽을 수밖엔 없다.' 총도 부족하고, 실탄도 다 떨어지고, 포위당한 처지라 중공군 공격이 있으면 쫓겨갈 수밖에 없었다. 사기가 떨어진 군인들은 기력마저 잃어갔다. 그냥 눈물에 젖고만 있었다.

국군 대대장은 '이제 할 수 없다. 신탄리 산계곡을 타고 대광리쪽으로 후퇴한다.'고 하면서, 남은 병사들에게 '정신 차리고, 힘내라.'고 했지만 그도 허기가 져서 힘이 없어보였다.

피난민들과 치안 대원들도 '어떻게 이럴 수가 있느냐'고 하면서 모두 함께 울었다. 그러나 개중에는 '힘내자.'고 외쳐대는 이들도 있었다.

빨리 행동을 취해야만 했다. 이대로 가다가는 중공군의 공격에 모두

죽을 수가 있으니, 산비탈을 타고 빨리 후퇴해야만 한다고 대대장은 남은 병사들에게 명령조로 말했다.

미 수송기에서 떨어진 나무상자속 비상 식량 '시레이션'엔 맛있는 쇠고기·통조림·비스킷·초컬릿·파인애플·'낙타' 양담배·성냥·음료수·소총·실탄·방한복·군화 들이 들어있었다. 그러나 그 귀한 품목을 적군에게 넘겨주고 만 어처구니없는 일이 벌어지고말았다. 참으로 억울한 일이다.

중공군 측은 낙하산 보급품들이 떨어질 때 기관총으로 보급품을 가져가지 못하도록 미리 엄호 사격까지 하고있었다. 낙하된 보급을 받아서는 국군을 공격할 것이다.

철원군 사요리 산비탈 숲속에는 허기에 지친 채 숨어있는 수도 사단 17연대 1개 대대 중대 병력이 기력없이 늘어져있었다. 우리 국군의 비상 식량과 소총 실탄을 어처구니없이 빼앗긴 이러한 일이 어떻게 일어날 수 있느냐고 모두가 눈물을 흘리며 억울해 했다.

모여있는 철원군 군민들과 치안 대원과 국군 병사·경찰대들은 '하느님도 무심하다.'고 갑자기 하늘탓을 하기도 했다. 이는 미군 수송기 조종사가 잘못한 것인지, 보급 장교가 눈이 멀었는지 둘 중 하나다. 왜 아군의 빨강·노랑 표지를 보지 못했는지 의문이 들기도 했다.

중공군 적군들은 붉은 깃발을 흔들며, 보급 상자를 열어 맛있는 것들을 먹고, 아군 소총과 실탄으로 아군을 공격하기 시작했다. 중공군들은 또 꽹과리와 징을 치고 피리까지 불면서 공격해왔다.

대한 민국 국군 병사들, 전투 경찰·치안 대원들·피난민들은 대대장 명령에 따라 산기슭으로 내려갔다. 새벽별을 보면서 내려갔다. 경기도 대광리쪽 철로길을 따라 후퇴하기 시작했다.

하늘도 무심하지, 왜 이때 하필 눈이 내리는지. 추운 북풍도 불어왔다. 눈보라가 매섭게 몰아쳤다. 신탄리 산골짝 철로길로 치안 대원과 피난민들이 줄을 이어 내려가는데, 동이 트며 날이 밝아오자 양쪽 산에서 인민군·중공군들이 기관총으로 공격하며 박격포를 쏴댔다.

철원 외촌리·사요리·중리·월하리 리 인민들은 대한 민국을 지지하는 사람들이 많았다. 남쪽으로 후퇴하는 국군의 뒤를 따라 민간인들은 머리에 보따리를 이고, 어린애를 등에 업거나 걸려가며 힘겹게 따라왔다. 모성애가 강한 어머니들은 사랑과 굶주림에서 해방되기 위해 이렇듯 눈보라가 치는 매서운 하늘아래에서 무사히 가게 해달라고 기도를 했다.

'하늘님, 도와주옵서. 무사히 남쪽가는 길 도와 주옵소.' 기도하는 어머니들의 마음은 아름답기까지 했다. 그러나 무자비한 적군들은 양쪽산 봉우리에서 내려다보고는 기관총으로 무차별 사격을 가했다. 인민군의 박격 포탄이 여기저기에 떨어졌다. 쉬이~ 쉬 하는 소리가 나면서 꽝꽝 폭발했다. 파편이 머리위로 날아다녔다. 치안 대원·전투 경찰들은 전쟁 공포에서 벗어날 새가 없었다. 북풍 한설은 귓전을 때리고, 몸은 점점 꽁꽁 얼어오는 것같았다. 여기저기서 비명소리가 들려왔다.

신탄리 기찻길을 따라 남쪽으로 내려가는 피난민들을 향해서도 계속 사격해 왔다. 따발총도 쏘고, 땅콩총 소리도 났다. 기관총에 맞아 쓰러지는 피난민들은 소리소리치며 빨리 철길밑으로 내려가 몸을 피하라고 소리친다.

따발총소리는 따라락~ 뚜르륵~뚜르륵 귓전을 때렸다. 그럴 때마다 '엎드례!' 하는 소리도 들렸다. 간헐적으로 중공군 박격 포탄은 계속 여기저기에 떨어지며 폭발했다.

간혹 피난민들도 포탄 파편에 맞아 쓰러진다. 신탄리 기찻길옆에는 쓰러져죽은 피난민 시체가 널려있었다. 엄마등에 업힌 채 죽어있는 어린 아기들은 얼어죽었을 것이다.

수도 사단 17연대 대대장 이하 중대 병력 병사들은 일부만 겨우 무사히 살아서 대광리쪽으로 빠져나왔다. 국군들도 박격 포탄에 맞아 많이 죽었다. 눈보라는 계속 몰아쳤다. 그제야 중공군의 박격포·기관총·따발총 소리가 그쳤다.

나는 구사 일생 살아있었다. 쓰러지는 피난민들을 보고는 뒤를 따라갈 수가 없었다. 공포에 떨었다. 무섭고 죽을 것만 같았다. 박격포 떨어진 구덩이에 엎드려 머리를 땅에 박고 그냥 그대로 계속 납작 엎드려 꼼짝 달싹 못하고있었다.

추운 겨울 폭풍에 몸을 움직이지도 못하고있었다. 인민군이 와서 발길로 툭툭 차는 것이었다. '죽었어? 살았어?'하며 소리쳤다. 일어나라고 발길질을 해댔다. 나는 정신을 차리고 일어났다. 인민군은 '이놈 너 국군이지?'하고 물었다. '아닙니다. 나는 북조선 학생입니다. 철원 고급 중학교 학생입니다.' 하니까, '왜 인민군 학도병에 입대하지않았어?' 하며, 총으로 후려쳤다.

'너는 반동 분자야.' 하면서, 포승줄로 꽁꽁 묶었다. 나는 '이제 죽었구나.' 하며, 마음속으로 어떻게 탈출해야 할지를 줄곧 생각하면서 끌려가고있었다.

인민군은 '나는, 평양에서 내려왔다.'고 했다. 신탄리쪽으로 한참 가다보니, 그때 대광리 학교가 보였다. 대광리 학교에는 미쳐 빠져나가지 못한 피난민들이 붙들려 와있었다. 피난민들을 학교 교실안에 가둬놓고 한 사람 한 사람씩 정치 보위부 부원들이 심사를 하고있었다.

남쪽으로 가지 못한 피난민들이 수10명이나 잡혀있었다. 나도 잡혀와 한 교실에 갇혀있었다. 계속 피난민들이 붙들려 왔다. 이 와중에서도 중공군과 인민군들은 대광리를 점령하고나서 연천쪽으로 계속 진격하고있다고 피난민들은 귓속말로 속삭인다.

'어떻게 하면 여기서 살아나갈 수 있을까.' 하고 서로 이야기를 주고받았다. 경기도 신탄리 초등 학교에서 정치 보위부·내무 서원·보안 대원들은 잡아둔 피난민 한 사람씩을 불러내 조사를 했다. 출신 성분을 철저히 조사해서 반동 분자를 가려냈다.

나는 지주 자본가의 아들에다, 인민군 학도병 징집에 불응하고, 산속 땅굴에서 4촌형들과 남조선 방송을 듣고는 이웃사람들에게 알려준 죄, 수도 사단 국군을 환영한 죄, 전투 경찰에 현지 입대해 공비 토벌한 죄 등으로 정치 보위부 취조실에서 매도 많이 맞고, 고문까지 당해야만 했다.

나는 살기 위하여 울면서 '민청에 가입하고, 민청 조직 부장까지 하였다.'고 진술했으나, '성분이 지주 자본가 자식인데, 어떻게 민청 조직 부장을 할 수 있느냐'고 하면서 따귀를 때렸다. 발길질도 했다. 그 즉시 정치 보위 부원이 포승줄로 손목을 뒤로묶고 정치 보위부 감옥인 철원군 사요리 '새우젓고개' 중턱의 콘크리트 지하 물 탱크 안에 수감해버렸다.

이철근 콘크리트 물 탱크는 대일 항쟁기 때 일본사람들이 철원 '안양샤' 계곡에서 내려오는 맑은물을 저장해 철원 식수 탱크로 사용하던 수도국 그 물 탱크였다.

정치 보위부 물 탱크 감옥은 1탱크 감옥, 2탱크 감옥, 3탱크 감옥 들 모두 세 개가 있었다. 이 물 탱크 감옥안에는 북조선 평양으로 피난가지 않고 산속 땅굴에 숨어있다가 국군이 진격해 철원에 들어왔을 때 환영하고, 다시 남쪽으로 쫓겨가는 남조선 국군을 따라가다가 붙들려온 사람들, 치안 대원들, 전투 경찰에 입대한 사람들, 국군 포로들, 갖가지 반동 분자 죄목으로 끌려온 사람들이 약 5백여 명이나 수감되어있었다.

나도 정치 보위 부원에 끌려가 감옥에 있을 때, 아는 이들이 많이들 잡혀왔다. 외촌리에서 이발업하던 김용재 아저씨, 외촌리 대장간 매질장이 아저씨, 외촌리에서 식당을 하던 문덕수 아저씨가 반동 분자로 입건되었다. 내무 서원에게 끌려서 감옥에 들어왔다. '아저씨 어떻게 끌려오셨어요?' '남조선 국군 환영하고, 만세 불렀다고 반동 분자라며 끌려왔다' 고했다.

나는 전시 인민군 학도병 기피죄와 남조선 전투 경찰에 현지 입대하여 공비 토벌한 죄로 총살형을 선고받고 죽을 때만 기다리고있었다.

철원군은 중공군이 점령한 후 철원군 인민 위원회·여성 동맹 위원회·민청원들이 산속 땅굴에서 살며 노동당 당원들로 활동하고있었다. 형님은 남한으로 월남했고, 나의 어머니와 형수는 조카 둘을 데리고 방춘말 산속땅굴에서 피난살이를 살고있다고했다.

그때가 1951년 2월이었다. 감옥에서 한 살 더 먹은 셈이다. 나는 감옥에서 하루에 한 덩어리 피밥, 물 한 컵을 받아먹고 총살 당할 생각만 하고있었다. 하루하루 어머니를 생각하며 울고있었다. 모두가 그리웠다. 보고싶었다.

형수는 시동생이 정치 보위부의 '새우젓고개감옥'에 갇혀있다는 소식을 듣고는 구명 운동에 나섰다. 형님이 월남해버려서 외롭게 사는 형수는 땅굴생활을 한다는 소문이다. 시어머니와 조카 둘을 데리고있다. 앞가림을 하기에도 어려운 형수가 글쎄 철원 고급 중학교 화학 담임 선생과 문학 담당 선생, 찔라이 선생, 김상설 선생을 찾아갔다. 가서는 무조건 울먹이면서 '시동생 유용수 학생을 살려달라.'고 눈물로 간절히 호소했다.

김상설 선생과 찔라이 선생은 북조선 노동 당원이다. 김상설 선생의 아버지와 나의 아버지는 서로 친분이 있었다. 우리집 소작인이기도 했다. 아버지는 그의 부친에게 경제적으로도 많은 도움을 준 바가 있다. 그런 일 때문에도 도와주지않을 수 없는 김상설 선생은 형수의 간절한 부탁을 들어주었다.

나 유용수 학생은 감옥에서 한 살을, 한 해를 감옥에서 피밥 한 덩어리씩 더 얻어먹고 드디어 19세가 되었다. 김상설 선생과 찔라이 선생이 철원군 정치 보위부 '새우젓고개감옥'에 찾아와 면회를 청했다. 책임자들에게 '유용수 학생 총살형만 면해 달라.'고 했다. 정치 보위 부장에게도 간청했다.

철원 '새우젓고개 정치 보위부 감옥'에는 그때 유엔 군 공군 조종사 2명도 함께 갇혀있었다. 미군 공군 대위와 소령이다. 이들은 고사포에 맞아 낙하산으로 탈출했으나 인민군에게 체포되었다. '새우젓고개 정치 보위부 감옥'까지 오게된 것이다.

내가 '정치 보위부 감옥'에 있을 때다. 콘크리트 물 탱크 감옥을 기어서 들어 올 때 이미 군복은 정치 보위 부원에게 빼앗겼다. 상의도 발가벗긴 채 속바지만 입고있었다. 사실은 팬티 바람이었다. 그들은 그냥 벌거벗은 나를 감옥안으로 떠밀어넣었다. 외진 산비탈 지하 감옥이었다.

1탱크 감옥에는 약 2백 50명이 투옥되어 있었다.

이들은 옥수수밥도 먹고, 콩깻묵밥도 먹고, 보리밥·수수밥·좁쌀밥·피밥도 겨우 얻어먹었다. 좁쌀로 지은 밥은 좁쌀밥이다. 좁쌀밥은 노란색, 피밥은 검은색이 난다. 죄수밥치고 보리밥은 그래도 고급이다.

감옥에 갇혀있는 사람들을 그들은 반동 분자라고 불렀다. 새우젓고개 감옥에는 여러 종류의 죄수들이 갇혀있다. 감옥속에는 치안 대원도 있다. 현지 입대한 전투 경찰들도 붙들려 와있다. 대한 민국 수도 사단 제17연대 대대 병력이 철원군에 제일 먼저 들어왔을 때 뛰어나가 만세를 부르며 환영한 사람들도 잡혀와 있다. 물론 정치 부원들에게 체포돼 온 것이다. 이렇게 잡혀와 갇혀있는 모두들에게는 '반동 분자'라는 낙인이 찍혔다.

보안 대원 간수들은 감옥에 갇혀있는 우리들에게 '악질 반동 분자'라고 했다. 2백 50명은 자유 민주 주의 지지자들이며, 대한 민국을 모두 지지하는 사람들이다. 개중에는 희망의 나라 남한으로 월남하다가 붙들려온 사람들도 많다.

괴뢰군 중공군과 인민군들은 남쪽 의정부 시쪽으로 계속 공격해 내려갔다. '철원군 인민 위원회' 간판이 보였다. '철원군 로동당 당부' 간판도 보였다.

1951년 2월 경 철원군 내무성 내무 서원들은 산속 땅굴속에서 생활하는 철원 인민들을 샅샅이 찾아다녔다.

철원읍 리 인민 위원회 위원장은 마을인민들을 총 동원시켜 철도 복구 사업을 시작했다. 철원군 철원읍 외촌리 인민들과 학생·여성 동맹원·노동자·농민들·부녀 회원들을 총 동원시켰다. 밤낮없이 경원선 철도

복구 사업을 시켰다. 노동 능력을 높이기 위해 할당제 강제 노동까지 해가며 일을 시켰다.

철원 '새우젓고개 정치 보위부 감옥'은 1탱크 감옥 2백 50명, 2탱크 감옥 2백 50명씩을 수용하고, 3탱크 감옥은 철원 정치 보위 부원들이 사용했다. 거기에는 고문실과 취조실도 있었다.

1탱크 감옥은 감옥 죄수들 중 매일 밤 한 사람씩은 굶어죽어나갔다. 2탱크 감옥에서는 1탱크 감옥보다 더 많은 사람들인 두세 사람씩이나 죽어나갔다. 하루에 피밥 한 덩어리에 물 한 컵만을 주었으니, 그럴 수밖에 없었다.

창자가 꼬이는 것같은 느낌으로 배가 고팠다. 감옥에서 갈증이 나 물 달라고 소리치면, 내무 서원 간수가 와서 몽둥이로 마구 때렸다. 어느 아저씨는 물·물·물 달라고 소리소리 치다가 너무나 갈증이나고 목이 말라서 까만고무신에 자기 오줌을 받아먹고나서는 그만 죽어버렸다. 죽기 전에 자기 소변을 고무신으로 받아먹고나서 말 한 마디 못한 채 그만 비참하게 죽었다. 점점 굶어죽는 사람들이 많아졌다.

나도 배가 너무 고파서 밤이면 밤마다 어머니얼굴이 환하게 떠올라 보였다. 어머니가 하얀 쌀밥을 주는 꿈도 꾸었다. 어느날 어떤 아저씨가 면회 나갔다가 주먹밥을 얻어가지고 들어오는데, 너도 나도 제각기 밥 좀 달라고 손을 내밀었다. 자기는 한 입도 먹어보지 못하고 남에게만 조금씩 나누어주는 아저씨가 있었다. 치안대 대장으로 있던 아저씨였다. 치안 대장 자기도 배가 무지무지 고플 텐데, 자기는 조금도 먹지않고 다 이웃에게 나누어주는 마음씨에 모두가 감동했다. 대장다운 아저씨였다.

철원 '새우젓고개감옥'에서는 매일밤 죽어나가는 숫자가 늘어나고있었다. 치안 대원 아저씨도 그렇게 죽어나갔다. 전투 경찰 아저씨도 고문을 심하게 당하고는 엉금엉금 기어들어와 눕더니, 며칠 살지 못하고 그냥 세상을 떠났다.

내가 있는 1탱크 감옥에서는 3명씩 포승줄에 묶여나갔을 때는 모두들 돌아오지 못했다. 매일밤이면 차례차례 최조실로 끌려나갔다. 고문과 취조를 한 후 3명씩 꽁꽁 묶어 끌고나갔다.

총으로 쏘아 죽이면 총알이 아깝다고 글쎄 잔인하게도 칼로 찔러죽였다. 그러고도 모자라 세 사람의 머리를 잘라 산에 묻고난 뒤 나머지 시신은 그만 저수지에 던졌다. 악랄하게도 고깃밥이 되라고 저수지 한복판으로 던져버렸다. 정치 보위부에서 하는 짓이 이랬다.

그곳 철원군 동송면에 있는 큰저수지에는 가물치와 잉어가 많이 살고 있었다. 그들은 가물치밥·잉어밥이라고들 말했다. 사람으로서는 차마 못할 짓들을 했다. 공산당 정치 보위 부원들은 서슴없이 이런 짓을 함부로 저지르고있었다. 어떻게 한 민족 한 핏줄 동족으로 이럴 수가 있을까 무슨 죄가 있다고 이리도 악랄한 짓을 하는지 알 수 없는 공산 당원들이다.

철원군 인민들은 이런 소문을 듣고는 저수지를 찾아가보았으나 누구 시체인지를 구별할 수가 없었다. 시체가 모두 포승줄에 세 사람씩 묶여서 둥둥 떠있는 것이다. 이장면을 보고는 눈물을 흘리며 시체를 끌어내봤으나 도대체 누가 누군지 구별을 할 수 없어 유가족을 찾아줄 수가 없었다. 얼굴이 없었기 때문이다. 머리를 잘라갔기 때문이다.

북조선 공산당들은 이런 식으로 반동 분자를 잡아다가 학살하는 만행을 전쟁이 끝날 때까지 계속 자행했다.

철원 '새우젓고개감옥'에서 나는 5개월 동안 갇혀살았다. 감옥에서 더 버티지 못한 채 죽어나가고, 또 어떤 사람들은 끌려나가 고문 당한 후 기어들어와서는 그때부터 먹지도 못한 채 고통을 겪다가 말 한 마디 못하고는 비참하게 세상을 떠나간 사람들이 많다.

군인과 치안 대원과 전투 경찰, 국군 수도 사단 제17연대가 철원으로 진격해 왔을 때 나가서 환영했다는 죄목으로 끌려들어와 억울하게 죽어간 사람은 모두 약 2백여 명 정도가 되었다.

1탱크 감옥엔 나처럼 잡혀온 죄수가 2백 50명이나 수감되어 있었는데 날마다 끌려나가 돌아오지 못하거나 2~3명씩 굶어죽어나갔던 것이다.

나는 이감옥에 있을 때 이름도 모르는 미 공군 소령과 대위 조종사와 2개월 간 등을 맞대고살았다. 웅크린 채 새우잠을 자며 옥살이를 하고지냈다.

미군 조종사는 하도 배가 고파서 나중에는 말도 제대로 못했다. 매일 울기만 했다. 부모·형제·애인이 그리워서 우는지, 그저 매일 매일 흐느껴 울기만 했다. 하도 흐느껴 울어서인지 눈물도 말랐다. 흐느껴 울다가 울다가 기운이 없어서 나중엔 흐느껴 울지도 못했다. 눈으로만 우는 것을 보았다.

나도 눈이 짓무르도록 매일 울었다. 빨리 총살이나 시켰으면싶었다. 이러한 고통과 슬픔에서 벗어나려면 한 시라도 빨리 죽는 게 낫다싶었다. 그들은 우리가 죽지도 않고 살아있으니까, 그냥 말라죽기만을 바라는 것 같았다.

미군 조종사는 얼굴에 털이 나있어서 사람인지 짐승인지 분간할 수 없이 뼈만 앙상했다. 나와 대화하는 것 중에도 그중 '찹찹' '헝그리' 소리만을 알아들을 뿐이었다. 나중에는 '찹찹' 소리가 잘 들리지도 않았다. 나는 그대위와 소령이 도대체 누구를 위하여 이런 비참한 옥살이를 하고있는 가를 생각해보았다.

그미군들이 물달라고 하는 소리도 알아들었다. 나도 갈증이 나서 죽을 것만 같았다. 어느 날 할 것없이 늘 '새우젓고개감옥'속에서는 목놓아 우는 소리만 들렸다. 죄없는 죄수들은 배가 하도도 고파서 이젠 울 힘도 없었다. '음음음' 소리만 겨우 들렸다.

어느 날 한 아저씨가 면회나갔다가 들어올 때 미숫가루를 들고들어왔다. 손을 내밀며 좀 달라고 말하는 사람만 조금씩 손으로 집어주었다 그런데 그걸 받아먹은 한 사람이 목이 메여 그만 쓰러졌다. 미군 대위도 그때 그걸 받아먹고 목이메어 쓰러졌다. 쓰러졌다기 보다 목메어 죽은 것이다.

미숫가루를 먹을 때는 조금씩 조금씩 입에 넣어 침으로 살살 녹여 삼켜야 하는데, 그냥 그들은 손바닥의 미숫가루를 입에다 한 줌 통째로 털어넣다가 죽었다.

미숫가루가 콧구멍으로 들어가기도 하고, 입과 목구멍에 그냥 달라붙어 숨이 막혀 쓰러져죽은 것이다. 재수가 없어서 죽었다고 하자. 먹을 줄 몰라서 죽었다고 하면, 너무나 비참하다. 차라리 너무너무 굶어서 창자속이 말라 비틀어져 죽었다고 하자.

이렇듯 목이 막히고, 숨통이 막혀 비참하게 운명하는 것을 보고 나는 참으로 바짝 마른 목이라도 목을 놓아 많이도 울었다. 그동안 몇 개월 등을 맞대고 새우잠을 자던 처지였는데, 그렇게 죽다니….

그는 나를 부를 때 '보이상'이라고 불렀다. '보이상 찹찹 헝그라'라는 말만 하다가 죽었다. 모두가 함께 마른 목을 놓아가며 울었다. 큰초상이 난 것이다. '새우젓고개감옥'에 큰초상이 난 것이다. 모두 모두 함께 마른 울음 바튼울음을 건성으로라도 울었다. 이를 본 내무 서원은 '너의 아버지라도 죽었느냐?'며 '제발 조용히들 하라.'고 소리를 버럭버럭 질러댔다.

한참 후 보안대가 거적대기 들것을 들고 감옥으로 들어왔다. 들어온 내무 서원 두 명은 우리들에게 '시체를 들고나갈 사람 두 명만 손들라'고 했다. 나는 손을 번쩍 들었다. 내무 서원은 나를 보고 '학생 동무 이리로 나와.' 했다. 아저씨 네 명과 나까지 5명을 지명했다.

미군 조종사 공군 대위의 시체를 들것에 옮기고는 그시신을 들어올려 들고나가는데, 아저씨들은 힘도 못쓰고 오금도 떨어지지않아 들 수가 없어서 한참 애쓰다가 겨우겨우 들고나갔다.

내게는 삽 3자루를 들고오라고 했다. 밖으로 나오자 밖은 햇빛에 눈을 뜰 수가 없었다. 캄캄한 감옥속에서만 있다가 갑자기 햇빛을 보니, 걸어갈 수가 없었다.

하늘은 맑았다. 그러한 그때도 전쟁은 계속되고있었다. 미국 '쌕쌕이' 제트 기는 철원 상공을 빙빙 맴돌았다. 기관총 사격을 했다. 감옥에서는 통 바깥세상 소식을 모르고 지내며 살고있었다.

'미 제국 주의 놈들 비행기가 또 온대'며 내무 서원은 빨리빨리 가자고 재촉만 했다. '새우젓고개'넘어 산비탈에 가서 장사지냈다. '새우젓고개' 산중턱이다. '고이 잠드소서… 하늘나라 편히 가세요…' '편히 가세요'. 함께 있던 미 공군 소령은 그냥 말없이 울고만 있었다.

미공군 무명 조종사 대위는 그렇게 죽었다. 그렇게 묻혔다. 북한땅 '새우젓고개감옥'에서 그렇게 맥없이 목이 막혀 죽어갔다. 그깟 미숫가루

때문에 죽어갔다. 북한 정치 보위부 감옥에서 한많은 일생을 마쳤다. 정말 억울하게 숨을 거둔 것이다.

노련한 소령 조종사는 감옥에서 미숫가루를 받아먹을 때, 먹을 줄을 몰라 그냥 손바닥위에 받아들고만 바라보고 있을 때 그무렵 죽은 대위 조종사는 그때 급히 미숫가루를 입안에 털어넣고먹다가 질식해 죽었던 것이다. 그후 미 공군 소령은 정치 보위부 요원이 데리고 나간 후 돌아오지않았다. 북으로 끌고갔는지, 아니면 처형했는지 알 수가 없었다.

나는 60년 세월이 흘러갔지만, 그때 그악의 나날들을 돌이켜 생각하며 글을 쓰자니, 만 가지 상처뿐인 그때 기억들 때문에 눈물이 또 흘러내린다. 그시절 나는 감옥에서 살아남기 위해 몸부림치며 모든 고통을 극복해내느라 참으로 죽을 지경이었으나, 그래도 그소굴에서만은 살아나왔다. 어머니와 형수는 그때 '밤낮 두 손 모아 눈물로 기도했다'고한다. 이때를 생각하며 졸시 한 편 써서 옮겨본다.

미국 독수리 한 마리가
악독한 늑대들의 대공포에 맞아 떨어질 때
낙하산을 펼쳤으나
결국 늑대들의 감옥에 갇혀버렸다.

지옥같은 감옥
창자는 꼬이고, 온몸은 털로 옷을 해입었다.

'아버지 · 어머니

철원 '새우젓고개' 산비탈에는
독수리 한 마리 벌거벗고 잠들어있습니다.'

싸움이 치열했던 '새우젓고개' 창공
하늘을 가르며 터지던 폭음소리
독수리 눈앞은 캄캄한 밤이다.
그러나 한 마리 눈먼 독수리는
지금도 북극별 빛으로 빛나고있다.
그미국 독수리 한 마리는
아직도 한국 철원땅속 살아서 날고있다.
빛나는 대위의 계급장 별빛은
어느 누구의 별빛인가.
자유의 미국땅
고향 가고파 별은 운다.

그 영혼도
그리운 미국땅 고향 가고파
오늘도 깊은 땅속 먼미국하늘가를 빙빙 돌고있다.
미국 조종사 젊은 공군 대위
독수리 한 마리는
누구를 위해 휴전선 철원하늘가를 떠돌다,
그 빛나던 죽지마저 부러져
적진하늘로 낙하해 떨어져죽었는가.

나는 철원 고급 중학교 김상설 선생과 철원 학생 노동당 총 부장의 보증을 받아 겨우 총살형은 모면하고살다가 심사 후 그때 다행히 석방됐다. 김상설 선생과 노동당 총 부장 김찌라이 선생은 그뒤 북한 조선 민주 주의 인민 공화국 인민군으로 입대했다. 그분들은 '국가 민족과 김일성 장군에게 목숨바쳐 충성하겠다.'고 서약 맹세하고는 평양행 열차를 탔다.

그러나 나는 평강역에서 탈출을 감행했다. 철원 월하리 유엔 군 점령지까지 밤낮 산속길을 걸었다. 가다가 미군 선발대 백인과 흑인 병사에게 붙잡혔다. 지프에서 내린 흑인 병사는 '손들엇' 하고는 카빈 총으로 어깨를 내리쳤다. 나는 정신이 번쩍 들었다.

선발대 미군 지프는 남쪽으로만 달렸다. 6·25 전쟁때 민간인들에게는 두 개의 국기가 필요했다. 국군이 점령해오면 태극기를 들고나가 환영했고, 북조선 인민군이 점령해오면 조선 민주 주의 인민 공화국 국기를 들고나가 인민군을 환영하며 '김일성 장군 만세'를 불렀다.

그러니까 민간인들에게는 태극기와 인공기 둘 다 필요했다. 그때가 1951년 5월 경이었던 것으로 기억난다. 그때는 푸른하늘도 아름다웠다 푸른산천도 아름다웠다. 산계곡마다 무르익어가는 봄꽃들이 활짝 피어나 있었다. 아름다운 산천에는 여러 가지 꽃들이 흐드러지게 피어있었다

늦게 핀 진달래·연달래·개나리 꽃들은 나의 슬프고도 아프디아픈 마음을 달래주었다. 그때 내 나이가 방년 19세. 꽃이 핀 19세였다. 꽃이 피어 행복한 이나이에, 꽃이 피어 행복한 이나라, 희망의 이나라, 자유 민주 주의 나라 대한 민국 품에 잇꽃(홍화)으로 활짝 피어안겼다.

미군 지프에 실려 유엔 군 주둔지로 왔더니, 탱크 부대다. 탱크들은 북쪽으로 대포를 쏘고있었다. 꽝꽝 소리가 고막을 찢을 듯 찌르고때렸다

월하리 좀 더 가서다. 황새마을 넓은 들에는 철원 피난민들이 아우성대고있었다. 유엔 군들은 석회가루같은 디디티 이약을 그들의 몸통과 머리에 마구마구 뿌려주고있었다.

장질 부사 열병이 걸려 피난민들이 많이 죽었다고 한다. 유엔 군이 열병 예방약을 주었다. 피난민들은 너나없이 흰밀가루를 뒤집어쓴 것같아 보였다. 황새마을 산동네 사람들이다. 거기서 알랑미쌀 주먹밥 한 덩어리씩 받아먹은 기억이 난다.

나는 유엔 군에게 카빈 총대로 많이 얻어터졌다. 북한 인민군으로 취급받았다. 거제도 인민군 포로 수용소로 보내려고하는 기미다. 아닌 게 아니라 군용 트럭 오기만을 기다리는 것같았다. 나는 너무나 억울했다. 통역관을 불러 달라고 손짓발짓했다.

'나는 감옥에서 탈출한 사람이다. 빡빡머리는 감옥살이하다, 탈출했기 때문이다.'라고 말했다. 한참 후 한국군 통역관이 왔다. 나는 "**북조선 철원 '새우젓고개 정치 보위부 1탱크 감옥**'에서 탈출한 사람"이라고 설명했다(글을 쓰다보니, 기억이 뒤바뀌었다. 60년 전 일이라 뒤죽박죽이다. 흘러간 세월 60년을 곰곰이 생각해내 기억을 되돌렸다. 생각이 났다. 생생하게 떠올랐다).

중공군·괴뢰 인민군은 서울을 두 번째로 점령하고 평택까지 진격했다. 그러나 유엔 군 참전 21개국의 막강한 화력과 용맹한 군사력앞에서는 인해 전술로도 소용없었다. 중공군은 가는 곳마다 움직이는 곳마다 그곳에서 그만 궤멸당했다. 결국 붉은 무리들은 북쪽으로 후퇴하기에 이르렀다. 미군 제트 기가 시간 시간 상공을 누볐다. '쌕쌕이' 비행기는 북으로 북으로 쫓겨가는 중공군을 따라잡아 집중 폭격했다. 피리불고 꽹과리치던 중공군 부대는 결과적으로 아군의 폭격으로 인해 몽땅 궤멸당해 쫓겨가고 말았다. 패잔병들은 다친 팔다리를 끌며 끌며 후퇴를 거듭했다.

21개국 참전 유엔 군은 서부 전선·중부 전선·동부 전선을 장악했다. 탱크와 경장갑차, 대포와 박격포, 미사일 부대까지 앞세워 미 특수 부대인 해병대는 최전선 북쪽북쪽 전선으로만 돌진했다.

철원 상공에서는 중폭격기·정찰기·'쌕쌕이'가 1시간 공백도 아랑곳없이 계속 후퇴하는 중공군을 정찰·폭격했다. 다급한 중공군들은 민간인 차림을 하고는 북쪽으로 후퇴하기도 했다.

인민군 패잔병들은 산속으로 숨어들어갔다. 전쟁은 더 치열해졌다. 하늘과 땅은 검은연기로 덮였다. 검은연기속에서도 유엔 군들은 북쪽땅을 맹렬히 공격해나갔다.

용감한 유엔 군 제7사단 병력은 동두천쪽으로 진격해나갔다. 포성은 계속 울려퍼졌다. 이처럼 전쟁 또한 치열했다. 그러나 젊은 미군 병사들은 늠름한 군인들이었다.

피비린내나는 전쟁통에 부모를 잃어버린 전쟁 고아들은 갈곳이 없었다. 이를 본 미군·영국군 등 유엔 군은 후방 고아원으로 어린이들을 후송해주었다.

미 제40사단은 동해쪽 강원도 인제·화천·양구로 진격해 올라갔다. 미 보병 제3사단은 금성·금화·제현 쪽에 주둔했다.

마침 '코리언 뷔네트'(*KOREAN VIGNETTES*)란 책을 읽어본다. 잊혀진 전쟁에 대한 회상이 담긴 책이다. 이책을 읽어보면 6·25 한국 전쟁에 참전했던 2백 1명의 노병사가 그들이 직접 겪었던 사건과 느낌 그리고 당시의 생생한 화보 사진들을 싣고있는데, 이화보 사진을 통해 그때의 참상을 돌이켜보는 듯해 다시 한 번 눈물을 쏟는다.

나는 남쪽 전쟁에 대해선 잘 모르고있다. 상세한 것은 책을 읽고나서야 알 수 있었다. 상륙 부대인 해병 5연대 3대대에 배속되었던 해병 병사(Gerald D.Johnson) 무전병이 쓴 '인천 상륙 작전'을 읽어보았다.

'인천 상륙 작전'은 1950년 9월 15일에 있었다. 그들은 월미도 녹색 해안에 상륙했다. '인천 상륙 작전'은 미군이 주도한 것도 알게 되었다.

영국군 해병 제41독립 코만도(특공대)의 전술 작전 부대는 용감한 영국 해병대들이었다. 다같이 목숨을 아끼지않고 잘 싸워 줬다. 남의 나라 전쟁에 와서 정말 전투를 잘해주었다.

소화기와 박격포를 가지고도 국군을 제압하고있는 중공군을 영국군은 탱크 포로 공격해 잡아주었다. 중공군 진지를 폭격해 고지를 무너뜨렸다. 영국 해병들 탱크 포 90밀리 포를 장착한 탱크들은 계속해서 중공군을 몰아냈다. 영국군 피해는 극소수였다. 반면 중공군은 거의 괴멸되다시피 무너져갔다.

북한 동해안에 상륙한 중공군들을 영국 해병 독립 특공대가 또 용감히 싸워 물리쳤다.

1952년 3월 11일. 미군 조종사 게리 스파크스 중위는 'F51'기로 밤낮없이 화천 전선의 중공군을 폭격했다. 중공군 방어호 땅굴을 파괴시키는 큰공을 세웠다. 중공군들은 이집중 폭격에 얼마 살아남지를 못했다.

미군 항공 모함 '보옴리저 호'는 해군 전투기 조종사 버데트 이브즈 소위(해군 'VF 781'기)는 1952년 11월부터 계속 출격했다. 1953년 5월 경 마지막 출격을 했다. 북조선 원산시 항구를 맹렬히 폭격했다. 이렇게 잊을 수 없는 유엔(UN) 군 2백 1명의 병사와 수병·해병 그리고 조종사 들, 이들 용감한 전사자들의 명복을 빈다. 6·25 전쟁에서 용감히 싸운 유엔

(UN) 군 영웅들은 모두가 젊은 병사들이었다.

그러나 이제는 '잊혀진 전쟁'이라고나 할까. 물론 대한 민국 육군·해군·해병 용사들도 목숨바쳐 싸웠다. 유엔(UN) 군 21개국 전투병 병사들은 남의 나라에까지 와서 많은 희생을 당했다. 그젊은 병사들은 과연 누구를 위하여 목숨을 바쳤는가? 알고보면 자유는 저절로 주어지는 것이 아니다. 나는 이글을 쓰면서도 많이많이 울었다.

육지에서는 미국 탱크가 쉴 새없이 장거리포 사격들을 실시했다. 1953년 강원도 구철원에 있었던 전쟁은 정말 치열했다. 주야로 상공에는 미국 전투기가 날았다.

유엔 공군 미국 비행기는 'B29' 폭격기에 중폭격기·제트 기 즉 '쌕쌕이' 비행기가 판을 쳤다. 시간 시간 철원 시가지를 폭격했다.

철원 금학산에서 북쪽을 바라보면 높은 구암산 봉우리가 보인다. 구암산은 인민군 주둔지다. 소련제 비행기가 구암산 땅굴속 비행장에서 하늘로 날아오른다고 했다.

철원 남쪽지역은 넓은 평야 지대가 펼쳐져있다. 그렇기 때문에 주둔지로는 퍽 불리했다. 북쪽 구암산 기슭으로 연결되어있는 야산에는 우리 육군 수도 사단 1개 대대 병력이 주둔하고 있었다. 이런 야산에서도 주야로 전투가 계속되고있었다. 낮에는 국군이 주둔하고 있어 '방충산'이라 불렀다. 이야산에서 우리 국군이 내려오면 밤엔 인민군이 점령하고있었다.

우리 수도 사단에서 미국 공군의 폭격 요청을 하면, 주야로 폭격을 해주었다. 미 제트 기나 중폭격기가 밤낮없이 폭격을 해대면, 중공군·인민군은 구암산으로 자취를 감췄다가 야간이 되어서야 국군이 주둔한 야산으로 기어올라오곤 했다. 이럴 때마다 '쌕쌕이'는 맹렬히 달려와 폭격해댔다.

북쪽 인민군들은 이야산을 빼앗기면 구암산까지 점령 당할 수 있기 때문에 많은 전사자를 냈다. 김일성 장군의 명령이 있어 끝까지 이지역을 사수하고자 했다. 그러니까, 사상자가 속출할 수밖에 없는 노릇이다. 이 때문에 전사자들은 계속 산속에서 후방으로 들려나갔다.

백마산은 백마 사단 병력이 이곳에서 수많이 죽었다. 그래서 '백마 고지'라 불렸다. 무수한 폭격으로 산은 껍데기가 허옇게 다 벗겨지다시피 했다. 그때부터 '백마 고지'라고 불려지게 되었다.

육박전을 비롯한 치열한 전투로 '피의 산'이라고 불리기도 했다. 백마 고지를 빼앗기면 남쪽 금학산까지 후퇴해야 되기 때문에 우리 수도 사단과 백마 사단은 합심해서 기어코 이 '백마 고지'를 끝까지 사수했다. 현재도 구철원 '피의 3각지' '백마 고지'에는 숲이 자라지않는 벌거숭이산으로 남아있다.

강원 구철원 김화 전투·화천 전투·양구 전투·인제 고지 전투는 우리 육군 사상 가장 용감히 싸워지킨 빛나는 지역이다.

북녘 괴뢰군은 금강산을 빼앗기지않으려고 안간힘을 다 했다. 김일성 장군은 철원을 빼앗기고나서 '1주일 동안 밥을 먹지않았다.'고 했다. 이때 김일성 장군은 중공군 패잔병들과 인민군 패잔병들을 시켜 끝까지 철원과 금강산을 사수하라고 명령하는 바람에 많은 젊음들이 죽었다. '1주일 동안 밥을 먹지않았다.'는 것은 그만큼 김일성 장군의 마음이 아팠다는 뜻이 아닌가. 정말 전쟁은 헛되고도 헛된 짓이다.

4. 미군용 트럭타고 서울로 피난

나는 구사 일생으로 살아났다. 북조선 인민 공화국 스탈린 주의 교육 아래 김일성 장군의 독재속에서 굶주리며 핍박받던 19세 젊은 북조선 학생이 바로 나다. 나는 북에서 대한 민국 자유 민주 주의 나라, 희망의 나라로 왔다. 미군 덕분이다.

자유와 민주가 숨쉬는 희망의 나라 대한 민국으로 올 수가 있어 얼마나 다행이었는지 모른다. 그당시 한국군 통역관이 말 한 마디 잘못 벙긋 했으면 나는 '거제도 인민군 포로 수용소'로 직행할 뻔했다. 그러나 다행히도 한국 측 통역관이 말을 잘 해주는 바람에 자유의 몸이 될 수 있었던 것이다.

나는 서울 중심가를 가로질러 천호동쪽 광나루를 지났다. 마침 한강에는 미군들이 고무다리를 놓아주었다. 물론 미군들이 그곳을 경비하고있었다.

나는 강원도 철원 촌놈이다. 이산골 촌놈이 서울을 생전 처음 구경했다. 천호동쪽 한강다리가 끊어져있었기 때문에 미군이 가설해준 고무다리를 통해 천호동 벽돌공장 피난민 수용소로 건너가 수용되었다. 인민군 포로로 분류됐더라면 거제도 행이 됐을 것이다. 천만 다행이다. 피난민들은 알랑미쌀밥을 주먹밥으로 지어서 한 덩어리씩 받아먹었다.

피난민들 중에도 주로 철원 지방 사람들이 광나루 벽돌공장에 수용되었다. 벽돌을 건조하던 그곳은 초가지붕으로 된 건물도 아니고, 말 그대로 헛간같은 곳이다. 여기서 피난민들은 가마니와 볏짚을 깔고 잠을 잤다. 헛간같은 방이라서 밤이면 추웠다. 잠이 오지않았다. 피난민들은 하루 알랑미주먹밥 한 덩어리로 견뎠다. 굶주려가며 임시 수용소 생활을 했다.

나는 배가 고파 천호동 옛광나루동네에 가서 취직이라도 해볼까했으나 쉽지않았다. 일해주고 밥이나 실컷 얻어먹을까 했지만, 마땅한 곳이 없었다. 그래도 나는 일할 곳을 찾아 여기저기 다녀봤다. 광나루촌은 서울 치고는 그야말로 촌동네였다. 어디 일해주고 밥 얻어먹을 만한 곳이 한 군데도 없었다.

나는 이 광나루 촌동네를 벗어나 좀 번화한 곳으로 가봤다. 여기 저기 기웃거리며 다니고 있는데, 일제 토요타 군용 트럭에 중년층아저씨들이 가득 타고 있길래 군용차 맨뒷칸에 앉아있는 한 아저씨에게 '이차 어디가는 차냐?'고 큰소리로 물어보았다. '우리는 노무자로 붙들려서 전방으로 가는 것이니, 빨리 피하라.'고 했다.

나는 순간 '전방 케이에스시(KSC) 노무자로 가면 알랑미쌀밥은 많이 먹을 수 있을 것 아니냐'고 말했다. '나는 19세로 북한에서 피난나온 학생'이라 했더니, 젊은 군인아저씨가 '지원할 수 있다.'고 했다. 나는 댓자곳자로 최전방으로 가는 케이에스시(KSC) 노무자를 지원했다. '철원 전쟁속에서도 살아나왔는데, 그까짓 두려움쯤이야 싶었다. 전방 케이에스시(KSC) 노무자로 가서 밥이나 많이 먹다죽었으면 하는 단순한 마음뿐이었다.

그래서 나는 다시 강원도 일선으로 떠났다. 우리들은 미 제3사단 소속으로 '강원도 양구 산골짝으로 들어간다.'고 했다. 나는 무조건 군용 트럭에 올라탔다. 아저씨들 틈에 끼어앉았다. 차는 강원도 양구 산골짝으로 달려갔다.

꼬불꼬불 울퉁불퉁한 산골길을 털거덕거리며 몇 시간이나 달려갔다. 도착한 곳에는 천막이 쳐져있었다. 트럭 운전병이 '다아 왔습니다' 했다. 나와 아저씨들은 일제히 일제 토요타 군용 트럭에서 땅바닥으로 뛰어내렸다. 어디선가 '한줄로 똑바로 서'라는 소리가 들려왔다.

이곳은 강원도 양구 산골짝 케이에스시(KSC) 노무자 사단 본부 '103' 사단이었다. 그때 한 상사가 나와서 우리들을 한 줄로 세운 뒤 자신은 케이에스시(KSC)) 노무자 인사과 선임 하사 이 상사라고 소개했다. 이때 나에게는 상사 계급장이 그렇게도 높아 보였다.

'이제부터 아저씨들은 대한 민국 국가와 민족을 위하여 싸워야 됩니다. 총을 쏘며 싸우는 것이 아니고, 미 제3사단 후방 부대로 일을 거들어준다고만 생각하면 됩니다.'라고 부드럽게 말을 해주었다.

케이에스시(KSC) 부대는 미군에 속해 있다. 즉 미 군속 노무자 부대였다. 케이에스시(KSC) 사단장 어깨에도 별 하나가 보였다. 코큰 백인 사단장은 우리앞에서 간단한 훈시를 했다. 훈시라기보다는 몇 가지 지시 사항을 전달했다. '힘이 들어도 모두들 열심히 일해 달라.'고도 했다.

다음에는 육군 중위가 나섰다. 인사과 과장같아보이는 그육군 중위가 몇 마디 진짜 지시 사항을 했다. 그다음 육군 소위 한 사람과 상사 한 사람이 나와서는 우리들에게 본적·현주소·생년 월일·이름을 하나하나 차례차례 묻고는 명부에 기록해나갔다. 인사 행정 서류로서 명부 작성이 끝났다.

그들은 우리를 천막있는 곳으로 인솔했다. 담요 두 장, 군복 한 벌, 누비솜바지 한 벌, 누비솜신발, 군화는 나중에 가서 지급받았다.

천막안 땅바닥에 미군 부대에서 나온 넓은 마분지 상자를 깔았다. 그 위에 다시 가마니를 깔아놓은 잠자리였다. 정말 이때부터 나는 노무자 부대에 정식으로 입대한 것이다. 이북에서 탈출한 학생 신분으로서 미군 부대 노무자 신세가 되고보니, 정말 세상 희한했다.

식사는 알랑미쌀밥에 콩나물된장국이었다. 나는 밥 두 그릇을 콩나물된장국에 말아서 맛있게 먹었던 생각이 지금도 잊혀지지않는다.

밥그릇은 미군이 쓰는 둥그런 양은그릇이다. 국그릇·밥그릇 둘 다 똑같은 양은그릇이다. 숟가락은 미제라서 이 큰숟가락으로 뜨거운 국물 떠먹기에는 참 좋았다.

철원 '새우젓고개감옥'에서 굶주리며 지내다가 여기와서 쌀밥을 첨 배불리 먹어보니, 여기가 천국이지, 천국이 따로 없구나싶었다. 새우젓고개 감옥에서 피밥 한 덩이 먹고 죽지 못해 살았던 설움이 다시 떠올랐다.

이 지긋지긋한 전쟁은 계속되었다. 양구 전방에서 대포소리와 기관총 소리가 연이어 들려왔다. 양구 상공에는 계속 전방에서 부상 당한 미군 병사를 수송하는 헬리콥터가 큰소리를 지르며 날아다녔다.

유엔 군의 '쌕쌕이' 제트 기 소리가 갈헐적으로 귓전을 후벼파고때렸다. 1주일 후 인사과 소위와 이 상사는 인사 명부를 들고와서 일일이 호명했다. 이 상사가 말했다. '지금 호명한 분은 양구 ○○○사단 ○○대대로 인사 발령이 났습니다.' '최전방 부대로 인사 발령이 난 것을 축하합니다.'

양구 케이에스시(KSC) 노무 사단인 '103' 사단에는 계속 노무자들이 군용차 편으로 실려와 산골짜기에 내려졌다. 전쟁이 치열한 1951년 8월 경인 것으로 생각이 난다. 나는 사단 본부에서 식당 당번으로 1개월 동안 일을 했다. 일을 도와주면서 그동안 아저씨들의 따뜻한 사랑을 받으며 지냈다.

노무자로 붙들려오는 사람은 거의 중년아저씨들이었지만, 나는 19세 젊은 청년이었다. 젊은 청년은 나 유용수 한 사람뿐이었다. 그래서 늙은이들로부터도 많은 동정을 받았고, 사랑도 받았다. 그러나 1개월 후, 사정은 달랐다.

몸도 건강한 젊은 청년이 식당에서 계속 근무할 수가 없었다. 나는 양구 산골짝 '108' 연대로 인사 발령이 났다. 보국대 아저씨들과 함께 케이에스시(KSC) '108' 연대에서 1주일 동안 일하게 됐다.

아저씨들은 최전방 3대대로 발령이 나서 군용차에 실려갔고, 나는 대기 발령을 받아 기다리고만 있었다. 지금도 전쟁은 계속되고, 적십자 표지판을 단 헬리콥터는 최전방 진지에서 미국 전사자와 부상병을 실어 옮기느라 양구 상공을 빙빙 날고만 있었다.

'108' 연대 노무자들은 양구 골짝 미 제3사단 ○○연대 보급 부대에 근무하게 되었다. 거기서 일하는 아저씨들은 돈도 많이 벌었고, 잘 먹고 편안하게 작업을 했다. 주로 미군 트럭이 보급품을 받으러오면 아저씨들은 물자를 차에 실어주는 작업이다.

주로 시레이션 상자·고기 통조림 상자·사과 상자·치즈버터 상자·우유 상자 들이었다. 보급 부대 작업은 생명에 위험도 없었고, 하루 8시간 정도 작업하면서 잘 먹고 지낼 수 있었다.

그들은 모두 케이에스시(KSC) 제'108' 연대 본부에 소속된 노무자아저씨들이었다. 이아저씨들 중에는 사과를 첨 먹어보는 사람도 더러 있었다

나는 쇠고기통조림에 치즈나 버터를 뜨거운 알랑미쌀밥위에 얹어비벼 생전 처음 먹어보니, 그야말로 꿀맛이었다. 제'103' 사단 제'108' 연대 본부 아저씨가 가져다주었다.

제'108' 연대에서 대대 인사 발령을 대기하고있는 기간에 그동안 먹어보지 못했던 미제 초컬릿, 시레이션 박스에 들어있는 비상 식량, 미군들만 보급 받아먹는 식품들을 맛있게 많이 먹어보았다.

나는 15일 후 최전방 제3대대 까치산골짜기 ○○중대로 인사 발령이 났다. 양구의 산들은 푸른숲으로 덮여있어 아름답게만 보였다. 푸른하늘 청청한 아침이라 태양은 유난히 아름답게 대지를 비쳤다. 이런 푸른하늘 아래 푸른산기슭에서 잠을 자려니, 기분이 좀 이상했다. 케이에스시(KSC) 제 '108' 연대 본부에서의 마지막 밤, 내겐 잠이 잘 오지않았다.

최전방 산골짝 푸른하늘만 보이는 미 제3사단 ○○연대 ○○대대 ○○중대. 저 높은 고지에서는 밤낮을 가리지않는 치열한 전투가 계속 벌어졌다. 산봉우리 높은 고지까지 실탄·식수·시레이션 박스를 날아야 했다. 보급품을 등에 메고 미군 ○○ 중대 병사있는 땅굴이나 호로된 통로까지 운반해주는 작업이다.

이지역 전투는 치열했다. 공산군의 인민군·중공군 고성능 대포 포탄은 어디로 떨어질지 모르는 위험한 산골짜기였다. 대포소리·박격포소

리·기관총소리·따발총소리에 정신차리지않으면 귀신도 모르게 죽는다. 쒸우~ 쒸우~하면 무조건 바짝 엎드려야 살 수 있다. 박격포 파편이 제일 위험하다고 먼저 온 이곳 아저씨가 가르쳐주었다.

이곳 노무자아저씨들은 8개월 간 위험한 고지로 보급품 운반 작업을 해왔다고 한다. 매일 미군 병사들이 수없이 전사 당하고, 이들은 주로 장거리 포탄 파편·박격 포탄 파편에 맞아죽는 경우가 많다고 한다. 언제 어디에서 떨어질지 모르는 중공군의 박격 포탄이라고 한다.

케이에스시(KSC) 노무자들도 미군 병사들이 있는 토치카 땅굴통로까지 식수통을 등에 지고 올라가다가 고지중턱에서 전사 당하는 사람도 종종 있었다고 한다.

나는 밥 실컷 먹기 위해 케이에스시(KSC) 노무자로 지원 입대했지만, 이렇게 최전방으로 오게 될 줄은 몰랐다. 대포소리·박격포소리·기관총소리가 나면 우선 발길이 떨어지지않았다. 나는 두렵고무서워서 울기도 많이 했다. 앞서온 아저씨들은 용기를 내라고 위로해 주었다. 아저씨들 뒤를 따라 기어서 고지까지 올라가야 죽지않는다고 했다.

제발 울지 말고 뒤따라 기어서라도 올라오라고 했다. 미군들은 고지에서 우리 노무자들이 올라오기만 기다리고있었다. 식수·시레이션·실탄만 기다리고있는 산봉우리고지의 아군들은 미 제3사단 ○○대대 병력·○○중대 병사들로, 이들은 철통같이 적군을 경계하며 싸우고있었다.

유엔 군 적십자 표지를 단 헬리콥터는 우리 아군 지역에 자주 내려앉는다. 보급 때문이다. 실탄·식수 등 보급품을 싣고오면 이곳 노무자들은 재빨리 땅굴호속으로 짐들을 운반해야 한다. 그때 틈을 타서 헬리콥터는 미군 전사자나 부상자를 후방 병원으로 후송한다.

중공군의 박격 포탄이 계속 우리 진지로 떨어진다. 산비탈 땅굴호로 빨리 몸을 피해야 살 수 있다. 동작이 느리기라도 하면 선배들은 '죽으면 안돼! 빨리 엎드려!' 하고 큰소리로 외친다. 아저씨들은 나에게 '나이가 제일 어린 청년이라 죽으면 안돼! 빨리 빨리 엎드리지않으면 죽는다'고 소리치며 살 수 있는 방법을 가르쳐주었다.

미군 제트 기는 중공군이 있는 산봉우리에 집중 폭격을 했다. 중공군의 박격 포탄이 더는 떨어지지않았다. 이렇듯 전쟁은 치열했다.

미군 정찰기는 늘 양구 상공을 맴돌고있다. 정찰기가 맴돌고나면 제트기 1개 편대 4대씩이 날아서 중공군쪽에 계속 폭격을 했다.

우리 케이에스시(KSC) 노무자는 미군 제트 기가 폭격할 때를 이용해 일제히 실탄·식수·시레이션 박스를 등에 짊어지고는 빠른 동작으로 산봉우리까지 기어올라가야만 한다. 미군 병사들은 주로 이때 땅굴에서 물을 마시며 식사를 했다.

미군 병사들은 한국 보국대아저씨들이 올라가면 올라왔느냐고 등에 짊어진 보급품 박스를 내려주며, '산타클로즈 할아버지 왔다.'면서 총을 든 채 포옹해주기도 한다. '땡큐! 땡큐!'를 연발면서…

우리 노무자들도 조국과 민족을 위해 싸우고있다. 비록 총 한 발 쏴보지 못하지만, 목숨 바쳐가며 등짐을 지고 무릎이 닳도록 고지까지 올라가줘야 사명과 임무를 다하는 것이다.

그러나 노무자아저씨들도 각자 미군 못지않게 고귀한 생명을 걸어놓고 싸움 대신 작업하는 아저씨들이다. 조국과 민족을 위해 몸소 실천하는 아저씨들이다. 대한 민국 공로 훈장 메달을 받아야 될 아저씨들이다. 그야말로 목숨을 다바쳐 충성하는 위대한 아저씨들이다.

그러나 케이에스시(KSC) 보국대 아저씨들은 전선에서 말 한 마디 못하고 억울하게 죽어갈 때가 많다. 나는 이아저씨들이 너도 나도 도와주어 죽음의 고지에서도 살아나올 수가 있었다.

잠자는 시간과 정찰기가 날고 제트 기가 집중 공격할 때는 중공군 측이 조용해진다. 박격포 공격도 끊어진다. 그럴 때 이들은 총 한 발 쏘지 않는다. 낮이면 미군 제트 기가 중공군이 있는 산봉우리에다가 휘발류통을 떨어뜨리고는 로킷 포나 로킷 탄으로 집중 공격하거나 기총 소사를 퍼부으면, 그들은 그후 며칠 동안 총 한 발 쏘지 못하고 죽은 듯이 잠잠히 엎드려있다.

인민군이나 중공군 측은 폭격에 맞아 죽어서인지, 정말 총 한 발 쏘지 못하고 조용히 있을 때가 좋았다. 그러나 그들은 밤이 되면 또 공격해왔다. 이쪽 미군들은 밤이 되면 땅굴호안에서 방어만 한다.

미군 정찰기와 야간 중폭격기는 조명탄을 대낮같이 터뜨려놓고, 밤에도 폭격을 해준다. 양구 까치산고지는 밤마다 조명탄불꽃이 피어올랐다. 낙하산 조명탄불꽃은 퍽 아름다웠다.

정찰기는 밤마다 환한 불꽃속에서도 늘 정찰하고있다. 나는 이런 불꽃구경을 하느라고 잠시 두려움이나 무서움을 잊고는 그저 밤하늘만을 멍하니 바라볼 때가 좋다. '철원의 밤하늘에도 미군 중폭격기가 와서 오성산 적의 고지에 낙하산 조명탄을 떨어뜨리고 있겠지.' 하고 고향 하늘을 잠시 상상해 본다. 이무렵 철원 '백마 고지'에서는 정말 치열한 전투가 벌어지고있었다. 뿐만 아니라 강원도 양구 '까치산고지'에서도 매일같이 전투는 계속되고 있었다.

최전방 고지에서 미군들은 용감히 싸우고있었다. 그러나 전사자가 많이 속출했다. 밤엔 인민군들이 올빼미·두더지같이 아군고지로 몰래 살금살금 기어올라와 미군 땅굴호 통로로 침투해서는 미군이 졸고있을 때 목을 따간다. 총을 쏘는 것이 아니라 칼로 급소를 찔러 죽이고는 머리만 잘라갔다. 몸통 시신은 그냥 두고갔다. 이 때문에 미군들은 밤이면 긴장했다. 공포에 떨고있었다. 그래서 미 공군 중폭격기들은 밤새도록 낙하산 조명탄을 투하해 주었다.

미군 정찰기도 떠서 밤새도록 정찰해주고있었다. 우리 케이에스시(KSC) 노무자들도 이런 밤에는 실탄 운반 작업을 했다. 지게부대는 등에 식수통을 졌다. 시레이션 박스를 지고도 올라갔다. 고지에서 멀거니 기다리고있던 미 제3사단 ○○대대 병력 ○○중대 병사들은 우리들이 올라가면 산타클로즈 할아버지보다 더 반갑게 뛰어나와 맞이해 보급품을 받았다. 우리들 보국대아저씨들도 기뻐서 미군들을 보자마자 좋다고 그러안아주었다. 나도 덩달아 아저씨들과 같이 용감한 미군 병사와 함께 그러안으며 기뻐했다.

어느날 보급품을 갖다주고 고지에서 내려오는데, 산비탈 계곡에서는 이름모를 노랑들꽃이 활짝활짝 피어있었다. 들꽃들은 고지를 오르내리는 노무자아저씨들의 발끝에서도 노랗게 피어있으면서 가만히 노랑웃음을 웃어주고있었다.

산봉우리위에서는 태양이 밝게 빛나고있었다. 양구 '까치산계곡'은 하늘만 높아보이는 그런 높은 곳이었다. 봄이면 높은 산들이 서로 마주쳐 다보고는 말없이 꽃을 피우고만 있었다. 푸른풀숲과 소나무·도토리나무·낙엽송·향나무 숲들까지 하늘 찌를 듯 잘 자라고들 있다. 그러나 울창한 숲속인데도, 산짐승들은 한 마리도 볼 수가 없었다. 들새·철새들도 볼 수가 없었다.

밤낮 가리지않고 치열한 전투를 하며 대포소리·박격포소리·기관총소리·소총소리·비행기소리가 그치지않기 때문이다. 날짐승이나 산짐승 할 것없이 야생 동물이란 동물들 모두 다른곳으로 다 달아나고 없었다. 있다해도 이런 전쟁터에서는 서식할 수가 없을 것이다.

강원도 양구 '까치산고지' 일대에서는 기관총소리·소총소리 정도는 심심풀이 산울림이 되어 들려올 지경이다. 푸른하늘 상공에는 쉴새없이 제트 기가 깨웃둥깨웃둥 맴돈다. 중공군 고지마다 번갈아가며 집중 폭격을 계속한다.

이런 와중에 반복되는 우리들의 작업은 힘들고도 두렵고무서웠다. 내 눈앞에서는 어머니의 얼굴이 어른거리고, 눈엔 눈물이 핑 돌았다. 그래도 나는 케이에스시(KSC) 아저씨들과 함께 새벽별을 쳐다보며 보급품을 짊어지고 높은산을 자주자주 기어올라가야만 했다.

박격 포탄은 새벽에도 떨어졌다. 미군 정찰기는 부지런히도 하늘을 빙빙 돌았다. 열심히 정찰하고있었다. 우리 아저씨들은 하늘만 쳐다봤다. 정찰기가 뜨고, 제트 기가 떠오면 그렇게 반가울 수가 없었다. 반갑게 동트는 붉은하늘을 쳐다봤다. 제트 기가 와서 폭격을 하기만하면 중공군 박격 포탄은 떨어지지않았다.

나는 후방 케이에스시(KSC) 연대 본부로 인사 발령이 났으면 하고 기다리며 열심히 임무를 수행했다. 어느날 제'108' 연대 본부에서 온 보급 트럭이 보였다. 제'108' 연대 지엠시(GMC) 트럭은 최전방 보급 물자를 싣고온 차였다. 연대 본부 중대 선임 하사와 노무자아저씨들이 너도 나도 할 것없이 차에서 알랑미쌀·콩나물·된장·무·간장 들을 내리고있었다.

나는 고지로 올라가는 비탈길에 서서 내려다보고 있었다. 보급품을 싣고 온 최해식 중사가 고지산기슭 숲쪽을 향해 '젊은 청년 여기 아래로 좀 내려오라'고 큰소리로 나를 불렀다. 드디어 학생 노무자 유용수를 부른 것이다. 나는 영문도 모르고 산아래쪽으로 내려갔다.

최해식 중사가 하는 말이 '너 어떻게 최전방까지 왔느냐'고 물었다. '나는 케이에스시(KSC) 노무자에 지원해 왔습니다.' '왜 젊은 청년이 무서운 최전방에까지 왔느냐'고 큰소리로 다시 물었다. 나는 '배가 하도 고파 밥이나 실컷 얻어먹으려고 지원한 것이 나도 모르게 여기까지 왔습니다.'라고 말했다.

그는 나에게 또다시 '고향이 어디냐'고 물었다. '네. 제 고향은 강원도 철원입니다.' '어떻게 강원도 철원에서 왔느냐'고 그는 또다시 물었다. 나는 '철원에 미군이 들어와서 피난민으로 휩싸여 서울을 경유해 천호동쪽 벽돌공장 피난민 수용소에 임시 수용되었습니다. 그곳은 철원 지역 피난민 수용소였습니다. 거기서는 하루에 주먹밥 한 덩어리밖에 주지않아 배가 너무 고팠습니다. 그래서 케이에스시(KSC) 노무자에 지원 입대하게 되었습니다.'라고 사실대로 얘기했다.

최해식 중사는 "참 불쌍하다. 여기는 귀신도 모르게 죽는 곳이다. 정신 똑바로 차리고 있어. 내가 제'108' 연대 본부 연대장에게 상신해 인사 발령시켜 줄 테니, 그동안 조심조심 죽지 말고 기다리고 있으면 다시 찾아 오겠다."라고 말했다.

최 중사는 '어떻게 착한 청년이 이처럼 위험한 최전방 죽음의 골짜기까지 왔느냐'며 한숨을 길게 내쉬면서 나에게 '꼭 기다리고 있으라'며 그러안아 주기까지 했다. 최 중사는 고향에 있는 동생 생각이 났는지 눈시울을 글썽거렸다. 나도 모르게 눈물이 주르륵 흘러내렸다. 드디어 울고야 말았다. 차에서 보급품을 내리고있던 노무자아저씨들도 같이 울었다.

최 중사는 지엠시(GMC) 트럭 위로 올라타고는 차시동을 걸면서 다시 한 번 '꼭 몸조심하라.'고 말하고는 떠나갔다. 아저씨들은 너무 좋아하면서 '너는 이제 살았다. 그사람이 연대 본부에서 보름에 한 번씩 식량 보급오는 최해식 중사'라고 했다.

나는 꿈인지 생시인지 어리둥절했다. 보고싶은 어머니의 얼굴도 보였다. 어머니가 보살펴주고, 밤낮 아들이 무사하길 빌어주어서 이런 최 중사같은 좋은 분이 나타났는가싶었다.

계절은 어김없이 찾아온다. 산골짜기에는 어느새 아침저녁 서리가 내리고, 강원도 산골이라 몹시 추웠다. 누빈솜바지저고리 입고, 솜누빈신발 신고 작업한다. 고향 산천 생각이 난다. 산에 산에 푸르던 숲, 그나뭇잎들도 붉게 물드는 듯했다. 계절은 거짓말을 하지않는다. 봄·여름·가을·겨울 틀림없이 그때그때 찾아온다.

가을도 깊어 늦가을이 찾아왔으니, 곧 겨울도 오겠지. 강원도 철원땅에도 가을이 와서는 가고, 슬며시 겨울이 찾아오겠지. 철원 최전방 '철의 3각지' '백마 고지'에서도 전투는 계속되고있다고 했다. '백마 고지' '낙타 고지' '김일성 고지'… 용감한 유엔 군과 국군은 목숨을 아끼지않고 주야로 분투하고있다는 것이다.

나는 여전히 보국대아저씨들과 함께 '까치산계곡 고지'로 보급품을 등에 지고오른다. 오른다기보다는 기어올라가고있다고해야 옳다. 그만큼 산길은 가파르다. 고지에 있는 미군 제3사단 ○○중대 병사들도 노무자아저씨들이 올라가기만을 기다리고 있을 것이다. 담배도 떨어졌을 것이다. 식수도 떨어졌을 것이다. 그래서 노무자들은 무릎이 닳도록 열심히 기어올라가고있다.

나는 빨리 해가 지고, 달이 뜨고지고, 날이 얼른 가야 다음 보급품 신고오는 최해식 중사를 만날 수가 있다. 지엠시(GMC) 보급 트럭이 오기만을 눈빠지게 기다린다.

나는 이제 죽음이라는 것도 알 것만 같다. 밤이면 아무도 몰래 모가지가 달아난 미군 병사 시체를 들것에 싣고내려오는 아저씨들은 참 고마운 분들이다. 아저씨들은 '또 죽었다.'고 하면서, 시체를 단가에 담아 끌고나온다. 노무자들은 보급품을 등에 지고 올라갔다가 내려올 때는 미군 시체를 들것에 얹어 끌고미끌어지며 조심조심 기면서 내려온다.

나는 이렇게 죽어서 내려오는 것을 보고서야 드디어 죽음이란 것을 실감했다. 먼바다건너 강대국인 미국 군인이 왜 남의 땅에 와서 저렇듯 비참하게 죽어가야 하는가. 이런 의문이 내 뇌리에서 떠나지않았다. 알 수 없는 것이 나라와 나라간의 전쟁이고, 국가와 국가들끼리 연계해서 싸우는 세계 전쟁이다.

남쪽은 유엔 군 21개국 군인들이 와서 싸우고있고, 북쪽은 2개 나라 즉 소련군과 중공군이 들어와 도와주고있었다. 나는 북한에서 고급 중학교, 남쪽말로는 고등 학교를 졸업한 대한 민국 청년이 되어 최전방 케이에스시(KSC) 노무자로 자원 입대해 몸으로 떼우며 싸우고있는 것이다. 열아홉 새파란 청년인 나는 제'108' 연대 본부 수송부 최해식 중사가 오도록만 손꼽아 기다린다.

강원도 양구 '까치산골짜기'에도 추운 겨울이 찾아왔다. 산천 초목이 모두 꽁꽁 얼었다. 노무자들은 오늘도 산비탈 땅굴천막속에서 어김없이 기상했다. 개중에는 새벽하늘을 우러러보며, 오늘 하루도 무사하기를 손모아 기도한다. 그런 아저씨가 여럿 보였다.
　양구 '까치산숲'에는 눈꽃이 피었다. 이눈꽃마저 노무자들의 마음을 기쁘게 해주었다. 산에는 눈이 온 것이 아닌데도 높은산 나무들은 아름다운 백설꽃이 피어있는 것같이 보였다. 또 한 해가 가고있다는 신호등이 곧 백색서리꽃이었다.
　양구 '까치산고지'에도 얼음이 얼었다. 이소식을 알려주는 아저씨는 누빈 솜동복을 입고 '까치산고지'를 오를 준비를 하고있었다.
　남과 북의 포성은 계속 산울림을 낳고있다. 이포탄 터지는 소리, 박격포 포탄 터지는 소리는 계속 들려왔다.
　정찰기는 밤낮 그렇듯 정찰하고있었고, 미군 제트 기는 북쪽하늘을 맴돌며 계속 폭격하고있었다. 고지아래쪽 땅굴천막앞엔 제'108' 연대 본부 보급 수송 지엠시(GMC) 트럭이 보였다. 우리가 기다리고기다리던 식량보급을 받고있는 것이 보였다.
　내가 손꼽아 기다리던 최해식 중사가 왔다. 한참 보급품을 나르던 노무자아저씨들은 내가 서있는 고지쪽을 바라보면서 손을 흔들며 빨리 내려오라는 수신호를 보냈다. '유용수 빨리 내려와!'라는 목소리도 들렸다.
　나는 미끄러지듯 산비탈길을 뛰어내려갔다. 최해식 중사는 내 손을 잡으며 '오래 기다렸지? 이젠 살았어. 빨리 출발해야 돼. 좀 있으면 박격포 포탄 떨어질 시간이야!'라고 말했다. 나는 나도 모르게 그만 울고말았다.
　최 중사는 '왜 울어? 이제는 두려움과 무서움과 죽음에서 살아나가는 길만 남았다.'고 하면서 나를 위로했다. 나는 만사를 제치고, 최 중사가 끌고온 보급 차량 맨앞자리 운전석옆에 올라탔다. 타고가면서 좋은 소식을 들었다.

최해식 중사는 제'108' 연대 연대장에게 나의 신상 증명을 자필로 송신했다고 한다. '19세의 유용수 청년은 학생 신분으로 케이에스시(KSC) 노무자 부대에 지원 입대하였다.'고 자세하게 써올려서, 이번 이렇게 새로 인사 발령이 난 것이다.

'젊은 청년은 철원에서 피난나와 너무나 배가 고파 케이에스시(KSC) 노무자 모집차를 만나자 그자리에서 지원했다. 밥이나 실컷 얻어먹기 위해 최전방까지 온 것'이라고 했다. '이런 젊은 청년 살려달라.'고 탄원했다. 결과 제'108' 연대장은 최 중사의 건의를 받아주었다.

최해식 중사는 연대장 지프 차 운전도 한 경험이 있다. 운전을 잘하고, 정비도 정확히 잘해서 퍽 신임을 받는 그였다.

나는 제'108' 연대 수송부로 발령이 났다. 나는 '연대장님 감사합니다. 최 중사님 감사합니다. 열심히 수송부에서 있는 힘을 다해 열심히 일하겠습니다.'라고 속으로 다짐하고 또 다짐했다. 참으로 잊을 수 없는 은혜를 입었다.

양구 산천은 아름다웠다. 전쟁을 하는 계곡에서도 졸졸 흘러내려오는 개울물이 있고, 제'108' 연대 본부 앞산은 소나무가 많아서 참으로 아름다웠다. 아침마다 소나무잎엔 백설꽃이 피어있다. 이곳은 양구 동네 집터자리라고 한다.

앞산 뒷산에는 소나무가 빼곡히 들어서있었다. 아름다운 백설소나무꽃은 젊디젊은 나를 반겨주었다.

양구 후방 동네마을은 양쪽으로 갈라져나간 도로가 훤히 보였다. 이도로로 미군 제3사단 보급을 위해 많은 군용 트럭이 나다녔다. 이른아침 떠오르는 태양도 훤히 볼 수 있다. 푸른하늘 햇빛도 아름답게만 보였다.

제'108' 연대 본부앞에는 넓은 연병장도 펼쳐져있고, 양쪽으로는 디귿자(ㄷ)식 천막이 쳐져있다. 막사 천막에는 연대 인사과가 있고, 그옆으로는 노무자들 잠자는 텐트가 쳐져있었으며, 앞쪽으로는 수송부 천막이 있었다.

노무자아저씨들 자는 천막은 땅을 한 길 정도 파고 그위에 천막지붕을 쳤다. 24인용 천막이었다. 잠을 잘 때는 잠자리밑에 가마니 박스를 깔고 잔다. 그렇지만 디젤 난로 화력이 너무 세기 때문에 방안은 따뜻했다. 천막안에는 디젤 난로가 한 대 놓여있다.

밤새 흰눈이 펑펑 내린다해도 텐트 위의 눈은 다 녹는다. 녹아서 빗물처럼 줄줄 흘러내린다. 노무자들은 그저 추운 줄도 모르고 이곳의 긴겨울을 보낼 수 있다. 취사장 천막은 역시 계곡에서 내려오는 맑은 개울물이 흘러내려오는 곳에 쳐져있었다.

개울 가까이 우물을 파고, 우물가로는 돌로 얕은 담을 쌓았고, 물맛은 참 좋았다. 나는 수송부 식사 당번과 제'108' 연대장 지프와 지엠시(GMC) 트럭, 토요타 차닦는 것이 하루의 주요 일과였다.

최해식 중사·윤태윤 상사·선임 하사와 운전 기사 노무자아저씨, 식사 당번이자 청소도 같이하는 나까지 수송부 식구는 5명으로 단출했다. 모두들 마음씨 좋은 형님아저씨 분들이었다.

최해식 중사는 보급타러 갔을 때 미3사단 보급소 작업장에서 케이에스시(KSC) 아저씨로부터 맛있는 치즈나 버터를 깡통째로 얻어와 또록또록

113

한 알랑미쌀밥에다 비벼먹으면 그건 꿀맛이었다.

저녁식사를 하고난 후 난로옆에 둘러앉아 전쟁 돌아가는 이야기도 하고, 고향에서 온 군사 편지도 읽으며 다같이 고향 생각에 잠겨 눈물을 글썽이기도 했다.

최해식 중사는 강원도 삼척읍 삼척리에 아버지·어머니·동생들이 다 잘 있다고 말한다. 중사 형님은 부인을 그리워하며 지나간 옛이야기를 들려주기도 했다.

인사과 나팔수는 어김없이 아침 6시가 되면 기상 나팔을 불었다. 나팔 소리에 맞춰 다들 기상한다. 그러나 최 중사와 우리는 새벽 다섯 시가 되면 벌써 기상 준비를 시작한다.

기상 나팔수가 부는 기상 나팔소리는 정말 구슬프고도 처량하게 들려 왔다. 이 처량한 나팔소리에 맞춰 식사 준비도 하고, 이아침식사를 마친 후 노무자아저씨들은 대대별 중대별로 집합·정렬한다. 인사과 선임 하사가 인원 점검을 하고난 다음 연대 보급소로 가면, 미군 연대 보급 부대 트럭이 와서 이들 노무자들을 태워 연대 보급 부대로 떠난다.

미군 연대에는 임시 치료하는 야전 병원이 있다. 이 미군 병원에서 작업하는 노무자들을 태우러도 종종 트럭이 왔다. 항상 미군 제3사단 보급 부대가 제일 많이 작업 배당을 받는다. 미군 트럭 3대나 와서 노무자들을 태우고는 달려간다.

전장의 대포소리는 자장가처럼 계속 들려왔다. 양구 상공 정찰기는 전방쪽으로 맴돌며 비행하고있다. 보통 정찰기뒤를 따라 미군 제트 기 편대가 날아온다. '쌕쌕이' 몇대가 북쪽 상공으로 날아가는 것이 보였다. 조금 후 검은 연기가 북쪽하늘을 덮었고, 폭격소리가 들려왔다. 최전방 중대·소대 병력들과 노무자아저씨들 지게부대가 눈에 아른거린다.

고지로 보급품을 등에 지고, 고지로 기어서 올라가던 생각을 하면 아찔한 적이 많다. 박격 포탄이 떨어질 때면 파편들이 날아가는 소리가 들렸고, 포탄 날아가는 소리도 쉬쉬윗 하다가 쾅하는 소리가 귀청을 찢었다. 그런 포탄 떨어져터지는 폭음에 한참 정신을 잃고 납작 엎드려있었던 생각도 났다.

추운 겨울 꽁꽁 얼어버린 계곡에는 먹을 물이 없어 미군 보급 부대 트럭이 트레일러로 물 탱크를 달고와 취사장으로 배달했다.

양구 푸른산들은 흰눈으로 온천지에 꽃을 피웠다. 온통 세상은 흰눈으로 뒤덮였다. 높은 산 낮은 산 할 것없이 하늘까지 백설로 뒤덮인 듯 꽁꽁 얼었다. 떨고있는 산들의 잡나무·소나무 들도 일제히 흰옷을 입은 채 떨고있는 모습이 보였다. 아름다운 얕은산·높은산 들이다.

전쟁은 아직도 끝나지않았다. 우리들의 작업은 매일매일 반복되었다. 힘들고 고통스럽고 슬플 때마다 보고싶은 얼굴들이 떠올랐다. 어머니 얼굴과 형·누나 가족들 얼굴이 떠올랐다. 이처럼 눈이 내리는 밤이면 더욱이 고향 철원 '철의 3각지' '백마 고지' 생각이 난다. 꽁꽁 언 대지위에 하얗게 내리는 흰눈은 눈물겹기까지 하다. 이전쟁통에 맹렬히 싸우는 국군 용사들도 다들 살아서 돌아가기를 손모아 빈다. 이렇듯 북녈 전장 철마도 울고, 백마도 울고, 눈은 계속 내려도 포성은 여전히 메아리치기만 한다.

강원도 김화 오성산, 화천 '펀치볼' 고지의 미군들은 용감히 싸우고있었다. 대포소리·고사포소리·박격포소리·기관총소리가 울리는 한 산울림은 멎지않고, 싸움은 계속 된다. 싸움이 계속될수록 포탄터지는 소리는 산울림이 되어 계속 울려온다.

제'108' 연대 수송부 식사 당번인 나는 최해식 중사 형님으로부터 시간 있을 때마다 차량 정비와 운전을 배웠다.

세월은 어김없다. 겨울이 지나가고 봄이 오기 시작했다. 꽁꽁 얼었던 얼음도 힘없이 녹아내리는 소리가 들렸다. 취사장에 밥타러가면 개울엔 졸졸졸 봄이 녹아내려가는 개울물 봄소식을 들을 수 있다. 물소리·봄소리를 전해줄 때마다 얼었던 내 마음은 따뜻이 녹았다.

수송부 천막에서 취사장까지 가는 길은 약 백 미터 정도였다. 추운 겨울에 취사장으로 밥을 타러 갈 때는 귀가 떨어져나가는 것같았다. 취사장에서 콩나물국과 밥을 타가지고 수송부 천막까지 가는 동안 콩나물국은 다 식어버렸다. 밥도 식어서 디젤 난롯불에 다시 데워먹어야 먹은 것 같았다. 이렇듯 겨울 식사 당번은 참 어렵고도 힘이 들었다. 늘 수송부 선임 하사·최 중사·군속아저씨·식사 당번인 나 이렇게 네 식구는 난로앞에 둘러앉아 식사를 했다.

밥을 난로위에 얹어놓고, 치즈·버터를 넣고, 꼭꼭 맛있게 비벼서 먹는 선임 하사가 참 보기 좋았다. 최전방 부대 생활이지만, 이렇듯 아름다운 식탁모습이었다. 늘 밥을 다같이 한자리에 모여서 먹는 모습은 흡사 한 가족같아보였다.

최해식 중사 형님은 고향 동생 생각을 해서인지 항상 나를 친동생같이 사랑해주었다. 밥먹을 때는 '많이 먹으라.'는 말을 꼭 한다. '치즈·버터에 싹싹 비벼먹으면 맛이 좋으니, 그렇게 꼭 비벼먹으라.'고도 했다.

어떤 때는 보급 부대에서 사과를 얻어가지고 와서 슬그머니 내 주머니에 넣어줄 때엔 눈물이 났다. 일선 고지에서 죽을 수밖에 없었던 나를 최전방 그고지에서 후방 연대 본부 수송부로 인사 발령시켜주어 난 죽음을 면하게 됐다.

지금까지 최전방에 있었더라면 귀신도 모르게 죽을 수도 있었다. 이런 생각을 하면 최해식 중사 형님은 나의 구세주와 같았다. 이럭저럭 최전방 병영 생활도 어느새 1년이나 흘러갔다.

1952년 겨울이 지나고 봄도 지나 푸른 여름하늘은 온산천을 푸르고 꽃 피게 했다. 지난봄 강원도 양구 계곡산엔 이름모를 노란꽃·빨간꽃들이 피었다. 양구 옛동네 마을자리 집터에는 복숭아꽃·살구꽃 들이 피었고, 제법 열매까지 달린 것이 보였다.

어느날 최해식 중사 형님과 노무자·운전 기사 아저씨는 바로앞 소나무산으로 송이버섯을 따러가자고 했다. 소나무가 빼곡히 서있는 땅에는 솔잎이 떨어져 쌓였고, 그솔잎이 쌓인 그늘사이사이엔 우산같이 생긴 크고작은 송이버섯이 많이도 솟아있다.

나는 최해식 중사 형님에게 물어보면서, 일일이 확인해가면서 송이버섯을 따 깡통에 담았다. 큰깡통 하나씩 차고다니면서 서로 물어보고는 따서 넣었다. 이양구 '소나무동산' 송이버섯이 내 마음을 울렸다. 아낙네들이 송이버섯을 따야 되는데, 군복차림을 한 소년이 여기서 송이버섯을 따는 신세가 된 것이 서글프게만 느껴졌다.

그래도 우리 수송부 형님들은 이송이버섯을 재미있게 따고있었다. 내 나이 20세가 되는 해라서 뜻깊은 새해의 날이었다. 아름다운 푸른숲속에서 소나무를 따라가며 송이버섯을 찾는 놀이, 이것은 흡사 내 앞날 희망의 보석을 찾는 일과 같았다.

원래 송이버섯은 솔잎 떨어진 갈비속에 숨어있기 때문에 눈에는 잘 띄지않는다. 하나하나 찾아서 따는 때마다 보석찾는 느낌이 들었다.

소나무숲에 홀려 그만 형님들을 잃어버렸다. 나는 '최해식 형남'을 큰 소리로 불렀다. 그랬더니, '최해식 형남!'하고 산울림까지 울렸다. '거기 있어! 이쪽으로 오라.'고 했다. 한참을 찾아 헤맸다. 수송부 형님들은 산 아래쪽으로 내려가면서 버섯을 많이도 따고있었다. 나도 산기슭으로 내려가면서 버섯을 따며 형님들 쪽으로 갔다.

최해식 형님은 '이제 그만 따고 부대로 내려가자'고 했다. 이렇게 그날 하루는 전쟁터란 것도 까맣게 잊고 즐거운 하루를 보냈다. 이날도 하늘은 푸르고밝았다. 양구하늘은 푸르고맑은 날이 많았다. 그러나 전쟁의 포성은 계속 들려온다. 하늘에서는 제트 전투기와 엘나인(L19) 정찰기들이 시간시간 상공을 샅샅이 누비며 정찰하고 있었다.

우리가 딴 송이버섯은 최해식 중사 형님이 취사장 선임 하사에게로 넘겼다. 취사장 취사 반장인 선임 하사는 '된장콩나물국에 송이버섯을 넣어끓이면 제법 맛있을 거라.'고 하면서 취사반으로 가져갔다.

취사장엔 연대 본부 보급관인 소위 한 사람이 보였다. 그는 특무 대장과 취사장 식당에서 식사를 같이 하고있었다. 제'108' 연대 구내 매점은 그 보급관이 운영하고있었다.

구내 매점 설치 관리는 연대장 소관이라고 했다. 매점에는 '진로' 소주, 그리고 미군 부대에서 나오는 캔 맥주·양담배·껌·초컬릿 기타 여러 종류의 과자들이 진열돼있었다. 표면상으로는 매점이지만, 내용적으로는 큰장사로 보이지않는 '후생 사업'을 하고있었다.

이매점에서는 양구 미군 제3사단 소속 피엑스(PX)에서 나오는 미제 물건과 세탁 부대에서 나오는 미제 담요·사지 즈봉·사지 상의·도꾸리

상의·런닝·팬티·양말에 이르기까지… 이런 생활 필수품들까지도 취급하고있었다.

　최해식 중사 형님은 수송부 지엠시(GMC) 트럭 운전을 잘하는 하사관이었다. 제'108' 연대 보급관은 사단장 빽도 있다고한다. 최해식 중사도 그분의 직속이었다. 나도 최해식 중사 형님 빽으로 이렇듯 수송부에서 편안히 노무자 생활을 하고있다.

　후생 사업은 수송부에서 담당하고있다. 최해식 중사가 서울-부대 간 운반 담당이었다. 서울에서 들어올 때 군수 물자·양키 물건들을 지엠시(GMC) 트럭 속에 꼭꼭 숨겨서 끌고온다. 서울로 수송하는 물품들도 보급관 소위와 수송부 선임 하사 그리고 운전 기사 중사의 담당이었다.

　매점 창고에 쌓인 빈 '진로' 소주병은 상자에 넣어 위장하고, 지엠시(GMC) 트럭 밑바닥에 군수 물자와 함께 양키 물건들을 같이숨겨서는 서울로 수송하는 것이다. 최해식 중사 형님과 보급관이 이임무를 맡고있었다.

　서울 한 번 나가는 것은 '하늘의 별따기'였다. 최전방이라 부상자나 전사한 시체는 그냥 헬리콥터로 야전 병원을 향해 실어가니까, 멀리 밖으로 나가는 일은 없다. 나는 대포소리 꽝꽝 울리는 일선에서 처음 서울 종로 3가로 나와 구경을 했다. 최해식 중사 형님의 덕분이다.

　후생 사업차에 조수병과 하사 계급장 달고, 군복 입고, 명찰은 '유용수'라 써붙여달고, 군화 신고, 깨끗한 병사로 변장했다. 갑자기 조수로 변신했던 것이다. 보급관 소위와 최해식 중사, 선임 하사 세 사람은 운전석에 타고, 나는 조수병으로 호로 씌운 지엠시(GMC) 트럭 뒤 빈 '진로 소주병 짐칸에 앉아 서울로 달려가고있었다.

후생 사업 트럭은 보통 새벽 1시쯤 출발한다. 서울 종로 3가 여관에서 하룻밤을 자고나면, 아침 일찍 지엠시(GMC) 트럭은 깨끗이 닦아놓아야 한다. 그후 '진로' 소주 도매상으로 찾아가 새'진로' 소주와 '사이다'를 싣고나면, 보급반 소위와 선임 하사 및 최해식 중사가 와서 '진로' 소주와 '사이다' 짝이 잘 실려있는지를 확인하고서는 양구로 출발한다.

조수병 유용수는 '진로' 소주짝상자틈에 끼여타고앉아 먼지를 뒤집어쓴 채 달려야만 했다. 그러나 내게는 즐거운 1박 2일 서울-양구 간의 잊을 수 없는 여행이었다. 그럴수록 나는 수송부 연대장 1호 지프를 매일 깨끗이 광이 나도록 닦았다.

최해식 중사 형님은 계곡에서 내려오는 개울물에 가 세탁을 하면서 지엠시(GMC) 세차를 함께 해주었다. 우리들은 서울 한 번 나갔다오면 특별 대우를 받았다. 수송부 선임 하사는 '최해식 중사에게 특별 휴가 7일 간이 떨어졌다.'며 통보해왔다. 중사 형님에게 휴가증을 주었다. 호명 당한 최 중사는 퍽 기뻐했다.

선임 하사가 휴가증을 전해줄 때는 '최 중사! 빨리 휴가증 받아라!' 라며 큰소리로 외쳤다. 선임 하사는 '참 어려운 휴가 특명이었다.'며 생색을 냈다. 선임 하사는 '빨리빨리 준비해서 다녀오라.'고 했다. 최해식 중사는 무척 기뻐했다. 지금껏 무사고 운전인 그는 착실하고 정직한 군인이었다.

내게는 최해식 중사 형님이 휴가 떠난 7일 간이 1년같은 세월로 여겨졌다. 우리는 잠자고 일어나 함께 밥먹고 수송부 차량을 정비하면서 최전방 대대·중대 보급품을 싣고 산악길을 달리던 사이다.

인제 산악 고지로 가는 길은 꼬불꼬불했다. 최고봉 고지로 가는 오르막길에는 지엠시(GMC) 트럭 앞 데후 뒷 데후 기어를 넣고, 1단 기어로 살살 기어올라가다가 미끄러지면 차 앞 지앵을 풀어야만 했다.

운전 기사 최해식 중사는 운전석에서 큰소리로 가르쳐주었다. 조심조심 지앵 줄을 꼭 잡은 채 끌고올라가 큰바위에 잘 감아 고리에 끼우라고 했다. 최 중사 형님은 꼭 고리에 꿰고 '빨리 내려오라.'고 소리쳤다. 이때 나는 재빨리 내려와 운전석에 앉자마자 최해식 중사는 운전대를 꽉 잡은 채 앞 대후 뒷 대후 기어를 꽉 잡고는 앞 지앵 기어도 넣고 액셀러레이터를 밟았다. 지엠시(GMC) 트럭은 거뜬히 고지로 올라갔다.

그때는 '죽느냐, 사느냐'라는 긴장속에서 인제군 최고봉 고지에 있는 제'108' 연대 제3대대 본부 중대 케이에스시(KSC) 노무자들의 15일치 보급품을 수송해 주면, 고지에 있던 노무자아저씨들은 나를 얼싸안으며 반겨주었다.

꽁꽁 얼어있는 꼬불꼬불한 고지길에는 위험 표지판을 달아놓았는데 그표지판에는 기분나쁜 해골그림이 그려져있었다. '죽음의 계곡'에까지 올라가 보급품을 수송해주고 돌아오는 길은 더 위험했다. 잘 미끄러지기 때문이다. 앞 대후 뒷 대후 기어를 넣고, 운전대를 꼭 잡은 채 천천히 내려오고나면, 한숨이 절로 새어나왔다.

최해식 중사 형님은 '이제 됐어!' 하고 말했다. 나와 최해식 중사 형님은 생사 고락을 같이하는 동반자였다. 최해식 육군 중사 형님은 20세 청년인 나를 수양 동생으로 삼았다. 그러고는 친동생과 다름없이 대해주었다. 이렇게 전쟁 통에 맺어진 에스(S) 형과 아우였다. 그래서 수송부 최 형님이 1주일 휴가를 떠났을 때 나는 그기간이 1년같이 긴세월이라는 표현을 했던 것이다.

트럭 조수 유용수는 편안한 날만 있었던 게 아니다. 어느날 밤 갑자기

아랫배에 통증이 왔다. 며칠 최해식 중사 형님이 휴가를 마치고 귀대했을 때였다. 다행이었다.

최 중사 형은 '왜 갑자기 배가 아프냐'고 물었다. 아랫배를 만져주면서 위로까지 해주었다. 그러다가 의무대 선임 하사와 의논해 미3사단 연대 야전 병원으로 가도록 조치해주었다.

야전 병원 특무 상사 책임자는 군의관의 진단에 의해 나를 입원시켰다. 미 야전 선임 하사인 미군 상사가 나를 급히 입원시켜 준 것이다. 20세 젊은 청년이 성관계도 없었는데, 왜 성기에서 피가 나오는지 알아보려고 엑스레이 사진까지 찍었다. 소변 검사와 피검사도 같이 받았다. 특별한 진찰을 받은 셈이다.

미군 야전 병원 특무 상사. 이름도 성도 모르는 야전 병원 선임 하사는 매우 친절하게 대해주었다. 선임 하사는 아침 일찍 야전 병원 식당에서 우유와 계란부침·파인애플·복숭아 통조림을 가지고 직접 입원실로 와서 '미스터 유, 보이상 많이 먹으라.'고 하면서, 체온기를 입에 물리고는 이마도 짚어보았다.

지금 이글을 쓰면서도 그분에게 고마운 말 한 마디 못전한 것이 너무 너무 안타깝다. 나는 그저 바보같이 '땡큐 땡큐'만을 연발했다. 특무 상사는 어느날 점심 시간에 와서 '미스터 유 보이상 식당으로 가자.'고 해서 무조건 따라갔다. 식당으로 가서는 '닭고기·돼지고기 요리 등 맛있는 것을 많이 먹어야 병이 빨리 낫는다.'고 손짓을 했다. '미스터 유, 보이상 나와 같이 식당에 자주와서 맛있는 것 많이 먹자.'고 했다.

나의 병은 영양 실조와 냉병이라고 했다. 발과 아랫배·성기에서 피고름이 나는 증세는 한국식으로 말하자면 '냉병'이라고 최해식 중사 형님이 얘기해주었다. '맛있는 것 많이 먹고 빨리 퇴원하라.'고 했다. '수송부 유용수 조수 동생이 없으니까 쓸쓸하고, 온통 수송부가 빈 것같다'고 했다.

미 제3사단 ○○연대 야전 병원 그이름도 모르는 특무 상사는 매일아침 내 입원실로 와서는 체온계를 입에 꽂아넣어보고는, 파인애플 주스를 많이 마시면 소변으로 피고름이 씻겨나간다고 했다. 너무나 고마운 코쟁이 상사분이다.

그때 그 '미군의 도움이 없었으면, 성기 불능까지 될 수도 있었다'고 했다. 최해식 중사 형님은 나를 입원 치료시켜 준 야전 병원 원장에게도 대신 감사했다.

미군 특무 상사는 기독교인이란 것을 나중에야 알았다. 나는 그때까지도 크리스천이나 박애 주의 정신인 기독교를 까맣게 모르고살았다. 북한 공산 주의 체제에서 무신론 주의만 배운 나는 다시 한 번 더 박애 주의 정신을 깨달았다. 하느님의 사랑과 특무 상사·간호사들의 신앙심을 그때 첨 깨달은 것이다.

내 병을 깨끗이 고친 데는 신앙과 사랑의 힘이 컸다는 것을 깨우쳤다. 바로 그특무 상사가 남자 간호병이라는 것도 나중에야 알았다. 매일 아침 내 입원실로 찾아와 기도 먼저 하고나서 체온을 쟀던 그 특무 상사 간호사가 지금도 기억난다.

60년 세월이 흐른 지금도 그때의 그특무 상사 간호사가 생각난다. 그때의 기억을 되살리면서 이글을 쓰고있다. 그특무 상사 간호사의 이름은 생각나지않지만, 지금도 미국땅에 살아있는지 그생사도 알 수 없다.

나는 지금 미국 엘에이(*LA*)의 노인 어파트에서 미국 정부 도움으로 살아가고있다. 우리 대한 민국은 유엔 군·미군의 도움이 있었기에 현재 이렇게 행복하게 전 국민들이 생활하게 된 것이 아닐까. 나는 하느님께도 무한 고마움을 느끼면서, 지금껏 하루하루 즐겁게 생명을 유지하며 살아가고있다.

나는 건강한 몸으로 퇴원했다. 그간 미 제3사단 ○○연대 야전 병원에서 세밀한 검사를 받으며 치료를 했기 때문이다. 특무 상사 남자 간호사가 생각나고, 크리스천·기독교·신앙·하느님·사랑… 이런 단어가 머릿속을 스쳐간다.

드디어 제'108' 연대 수송부로 돌아왔다. 건강하게, 씩씩하게 돌아와 형님들의 품에 안긴 것이다. 최해식 중사 형님은 고향 삼척에 있는 친동생과 같이 나를 사랑해주었다. 그것뿐이 아니다. '건강할 때 빨리 부모님을 찾아보라.'고 했다. '연대장에게 상신해서 귀향시키겠다.'고도 했다.

최해식 중사 형님은 정말 제'108' 연대장에게 간절히 귀향 신청을 해서 나는 노무자 생활 1년 2개월만에 귀향증을 받아들고 이별의 눈물을 흘렸다. 나는 그곳을 떠나면서 마음속으로 중얼거렸다.

"양구 제'108' 연대 수송부 선임 하사, 최해식 중사 형님, 운전하는 노무자아저씨, 그간 1년 2개월 보살펴주신 은혜 고맙습니다. 푸른산 푸른하늘 양구 소나무 동산옆 미군 부대 케이에스시(KSC) 노무자 부대 여러분들의 앞날에 밝은 햇빛 비칠 날이 오기를 두 손 모아 기도합니다"

나는 최해식 형님이 직접 운전하는 수송부 지엠시(GMC) 트럭을 타고 강원도 춘천까지 나와서 그와 점심 식사를 함께 했다. 형님은 나를 그러안아주며 '부모님을 꼭 찾으라.'고했다. '형님! 다시 만날 때까지 몸조심하세요.' 나는 눈물을 흘리며 형님과 헤어졌다.

21개국 유엔 군은 계속 싸워주었다. 한국 전쟁은 끝나지않았다. 서부 전선에는 미군 제7사단이 북쪽으로 진격하고있었다. 중부 전선에서는 미 제3사단이 금화 오성산쪽 화천·양구 등지에서 한 치의 땅이라도 빼앗기지않으려고 용감히 싸우고있었고, 유엔 군 전후방 야전 병원에서는 밤낮없이 부상병을 후송해가며 응급 치료를 하고있었다.

동부 전선 산악 지대인 인제·고성 쪽은 미군 제40사단이 싸우고있었다. 제40사단은 높은 산 고지가 많은 동부 전선에서도 용감히 싸우면서 후방 피난민들을 많이 도와주고있었다.

강원도 산골마을 학교가 없는 곳엔 초등 학교 건물도 지어주었다. 강원도 관인면 산골마을에도 학교를 신축했다. 유치원과 초등 학교가 문을 연 것이다. 그리고 그들은 구호 물자·생활 필수품·의약품 등을 어른들과 어린이들에게 골고루 나눠주었다.

현재 엘에이(LA)에서 미군 제40사단 예비군 사단장과 6·25 참전 동지들을 많이 만나보고있다. 엘에이(LA) 미 서부 재향 군인회 김봉건 회장은 한국 전쟁 때 부상당한 노병들이 입원하고있는 미국 엘에이(LA) '재향 군인 병원'에 꼭꼭 1년 한두 번씩 들러 위문차 격려 방문을 하고있다.

6·25 전쟁 때문에 미군을 비롯 유엔 군 21개국의 많은 병사들이 전사했고, 그당시 부상병은 이제 모두 80대 노병들이 되었다. 그들 중 중환자들은 아직 회복 못한 채 엘에이(LA) '미군 원호 병원' 중환자실에서 입원한 채 고통을 받고있는 실정이다. 미국은 한미 우호 증진과 애국 정신을 잊지않으며 지금까지도 대한 민국의 동맹국으로 영원히 우리와 함께

할 것이다.

엘에이(LA) 예비 사단 제40사단장 제이 그래벳 장군(Major General Peter J. Gravett)은 미 독립 기념식 때 엘에이(LA)에서 대한 민국 재향 군인회 회원과 만나 6 · 25 전쟁을 돌이켜보았다.

엘에이(LA) '우정의 종각'에는 지금도 성조기와 태극기가 하늘높이 휘날리고있다. 천사의 도시, 아름다운 꽃이 피는 엘에이(LA)의 땅에 지어진 이종각은 대한 민국의 빛나는 문화와 선인들의 빛나는 역사를 자랑하며 대한 민국 이민자의 위상을 빛내주는 '우정의 종각'으로서 오늘도 푸르른 남태평양을 바라보고 우뚝 서 빛나고있다. 이 '우정의 종각'에서는 오늘도 한 · 미 혈맹의 종소리가 하늘땅을 울리며 대지위로 퍼지고있다. 영원히 이종소리는 울려퍼질 것이다.

〈시〉
엘에이(LA) '우정의 종각'

파아란 하늘과 바다의 나라 천사의 도시 로즈엔질리즈
한미 혈맹을 기리는 종이 울렸네.
남 태평양 넓은 미국땅 '우정의 종각'에서
웅장한 용마루 서까래 기와지붕을 너머
아름다운 금빛무늬꽃으로 피어났네.
파도위의 갈매기도 '조국'을 부르며 울었네.

빛나는 '우정의 종각'
선조들의 빛나는 종각울음

멀고먼 남의 땅에서도
동포들의 아름다운 꽃무늬금빛으로 꽃피네.
8·15 기념 때 다 한자리에 모여
'동해물과 백두산이 마르고 닳도록'
'우리나라 만세'를 같이 불렀다네.
'우정의 종각' 서까래 용마루가 울렸다네.
무궁화 꽃피고, 푸른바다나라 영원히 빛난다네.

'우정의 종각'에서
우정의 종소리는 평화의 나래를 달았다네.
태평양건너 무궁화나라 고국에까지
멀리멀리 울려퍼졌다네.
그 소리 메아리되어
천사의 나라 사막위의 도시까지 울렸다네.

문득 잊을 수 없는 60년 전 생각이 떠오른다.

북에서 미군 군용 트럭을 타고 밟아본 대한 민국 서울땅. 서울에서 일제 토요타 군용 트럭을 타고 최전방 케이에스시(KSC) 노무자로 복무하면서 일생의 삶·생명의 귀중한 것 모두 다 국가 민족을 위해 충성스럽게 다 바쳐 미국 의무대 특무 상사 남자 간호사가 20세 어린 소년 환자였던 내게 베푼 희생과 봉사 정신, 한 인간에 대한 깊은사랑을 나는 영원히 잊을 수가 없다. 미 제3사단 군의관에게도 내 고마운 뜻 전하고싶다. 그때 그일로 나는 참으로 많은 일을 겪고깨닫게 되었다.

그때 그날 그시 최전방 고지를 실탄·식수·시레이션 박스 등에 짊어 지고 올라다니면서도 자유스러운 생활을 할 수 있는 미래를 생각했을 때 나는 기운이 솟았다. 강원도 춘천시의 푸른하늘은 그때나 지금이나 여전히 푸르렀고, 맑은 공기는 여전히도 맑았다. 예전이나 지금이나 여전히 아름다운 푸른 소양강은 늘 말없이 흐르고만 있었다.

춘천 시내엔 그당시 높은 건물이 거의 없었다. 그러나 인심좋고, 물좋고, 꽃피는 아름다운 도시-춘천·춘천이었다. 북한에서 자유의 땅으로 희망을 찾아넘어온 촌놈은 정신없이 춘천 시내 여기저기를 멋도 모르고 걸어다녔다. 이리저리 걸어다녔다.

시장에서 음식집을 찾고있는데, 육군 헌병이 증명서를 보자고하면서 '왜 계급장도 없는 군인모자를 쓰고, 군복을 입고 다니냐'고 물었다. "나는 양구 제'103' 사단 제'108' 연대 수송부 케이에스시(KSC)에서 미 제3사단 ○○연대 ○○대대 ○중대 최일선 고지에 실탄·식량·보급품 운반을 하던 노무자였다."고 하면서 귀향증을 보여주었다. 그는 내 말도 잘 듣지않고 '무조건 군복벗고 사복 입으라.'고 하더니, 검은 먹필로 나의 등에다가 '염색'이라고 썼다.

나는 헌병하고 싸울 수밖에 없었다. 나는 북쪽에서 피난나왔지만, 그만한 것은 아는 사람이다. 나는 철원 고등 학교 졸업하고 북조선 인민군 징집 명령을 받고 평양으로 가다가 열차에서 도망나온 사람인데, 죽음도 두려울 게 없는 사람이었다.

나는 혈기 왕성한 청년이다. 그러나 지금은 너무 남쪽 헌병에게 무시당하는 것같았다. 그래서 혈기를 내며 싸운 것이다. '6·25 전쟁속에서 살아나온 청년 유용수를 우습게 보지마라.'고 했다. '새파란 육군 헌병 까불지 말라.'면서 싸웠다.

'헌병대 본부로 가자.'고 했다. '나는 갈 수 없다. 내가 더 억울하다.'면서 계속 싸웠다. 그때 내 나이 스무 살, 그많은 폭격속에서도 살아남은 사람이다. 그리고 목숨바쳐 싸운 젊음이다. 최고봉 고지에서 빗발같이 떨어지는 박격 포탄속에서도 노무자일을 하며 살아나온 사람이다. 이런 내 눈에는 육군 헌병 헬멧 쓰고, 카빈 총 메고, 재고다니는 헌병이 마음에 거슬렸다. 그 때문에 대한 민국 해군에 지원 입대할 것을 결심했다.

서울행 버스는 포장이 안된 산기슭 꼬불꼬불한 도로위를 덜커덩대면서 달렸다. 소양강 산기슭도 돌았다. 철원 '고석정'을 지나 한탄강을 건너 흙자갈길 사선을 헤치고 자유 대한으로 넘어와 양구를 거쳐 춘천 소양강을 바라보니, 나도 모르게 두 뺨으로 눈물이 주르륵 흘러내렸다.

춘천발 여객 버스는 드디어 서울 청량리역에 도착했다. 촌놈은 어리둥절했다. 청량리역 기차 화통소리에 내 마음은 서글펐다. 절로 내 고향 철원역 생각이 났다.

청량리역에는 사람도 많았다. 이렇게 사람이 많이 다니는 것을 처음 보았다. 최전방에서는 고향 생각이나 보고싶은 어머니 생각같은 것은 할 사이도 없었다. 청량리 역전에서는 옷 잘 입은 사람, 옷 못 입은 사람, 의복차림이 가지각색 자유스러워 보였다.

청량리 역전을 빙빙 돌다보니, 동대문 가는 시내 버스가 보였다. 이 버스를 타고 갈까 망설였다. 촌놈이라 어리둥절해 할 수밖에 없다.

버스 안내양의 '동대문 가여! 동대문 가여!' 하며 외치는 소리가 내겐 모두 아름답게만 들렸다. 서울와서 처음 들어보는 소리였다. 생전 처음 보는 버스 안내양은 그렇게도 예뻐보였다. 버스 정거장에서는 버스가 오래 정차하지않아도 승객들은 버스마다 만원이다.

망설이던 나는 아무거나 빨리 올라탔다. 좌석에 앉지도 못했다. 손잡이를 잡고는 그냥 서있었다. 안내양은 차표를 끊으라고 했다. 군복입은 청년이라 좀 이상한지 아래위를 훑어보면서 '빨리 차삯을 달라.'고 했다.

나는 돈이 없었다. 안내양에게 '좀 봐 달라.'고 했다. 그녀는 '차표 끊을 돈도 없으면서 왜 차를 타느냐?'고 했다.

'난 최전방에서 노무자일을 하다가 나온 사람이니, 좀 봐주시오' 하고 사정했다. 안내양이 고맙게도 내 말을 들어주었다. 참 고마운 아가씨였다. 얼마를 가다가 안내양한테 '저 큰건물이 무엇이냐?'고 물었더니, '동대문'이라 말해주고는 아무말도 하지않았다.

철원 촌놈은 어리벙벙 정신이 없었다. "안내양은 '동대문'앞 내려라"고 했다. 나는 무조건 '동대문' 정거장에서 내렸다. '동대문'을 처음 보니, 웅장하고아름답기 그지없다.

'동대문'쪽으로 들어서는 전차도 보였다. 전차는 처음 보는 것이 아니다. 강원도 철원에서는 금강산가는 전철 전차도 있다. 이전차는 서울시내 전차보다 더크고 더 멋이 있었는데, 서울 '동대문'쪽 전차는 금강산 전자보다 더 멋이 없어보였다.

나는 촌닭처럼 여기저기 두리번거리면서 무작정 걸었다. 어느 골목길에 접어드니, 노점 장사하는 사람들이 너무 많았다. 처음보는 물건은 많기도 했다. 옹기종기 모여앉아 음식파는 아주머니들을 살펴보니, 갑자기 고향 어머니와 형수님이 보고싶어졌다. 촌놈이 구경에 눈이 팔려 정신 못차리고있는데, 아주머니 한 분이 '순대국 먹어보라.'고 권했다. 그바람에 갑자기 순대국이 구미에 당겼다.

'아주머니, 순대국 한 그릇에 얼마입니까?' 하니까, 얼마라고 했지만 지금은 기억이 나지않는다. 나는 웅크리고앉아서 순대국을 맛있게 먹고, 얼마를 지불하고는 '잘 먹었다.' 인사하며 일어서는데, 발이 저려 그자리에 그만 주저앉아버렸다. 그렇고보니, 나는 갈 곳도 없었다.

동대문 시장골목 노점상이 줄줄이 놓여있는 쪽으로 계속 힘없이 걸어가고있는데, 나를 쳐다보는 사람들이 웃고지나가는 것이 이상했다. 나는 내가 잘 생겨서 쳐다보나 생각했는데, 그게 아니었다. 가만히 생각하니, 나는 촌놈바보였다. 알고보니, 나의 잔등에 검은 먹글씨로 '염색'이라고 크게 찍혀있는 것을 쳐다보면서 웃는 것이었다.

그러나 나는 부끄러운 것도 없었다. 갈 곳도 없고, 잠자리도 없고, 그저 막연한 생각밖에 없었다. 도통 다른 생각을 할 여유조차 없었다. 돈도 다 떨어지고없지않은가. 한참 골목길로 멍하니 걸어가다보니, 큰길이 나왔다. 여전히 차가 다니고, 버스가 다니고, 그길은 그저 다른 길과 마찬가지로 복잡했다.

이때도 전쟁은 계속됐다. 사람들의 발걸음은 점점 빨라졌다. 군복 염색한 까만 양복입은 지게꾼이 보였다. 이런 지게꾼도 처음 보았다. 짐을 져다주고, 돈받는 것, 품삯을 받는 것이었다. 나는 이런 사실도 모르고있었다. 모르는 것이 너무 많아서 눈앞에 보이는 것 하나하나마다 배워나가야만 했다.

말하는 것도 왜 그렇게들 빨리 하는지 너무 빨라 도통 알아들을 수가 없다. 그리고 전쟁 피난갔다온 뒤라 인심이 뒤숭숭하고 좋지않았다. 사람들의 얼굴도 모두 굳어있다. 서울시내에서는 밥 한 그릇 제대로 얻어먹을 수가 없었다. 어디를 마냥 걸어가는데, '의정부 가요!' 하는 버스 안내양이 보여 무조건 그 버스에 올라탔다.

버스는 북동쪽으로만 달렸다. 푸른 산, 풀잎·나뭇잎, 온갖 수목이 그림처럼 휙휙 지나갔다. 꽃나무향기를 발사하는 아름다운 세상이다. 비록 일선에서는 전쟁을 하고있지만, 오늘낮 태양은 무수한 세계를 기쁘게 하기 위해 빛을 주며 떠올라있었다. 의정부 행 버스는 사람들의 발이 되어 급히 달리고있었다.

군복 입은 청년의 등에는 여전히 '염색'이란 도장이 찍혀있었다. 승객들은 청년의 얼굴을 슬금슬금 쳐다본다. 앞좌석에 앉아있던 소위 계급장을 단 장교가 나를 유심히 쳐다본다. 순간 눈이 마주치자 나는 고개를 숙였다.

왜 나를 볼까? 특무 대원인가? 나를 수상한 젊은이로 보았을까? 무척 궁금했다. 한참 나를 보고있더니, 내가 있는 곳으로 와서 어깨를 치며 어디까지 가느냐고 물었다. '네, 저는 의정부 가는 버스라 무조건 탔습니다.'고 했다.

'왜, 등에 검은 글씨가 찍혔는가? 이것이 무엇이냐? 염색하라는 것 아니냐?'고 하면서 나의 신분을 물었다. "네, 저는 제'103' 사단 제'108' 연대 케이에스시(KSC) 노무자로, 복무하고 귀향증 받아나왔으나 갈 데가 없어 발길 닿는 데로 가는 중입니다.'라고 대답했다.

새파란 육군 소위는 나를 다시 한 번 물끄러미 쳐다보며 이번엔 고향을 물었다. '네. 저는 강원도 철원입니다.'하자 '어떻게 의정부까지 왔느냐?'고 물었다. '철원에서 피난나왔습니다. 북조선 인민 학교·초급 중학교·고급 중학교를 졸업하자 6·25 전쟁이 터졌습니다.'

'왜 인민군에 가지않고 남으로 피난 왔느냐?'고 재차 물었다. '저는 성분이 지주 자본가의 자식이기 때문에 요시찰 받는 학생이었다.'고 말하고, 더 이상 자세히 이야기하기가 어려워서 말을 줄이고 말았다.

'그럼 올 데 갈 데가 없다니까, 우리 부대로 같이 가자.'고 하며, 내 이름을 물었다. '저 유용수입니다.' 하였더니, '나는 하원석 소위'라면서 고향은 평안 북도 신의주라고 했다.

무슨 인연인지 하 소위는 제'101' 사단 케이에스시(KSC) ○○ 연대 보급관이라 한다. 하 소위를 만난 것도, 보통 인연이 아니다. 하원석 소위는 나에게 '갈 곳도 없는데, 케이에스시(KSC) 제9연대로 가자.'고 했다. 제9연대 케이에스시(KSC) 부대는 미군 제1군단에 예속된 부대였다.

미군 제1군단은 포천가는 길옆에 있는 휘발유 보급 부대였다. 제9연대 노무자아저씨들은 미군 제1군단 휘발유 보급차에 디젤 드럼 통, 휘발유 드럼 통을 짐실이칸에 실어주는 아저씨들, 모두 힘든 작업을 하고있었다. 이중 운이좋은 아저씨는 식량 보급 창고에서 작업하는 아저씨들이다.

하원석 소위는 연대 보급관이다. 하 소위를 따라온 유용수에게는 제9연대 행정 인사과 식사 당번 일과 청소일이 주어졌다. 이일도 임시로 하는 것이었다.

하원석 보급관은 이 유용수에게 신경을 많이 써주었다. 때문에 올데갈데 없던 처량한 피난민 신세를 짊어졌던 이 불쌍한 청년은 임시지만 일하고식사하는 걱정은 덜었다. 그리고 잠자리 문제까지 거뜬히 해결되도록 하 소위가 다 도와주었다.

전쟁은 아직도 끝나지않았다. 하늘에는 헬 기가 자주 뜨고, 제트 기는 북쪽으로 자주 비행했다. 함포소리도 간헐적으로 들려왔다. 하 보급관은 나에게 신문을 갖다주고, 심심하면 신문을 보라고도 했다.

그때 있던 그동네 이름은 '솔모르 동네'라고 했다. '솔모르 동네' 뒷동산엔 밤나무·소나무가 아름답게 펼쳐져보였다. 뒷동산 야산엔 '텐트 교회'가 하나 있다. 제9연대 케이에스시(KSC) 노무자들이 예배보는 교회였다. 담임 군목은 강순경 목사였다. 강순경 목사에 대해선 아직도 내 머릿속에 많은 기억이 살아있다.

나는 기독교 신자가 아니다. 부모님이 불교를 믿었기 때문에 교회에 나가지않았다. 하 보급관은 어느 날 신문을 들고왔는데, 신문에 해군 모집 광고가 나있었다. 하 보급관은 신문을 자세히 읽어 본 후 '대한 민국 해군은 지원병에게 시험을 치른 후 뽑는다.'면서 '내 말 잘 들어. 유용수 군은 해군에 시험을 보라.'고 했다.

'현재 최전방에서는 육군들이 치열한 전투를 계속하고있다. 매일같이 부상자·전사자가 헬 기에 실려나온다. 그러니 유용수는 해군에 입대해야 살 수 있다.'고 말했다.

'육군으로 가면 총알받이로 귀신도 모르게 최전방에서 죽는다.'고 했다. '모든 서류 구비를 해줄 테니, 해군 본부에 가서 시험만 보면 된다.'고 말했다. 하 보급관은 해군 본부에 가서 지원서를 받아왔다. 참 고맙고고마운 분이다. 버스 안에서 우연히 만난 " '염색 청년"에게 무엇이 끌려 이리 도 잘 대해주는지 알 수가 없다.

나는 1933년 12월 6일 생이다. 본적은 강원도 철원군 철원읍 외촌리 585번지다. 그때 당시는 해군에 시험보는 것도 어려운 때였다. 전쟁 중 남북이 갈라져 있으며, 사상적으로도 퍽 어려울 때였다.

'유용수 신분을 어떻게 보증할 수 있나요? 북에서 나온 지 1년 6개월 밖에 안되는데, 누가 신원 보증을 서주겠습니까?'

버스에서 만난 사람인데, 어떻게 신원 보증을 서고, 일건 서류를 작성해주었는지 현재 이글을 쓰면서도 통 이해가 가지않았다.

하 보급관은 '빨리 접수시켜야 된다.'고 하면서 해군 신병 지원 입대 시험 서류를 작성했다. 제9연대 연대장 신원 보증서, 제9연대 보급관 신원 보증서, 제9연대 본부 관인도 찍고, 제'101' 사단 본부 보급관 중위도 신원 보증을 서주었다. 모두 하원석 소위 힘이었다.

유용수의 케이에스시(KSC) 제'103' 사단 제108연대 1년 2개월 복무한 귀향증 사본도 첨부됐다. 유용수 인장은 하 보급관이 직접 의정부 시내에 가서 새겨왔다. 하 보급관은 '의정부 시내에 나가 사진도 찍어야 하니, 사진관까지 함께 가자.'고 했다. 유용수는 그저 죄송하고미안할 따름이었다.

나는 의정부 시내가 어디 있는지도 잘 모르고, 더구나 사진관이 어디 붙어있는지도 모르고있었다. 그래서 하 보급관의 따뜻한 마음이 더욱 감동스러웠다. 예수를 믿는 크리스첸으로서 하느님의 사랑을 실천하는 것임을 나중에야 깨닫게 되었다. 함께 의정부 시내로 나가서 명함판 사진을 찍었다.

하원석 보급관은 항상 웃음을 주는 분이었다. 하원석 소위는 해님같이 생겼다. 둥근 얼굴에 늘 웃는 얼굴이다. 말할 때도 웃으면서 말한다. 그래서 더욱 친근감이 생긴다. 내게는 형님같이 따뜻하게 대해준 분이다.

유용수는 수줍고 아무것도 모르는 '강원도 감자바위' 바보같은 청년이다. 하원석 형님은 모든 서류를 다 작성했다고 내게 말했다. '유용수는 군복 세탁한 것 깨끗이 입으라.'고 했다. 서울 해군 본부에 가서 해군 신병 시험 서류를 접수하고나자 간단한 문제를 물어보았다. 얼굴도 살펴보고, 태도도 보았다.

1주일 후에 필기 시험 보러오라고 했다. 첫번 서류 심사는 합격이었다. 하원석 형님은 유용수 청년에게 용기를 주었다. '유용수는 미남 스타일이기 때문에 신체 검사에도 합격할 수 있으니, 조금도 주저하지 말고 웃으면서 용기를 내라.'고 말했다. 의정부 제9연대 본부 천막 침실에까지 찾아와서 역사·국어·영어·기본 상식을 가르쳐주기까지 했다.

그는 피를 나눈 친동생 이상으로 보살펴주었다. 나는 북한 청년이라 대한 민국의 역사·국어·영어는 잘 알 수가 없었다. 그러나 그는 열심히 가르쳐주었다. '꼭 합격할 거야. 너무 걱정할 것없어. 용기만 내면 된다.'고 했다.

신문을 보고 상식 문제도 가르쳐주었다. 하 소위는 의정부 지리도 가르쳐주었다. 제1군단 미군 기름 보급소 부대는 전방 탱크 부대로 휘발유를 운반하는 군수 트럭 부대라고 했다.

'저기 미군 트럭은 휘발유 드럼 통 실은 트럭인데, 포천·운천으로 가는 트럭이다. 이쪽편 길로 가면 고개가 하나 있는데, 저산 보이는 곳이 포천넘어가는 높은 고갯길'이라고 가르쳐주었다.

미 제1군단 기름 보급 부대에 쌓여있는 기름 드럼 통은 의정부 역에서 기관차로 부대까지 싣고온 것이라 했다. '하역 작업하는 사람들은 제9연대 노무자아저씨들로서, 모든 힘든 작업을 그들이 도맡아놓고 다 한다.' 고했다.

이렇듯 자상한 하원석 형님이었다. 하원석 소위 형님은 '의정부 역에서 동두천가는 경원선 철로가 있다.'고도 가르쳐주었다. '의정부 역 3거리 저 북쪽은 동두천가는 길, 이쪽 서남 방향쪽은 포천가는 길'이라고도 했다.

해군 시험 보러가는 날 버스 타고 갈 때는 '저쪽 산을 보라.'고 했다.

'저쪽 서남녘산은 도봉산이라 가르쳐주었다. 산은 참 아름다웠다. 그산은 암벽·돌산인 뾰족산으로 너무나도 아름다웠다. 하 소위와 유용수 철원촌놈은 버스 창밖을 내다보느라 정신이 없었다.

이번에는 '위쪽산을 보라.'고 했다. 도봉산과 연결된 산은 더 아름다웠다. '좀 더 가면 미아리고개가 나온다.'고 했다. 버스가 '미아리고개를 넘어갈 때는 천천히 기어올라가는 것같았다. 고개를 넘자 버스는 마구 달린다.

나는 재미가 있었다. 이렇게 하 소위 형님과 같이 버스 타고 서울가는 것이 처음이기 때문이다. 하원석 형님은 '저기 저돌담을 보라.'고 했다. "저돌담 큰문있는 곳이 '창경원'('창경궁') 출입문"이라 했다.

형님은 "해군에 합격하면 '창경원'('창경궁')도 구경시켜주겠다."고 했다. 유용수는 가슴이 떨렸다. 꼭 합격해야 육군 최전방도 안가고, 아름다운 '창경궁' 구경도 할 수 있으니까, '꼭 합격해야겠다.'고 굳은 다짐을 했다.

용기를 내야겠다고 마음 먹었다. 형님은 "이제 시내 버스 갈아타고 '남대문'도 구경할 갓"이라고 했다. 시내 버스는 어느 쪽으로 가는지 영 정신없이 빨리도 달리는 것같았다. '저쪽이 남산'이라 가르쳐주었다.

이제 '해군 본부'에 다 왔다. 버스에서 내렸다. 좁은 길이 나왔다. 꼬불꼬불 올라가는 길이다. 하원석 형님은 웃으면서 '힘들지?' 한다. 늘 웃는 얼굴이라 오늘도 미남형님으로만 보였다. "여기가 '해군 본부'다. 이제 떨지 말고 용기를 내라."고 했다.

해군 지원 필기 시험 보러온 잘 생긴 청년들이 많이 보였다. '해군 본부' 시험장으로 들어갔다. 해군복을 입은 멋쟁이 미남 하사가 일일이 수

험생들을 호명한다. 호명하는 대로 의자에 차례차례 앉으라고 했다. 책상달린 의자에 호명하는 대로 줄 맞춰 앉혔다. 떨린다.

책상위로 시험지를 한 장씩 나눠주었다. 나는 마음을 가다듬고 용기를 내어 필기 시험을 보았다. 어렵지가 않았다. 상식 문제·역사·국어 모두 다 잘 보았는데, 영어 하나는 잘 보지 못했다. 어쨌든 시험을 보고나왔다.

하원석 형님은 시험실옆 대기실에서 기다리고 있다가 '시험 잘 보았느냐'고 하면서 손을 잡아주었다. 하원석 형님은 참 아름다운 향기를 뿜는 분이다. 늘 하느님의 사랑이 느껴지는 그런 분이다. 보잘 것없는 사람을 끝까지 도와주고 베풀어주며 희망의 길로 안내해 준 은인 '육군 소위 하원석 소위! 하원석 형님!' 나는 무엇으로 이 고마운 은혜에 보답할까 송구스런 마음뿐이다.

3일 후 하 소위는 해군 본부 벽보판에 붙어있는 합격자 명단을 보고와서 나보다 더 그가 매우 기뻐했다. '유용수 동생 이제 살았어. 해군은 육군보다 보급도 좋고, 죽을 염려가 없어. 해군은 해상 근무하면서 군함을 타기 때문에 죽어도 같이 죽고 살아도 같이 산다.'는 것이라며, 너털웃음 웃어가며 나를 웃겼다.

형님은 '이제 함께 있을 날이 얼마 남지않았다.'고 하면서 눈시울을 적셨다. 나도 함께 울고말았다. 하느님이 맺어준 형제가 되었다. '하원석 형님! 몸 건강하시고, 좋은 배필 만나서 결혼하세요. 예쁘고 마음씨 고운 천사같은 아내 맞이하기를 손모아 기도드리겠습니다. 하늘에 계신 하느님 아버지께서도 축복주실 줄 믿습니다.'

이렇게 아쉬운 마음으로 헤어졌다. 그때가 1952년 10월 말 경으로 기억난다. 아침저녁으로는 쌀쌀하게 추웠던 생각이 난다.

드디어 유용수는 대한 민국 해군이 되었다. 해군 본부에서 신체 검사를 마치고, 부산 해군 지부에서 엑스레이 사진을 찍고 피검사도 했다. 신체 검사를 세밀히 했다.

합격한 해군 신병 동지들도 해군 군함 '소해정'을 타고 진해로 갔다. 진해 해군 군함지 통제부 내에 '해군 신병 훈련소'가 있다. 푸른하늘 푸른바다를 낀 통제부 해군 군함지 본부는 아름다웠다.

나는 부산 항구도 처음으로 구경했다. 해군함 '소해정'을 타고 서해바다를 항해하는 것도 처음이다. 세상에 태어나서 이렇게 아름다운 푸른바다와 흰갈매기도 처음 보았다. 갈매기들은 떼를 지어 '소해정'을 따라왔다.

경상 남도 진해시 '해군 진해 함대 사령부'가 있는 군항지는 아름다운 꽃동산이었다. 푸른하늘 푸른바다 꽃피는 군항지였다. 남쪽나라처럼 따뜻하고 춥지도 않았다. 파란 산천 초목 처음 보는 진해시는 경치좋은 하늘밑의 그 아름다운 진해시였다. 부두에는 해군함 '소해정'이 태극기 휘날리며 정박해 있었고, 갑판위에는 세라복 입은 해군 수병들, 모두 미남들이라 한결 더 멋있게 보였다.

나는 모두가 처음보는 광경이기 때문에 말도 못하고 그저 '아! 야!' 하고 입만 벌린 채 서있었다. 우리 신병 일행은 갑판위에서 인원 점검한 뒤 뭍으로 올라갔다. 인솔 해군병 조장은 민간인이 아니고, 늠름한 대한 민국 해군이었다.

우리들에게 '용기를 내라!'고 했다. 대한 민국 '해군 신병 훈련소'에 입교하기 전의 민간인 복장은 모두 벗기고, 다같이 목욕을 시킨 후 새로 지급된 신병 훈련복을 일제히 갈아입혔다.

신병 훈련소 막사는 흔히들 '깡통 막사'라고 하는 컨셋 건물이다. 둥근 양철지붕이 일자로 길게 늘어서 있었다. 미군식 컨셋 막사다. 내무반은 가운데 복도가 길게 나있고, 양쪽엔 마루가 마주 설치돼 있었다. 등깔개는 두꺼워서 쿠션이 좋았고, 덮개는 미제 군용 담요였다. 흰식가(홑이불)로는 낄개맛도 씌우고 덮개담요까지 씌우고나니, 깨끗한 침상이 되었다. 베개도 편안해 보였다. 당시 해군 훈련소 시설은 미 해군 시설과 똑같은 식인 것같았다.

침대가 없어 그렇지, 모든 것은 다 비슷하다고 했다. 해군 신병 훈련은 규칙이 강화돼 있었다. 호령 방식이 육군하고는 다른 점이 있었다. 육군은 '우향 우! 좌향 좌!' 이렇게 호령했으나, 해군에서는 '차렷! 오른편 돌아! 왼편 돌아!'라고 했다.

신병 훈련소 사관들도 '오른편·왼편·뒤로 돌아!'라고 호령했다. 엠원(M1) 소총을 잡고 '앞에 총!' 자세로 구보(뛰는 것)할 때 처음엔 신병들이라 발도 잘 맞지않았다. 줄서기에서도 삐뚤빼뚤했다.

교관은 몽둥이로 엉덩이를 때리며 기합을 주었다. '발도 못 맞추고, 기합이 빠졌어. 꼿꼿이 허리펴고, 손팔에 힘주고, 절도 있게 발맞추라'고 호령 호령을 거듭했다.

'앞에 총! 어깨 총!'을 하루 종일 반복했다. '앞으로 가! 오른편 돌아! 왼편 돌아! 뒤로 돌아가!' 이런 훈련을 15일 정도 교육시켰다. '앞에 총! 어깨 총!' 하고 걸어가는 것, '어깨 총!' 하고 '왼편 돌아! 오른편 돌아! 뒤로 돌아가!'—교관은 똑같은 제식 동작을 계속 구령 맞춰 부르게 했다.

'어깨 총!' 하고 걸어가는 것도 어려웠다. '어깨 총!'하고 '오른편 돌아!

왼편 돌아! 뒤로 돌아!'를 계속 구령할 경우엔, 그깟 총 한 자루 어깨에 메고도 절도있게 걷기엔 제마음같이 그리 잘 맞지가 않았다.

'진해 함대 사령부 신병 훈련소'에서는 해군 신병 훈련 1개월을 마치면 1학년이 되었다. 2개월 째 훈련 마치면 2학년이 되고, 3개월 훈련 마치면 3학년 졸업반이 되는 것이다. 이는 내가 예를 들어 그저 알기쉽게 꾸며 쓴 것이다. 실제로 1·2·3학년이란 제도는 없다.

우리가 훈련받을 때는 계절이 바뀔 때였다. 가을에 입소해 겨울 훈련을 지나 봄이 돌아올 때 졸업반이 되었다.

겨울엔 훈련받느라고 무척 힘이 들었으나 봄이 오고 벚꽃이 활짝피니 기분이 아주 좋았다.

나는 훈련 신병이다. 동료들의 가족들이 면회오는 일요일이 되면 나도 부모님이 그리워 남모르게 숨어서 울기도 했다. 해군 신병들 대부분은 면회오는 가족들이 많았다. 그러나 나와 고익준 동기는 둘 다 북한에서 월남했기 때문에 면회올 사람이 없었다. 그래서 주말이 되면 마음적으로 몹시 외롭고도 슬펐다.

해군 신병 훈련에서는 주로 통신병 훈련, 무전기 암호문 암기하는 것, 아군과 신호하는 것을 배웠다. 해군 군함에서 아군 배와 통하는 암호문과 빨간 기, 백기봉을 들고 신호하는 암호법을 배웠다.

어느새 60년이란 세월이 흘러간 것이다. 그때의 암호문이나 깃발 수신 암호는 지금와서 아물아물 기억조차 다 할 수가 없다. 그때의 유용수 신병은 지금엔 80세 노병이 다됐다. 이노병이 가로늦게야 시인이 되어 이 글을 쓰자니, 글씨도 삐뚤어지고, 띄어쓰기나 맞춤법도 예전같지가 않고 그저 시가 아닌 산문이라 내겐 어렵기만 하다. 이글을 쓰는 것도 무척 힘들다. 밤낮 노력없이는 도저히 쓸 수가 없었던 것이다.

해군 훈련받던 것을 쓰다가 왜 딴길로 갔는지? 아무튼 나는 해군 제2기생이다. 군번은 5110379로, 죽을 때까지 잊혀지지않을 나의 상징적 숫자인 것이다.

내가 신병 막사 불침번 경비를 설 때다. 신병 동기 한 사람이 취사장에 들어가 누룽지광주리를 들고나왔다. 화장실 갔다온다고 나간 김 동지가 누룽지 광주리를 들고온 것이다. 웬 누룽지 광주리인가? '해군 신병 훈련소' 보급은 그런대로 견딜 만했으나, 그는 자다가 하도 배가 고파서 그런 행동을 했는지는 알 수가 없다.

제1중대 신병 동료들은 오드득오드득 누룽지 씹는 소리에 모두들 잠을 깼다. 잠을 깨자마자 모두들 누룽지광주리에 빙 둘러앉았다. 순식간에 한 광주리 누룽지는 다 없어졌다.

배가 고픈 차 잠 깬 동기들은 맛있게 먹었지만, 그다음 문제는 누가 책임질 것인가? 빈누룽지광주리는 화장실뒤쪽 편에 버려졌다. 밤에 화장실 갔다가 나오던 옆막사 신병이 그장면을 보고말았다.

아침 일찍 취사장문이 열렸다. 다른 물건은 그대로 있고, 누룽지광주리만 없어졌기 때문에 외부에서 들어온 도둑질이 아니라 신병들 짓이라 짐작해서 그만 훈련소 안이 발칵 뒤집어졌다. 각 중대 중대장·소대장·선배할 것없이 전 병력 모두 연병장 집합 명령이 떨어졌다.

군기 문란·경비 소홀을 취사장 보급관·선임 하사는 어쨌든 책임지고 이에 대해 군기를 바로 잡아놓아야 한다. 취사장 선임 하사는 불침번을 섰던 내게 솔직히 말하라고 했다.

그날 광주리 버리고가는 것을 본 목격자는 제1중대 신병이 바로 '그광주리도둑'이라고 말했다. 결국 우리 소대 소속 김 신병이 자수를 했다. 나는 그날 불침번을 서서 경비한 죄로 별도 기합을 받았다. 제32기 제1중대 모두에게 연대 기합이 떨어졌다. 누룽지를 먹은 사람이나, 먹지않은 사람이 다 함께 기합을 받아야 했다.

갑자기 추운 겨울밤 선임 하사가 호령을 한다. '전 중대원은 5분 내로 발가벗고 연병장으로 집합하라.'는 명령이었다. 제1중대 제32기생 일동 연대 기합이다. 발가벗고 받는 '알몸기합'이다.

누룽지 먹은 사람이나 먹지않은 사람이나 모두 함께 이런 괴상 망칙한 기합을 받아야만 했다. '두 손으로 지그재그 양 귀를 서로 바꿔잡고 토끼뜀을 뛰라.'고 했다. '연병장 10바퀴를 토끼뜀 뛴 사병은 선착순 막사로 돌아가라.'고 명령했다.

추운 겨울밤에 두 손 번갈아 귀를 잡고는 덜덜 떨면서 알몸으로 토끼뜀을 뛰는 건 그리 쉬운 게 아니다. 거기에다 큰소리로 '깡충깡충 외치면서 뛰라.'고 김 씨 선임 하사는 호통을 쳤다. 그러나 그 '깡충소리'는 잘 나오지도 않았다. 추워서 덜덜 떨며 '깡충깡충' 하자니, 잘 나오지도 않고, 나온다고 해도 잘 들리지도 않았다. 호령은 점점 더 커졌다. 한 바퀴, 두 바퀴 돌면서도 어떤 신병은 오줌을 질금질금 싸며 엉엉 울기까지 했다.

추운 겨울에 발가벗은 알몸으로 연변장에서 토끼뜀을 뛰는 것, 그것도 두 손 두 귀잡고 뛰다가 쓰러지기까지 했다. 여기 저기서 모두 쓰러져 갔다.

윤 동기생은 용감한 사람이었다. 큰소리로 김 선임 하사를 불렀다 '우리 제1중대 제32기생을 모두 얼려죽이려고 합니까? 동상 걸리면 책임지

겠습니까?' 하고 큰소리로 외쳤다.

제1중대 신병 동기들도 모두 함께 고함치면서 항의했다. 소리소리 지르며 일어나 반항했다. 찬바람이 쌩쌩 부는 추운 한겨울에 실오라기 하나 걸치지도 못하게 하고 발가벗겨 놓았으니, 본인도 모르게 너무 추워서인지 덜덜 떨면서 오줌을 질금질금 싸는 것이 아닌가.

우리 제1중대원 제32기생은 모두 악에 바쳤다. 그만 김 선임 하사는 겁이 덜컥 났다. '아무리 군인이 명령에 죽고 명령에 산다지만 이럴 수가 있습니까?' 다같이 반항하자 선임 하사는 '토끼뜀 중지!' 명령을 내리고, '빨리 막사로 들어가라.'고 소리쳤다. 그사건 이후로 신병 제1중대 제32기생에겐 '오줌싸개·누룽지도둑'이란 별명이 붙고말았다.

나는 그날 막사에 들어가서 매트 위에 누워 담요를 덮고는 앓는 소리를 내며 울었다. 어머니·아버지는 물론 온가족이 더 보고싶었다. 억울하고처량한 생각이 들었다. 한 사람 잘못으로 받은 연대 기합의 쓰라린 고통은 이루 말로 표현할 수가 없다.

만약 밤이 아니고 대낮에 젊은 꽃미남들이 발가벗고 고추를 덜렁거리며 토끼뜀을 뛰었다면 얼마나 더 수치스럽고우스꽝스러웠을까! 우습고도 불쌍해보였을 것이다. 만약 여자들이 젊은 신병들의 남자고추 덜렁대며 토끼뜀 기합받는 걸 보았다면, 정말 가관이었을 것이다. 보나마나 남자 위상 최하였을 것이다. 깔깔 웃는 여성들도 있었을 것이다.

그러나 이글을 쓰는 78세 노병에게는 그때 그시절도 이젠 아름다운 추억으로 생각되어진다. 오히려 그시절 젊은 세월이 더욱 그리워진다. 현재 신세대만 하더라도 이러한 명령엔 응하지않을 것이다. 이러한 엄격한 규율과 무서운 군기는 '해군 신병 훈련소'에만 있었을까.

기합 중엔 '원산 폭격'이란 게 있다. 이기합은 머리를 땅에 처박고, 엉덩이는 하늘을 쳐다보게 하고, 양 손은 엉덩이뒷짐지게하고, 언제까지나 거꿀로 처박혀 구부리고있어야 한다.

또 있다. '엎드려뻗쳐' 시켜놓고, 몽둥이로 엉덩이를 수없이 내려친다. 그러나 훈련병 시절 겪은 '알몸토끼뜀'은 잊을 수가 없다. 엉덩일 땅에 대고 팔다리를 하늘로 높이 쳐드는 것, 이것도 오랫동안 잊을 수가 없다. '원산 폭격' 기합은 어느 누가 생각해냈는지, 정말 기발하다. '엎드려 시켜놓고 야구방망이로 엉덩이를 내려치는 이런 기합은 지금 생각해도 너무 심한 것같다.

어느날 신병 훈련소에 비상이 갑자기 내려졌다. '이승만 전 대통령 별장'의 꽃사슴이 탈출한 것이다. '꽃사슴 도망병 잡아라!'는 명령이 부대까지 떨어졌다. 신병들은 해군 통제부 일대 야산과 높은 산을 막론하고 샅샅이 이잡듯 뒤졌다. 꽃사슴 한 쌍은 그리운 자유를 찾아 탈출한 모양이다.

탈출한 '꽃사슴 신병'을 찾느라 우리 해군 신병들도 모처럼 특별한 자유를 만끽하며 인근 온산천을 수색했다. 그러나 도저히 꽃사슴을 찾을 수가 없었다. 신병들은 저마다 꽃동산 오르는 기분으로 공기 좋고 경치 좋은 산속을 샅샅이 뒤졌으나 끝내 그꽃사슴은 찾질 못했다. 꽃사슴은 높은 산을 넘어 마산 시내쪽으로 갔는지, 행방이 묘연했다. 사슴도 자유를 찾아 영원히 탈출한 것인가.

이러한 일도 있다. 도망간 꽃사슴을 잡으러 간 제1중대 제32기생 동기 중 두 명이나 '꽃사슴도망병'을 따라 정말로 도망을 간 것이다. 탈영이다. 신병 훈련소 뒷산은 높은 산으로, 호랑이도 나타난다고 했다. 정말 높고도 아름다운 산에서 꽃사슴을 찾다가 신병 둘이 도망간 것이다.

호랑이는 숲이 우거진 바위산에만 산다고 했다. 진해 신병 훈련소에 내려진 첫번째 비상은 꽃사슴 탈출 때문이었는데, 두 번째 비상은 진짜 비상이 내려진 것이다. 그렇게 꽃사슴 한 쌍과 신병 훈련병 두 명은 자유를 찾아가버리고는 다시 돌아오지않았던 소설같은 사건도 있었다.

끝내 그들은 체포하지 못했다. '그들'이란 꽃사슴 한 쌍과 훈련병 두 사람이다. 호랑이가 나온다는 산너머 마산 시내로 도망을 친 것이다.

신병 훈련소 제3학년 제1중대 제32기생들은 여러 가지 파란을 겪고나서야 드디어 졸업을 하게 되었다.

내게도 인사 발령이 났다. 해군 통제부 대기실로 따라갔다. 큰 더블백을 짊어지고 따라갔다. 더블백 안에는 해군 세라복 동복 한 벌, 하복 세라복 한 벌, 미제 까만 신사 구두 한 켤레, 해군 정모 하나, 작업모 하나, 작업복 한 벌, 혁띠·타월·런닝·팬티·상의 흰 셔츠 등, 의류 보급은 만족할 만했다. 담요 둘, 식기·수저도 백 속에 들어있었다. 백은 꽉차 배가 불렀다.

동기생 해군은 육상 근무와 해상 근무로 나눠지기 때문에 각자 자기 백을 메고는 막바로 배를 타러가는 신병이 있었고, 다른 한편 대기소로 곧장 가야 하는 동기생도 있었다.

육상 근무 신병들은 해군 통제부 내 부대로 향했다. 이들의 발걸음은 빨랐다. 무거운 더블백을 어깨에 메고도 발걸음은 제법 가벼워보였다. 이렇게 대한 민국 해군 신병 제1중대 제32기생은 각자 자기 갈 길로 뿔뿔이 헤어져 떠나가버렸다.

유용수 수병은 해상 근무 '와이엠에스(YMS) 502정'으로 인사 발령이 났다. 목선으로 된 '소해정' 중 기뢰정이었다. 큰 백을 메고 통제부 군함지에 정박하고있는 '와이엠에스(YMS) 502정'을 찾아갔다. 찾느라고 퍽 힘이 들었다.

부두로 백을 어깨에 메고 이리저리 헤매자니, 신병 티가 절로 났다. 선배들을 만나보니, 전부 미남들이었다. 그들의 세라복 차림은 정말 아름다웠다. 선배들이 나를 보자 어디를 찾아가느냐고 물었다. " '와이엠에스(YMS) 502정'은 저쪽 부두로 가야 한다."고 한다.

유 수병은 걸어가면서도 신병 훈련소 3단계 훈련 때 사격장에서 엠원(M1)손총 어깨에 메고 앞적진만을 보고 방아쇠 당기는 연습할 때 생각이 났다. 이제는 적과 싸우는 용감한 해군 수병이 되었다. 이제 조국과 민족을 위해 목숨 아끼지않고 싸우는 용사가 되리라. '와이엠에스(YMS) 502정'은 푸른바다에 떠서 일렁이며 나를 기다리고 있었다. 참으로 반갑고 기뻤다.

늘 갈망하고 원했던 해군 수병이 되어 이름표를 앞가슴에 달고는 군함 갑판상에 오를 때엔 생시인지 꿈인지 정신을 바짝 차려야만 했다. 군함 '와이엠에스(YMS) 502정' 선배들은 환호성을 지르며 밝게 나를 맞아주었다. 모두 미남 해군들이었다. '우리 식구 후배 동생 왔다.' 하고 익살스런 선배가 웃겼다. 선배들은 하나같이 기쁘게 반겨주었다.

선임 하사는 '와이엠에스(YMS) 502정' 정장에게 신고하는 법을 가르쳐 주었다. '해군 견습 수병 유용수 신고합니다!' 나는 차렷자세로 경례를 붙이며 첫인사를 했다. '와이엠에스(YMS) 502정' 갑판장 · 선임 하사 · 기관부 선임 하사 · 포술장 · 통신 선임 하사… 부서별로 일일이 찾아다니면서 정중하게 신고 인사를 했다. 취사부 선임 하사에게도 인사를 했다.

정신이 없었다. 나는 기관부로 발령을 받았다.

'502정' 선체 내 부서별 근무지를 다니며 견학을 했다. 침실은 3층 철침대 구조였다. 옷장은 캐비닛이다. 캐비닛마다 개인 명찰이 붙어있다. 3층 윗침대는 상사 침대였다. 맨아래 침대는 졸병 침대였다.

밑의 침대에는 먼지가 많이 떨어지기 때문에 언제나 졸병차지다.

군함엔 칸과 칸사이마다, 방과 방사이마다 반드시 문이 달려있다. 갑판상으로 올라갈 때는 문을 열고 올라가선 꼭 그문을 닫고 확인해야하는 것이다. 사다리계단을 내려갈 때나 올라갈 땐 동작을 빨리해야 한다. 일거수 일투족 모든 동작에는 엄격한 규율과 기합이 들어가 있어야 한다.

바다에 항상 떠있는 배는 파도에 흔들리고있기 때문에 늘 긴장하며 계속 정신을 차리고있어야 한다. 출렁대는 갑판위를 걸어갈 때도 조심해야하고, 꼭 잠겨있는 기관실 들어가는 철문은 조심조심 들어올려선 아래 사다리계단으로 내려가면 디젤 엔진 두 대가 양쪽에 나란히 앉아있다.

대형 디젤 엔진을 설명하는 기관부 선임 하사는 노병 병조장이다. 윤활유걸레·기름걸레로 디젤 엔진 닦는 것이 기관부 신병의 주요 일과였다.

기름걸레 들고 디젤엔진 닦기연습을 하느라 견습병은 바깥갑판상에 함부로 나갈 수가 없다. 기관실바닥은 특수 걸레로 미끄럽지않게 잘 닦아두어야 한다. 기관실 바닥청소는 기름 한 방울없이 반짝반짝 광이 나게 마른걸레로만 닦아야 한다. 디젤 엔진은 특수 걸레로 빛이 반짝반짝 광나게 닦아야 한다. 기관병은 아래위 붙은 청바지를 입고, 흰빵모자 쓰고, 기관실 닦는 작업을 했다.

선임 하사는 마음씨 좋은 아저씨같이 생겼다. 잔소리하거나 기합같은 것은 주지않았다. 항상 좋은 말로만 가르쳐주었다. 선수엔 큰 디젤 엔진 대형 주기실이 있다. 발전기 2대와 세탁기가 놓여있다. 발전기 2대는 꼭 제25기생 선배가 수시로 점검하고있다.

발전기가 고장나면 캄캄하고, 배가 움직일 수가 없기 때문에 발전기 연료 탱크 게이지를 수시로 살펴봐야 한다. 디젤 발전기 엔진 오일 유 게이지는 꼭 뽑아보는 점검을 철저히 해야만 한다.

발전기옆엔 의자가 놓여있다. 견습 수병이 앉아 기름걸레로 닦으며 점검도 하고, 발전기를 맴돌며 작업을 했다.

해군 보급품은 좋은 편이다. 식사는 알랑미와 보리를 약간 섞어 밥을 짓는다. 취사장 선임 하사는 좋은 선배로 제17기생이다. 밥 한 그릇, 콩나물 된장국·무·김치로 맛있게 식사를 하고나면 꼭 사과를 하나씩 준다. 담배와 건빵도 준다. 나는 담배를 배급받아 기관부 선임 하사에게 준다. 그는 너무 좋아한다. 나는 담배를 피지않기 때문이다.

'기상 5분 젠!' 갑판장이 호령한다. '5분 후 갑판 집합! 5분 젠! 총 기상!' '총 5분 전 갑판 총집합' 호령이 떨어지면, 갑판 사다리계단으로 모두 기어올라가서 2열 횡대 부동 자세를 취해야 한다. 규율이 엄격했다. 무조건 5분 동안 동작을 빨리해야 한다. 갑판장 소위, 갑판부 선임 하사가 기상 점호를 하고 해산한다.

아침 6시였다. 배에서의 점호는 간단하다. 국기 게양식도 없다. 항상 태극기가 휘날리고있기 때문이다.

아침 7시엔 식당에서 식사를 했다. 항상 바다에 떠있기 때문에 좀 피곤하다. 아침태양이 떠오를 때는 참 아름다워보였다. 바다항해할 땐 갈매기들이 우리를 위로하는 노래소리가 들려온다, '캬악~ 캬악~' 노래들을 부른다. 바다에서만 있을 수 있는 아침인사였다.

그시절 그세월이라는 연륜이 얼굴에 깊게 새겨져있는 듯하다. 그시대를 풍미했던 대한 민국 해군! 22세 청년, 선배들의 도움과 사랑을 받으며 용감하게 해군 복무를 했다. '502정 소해정'은 목선 기뢰 작업하는 임무를 띠고있다. 적 해선에서 기뢰 공격하는 것을 사전에 잡아끌어올리는 기계도 있다. 후갑판에 장치되어있다.

갑판부 수병들이 기뢰 작업을 한다. 나는 기관부 견습병이기 때문에 갑판부 작업을 잘 모르고있었다. 기관부 견습병은 후갑판에 자주 올라간다. 바다보며 갈매기보는 재미, 먼섬을 바라볼 때는 정말 참 아름다웠다. 항해할 때는 교대로 후갑판위로 올려보낸다. 아저씨같은 선임 하사가 견습병 사정을 많이 보아주었다.

그때 최전방 육군 병사들은 치열하게도 전투를 계속하고있었다. '한 치의 땅이라도 더 점령하기 위해 싸우다가 수10 수백 명의 전사자가 줄줄이 이어져 후송된다.'고 했다. 그러나 해군은 해상 전투가 없었다. 그때만 해도 '북한 해군함을 한 척도 보지 못했다.'고 들었다. 제25기생 김근택 선배는 전쟁이야기를 잘해주었다. 그는 '우리 대한 민국 해군은 편안한 바다생활을 잘 하고있다.'고 말했다.

취사부 선임 하사는 식당에서 '외출 준비할 때, 꼭 할 일이 세라복 다림질하는 것'이라 했다. 바지 줄세우기와 내직끼 내는 것도 나에게 가르쳐주었다. '꼭 작업복이든 청바지든 다리미로 꼭 다려서 입으라.'고 했다. '미제 단화구두는 항상 번쩍번쩍 닦아 광을 내라.'고 했다.

배에서 육지로 외출할 때는 선임 하사에게 복장 검사 받고서야 외출했다. 특히 신병 중에도 견습 수병은 복장 검열을 반드시 받아야 했다. 신병은 신병티가 난다. 신병 청바지는 파랗게도 물이 빠지지않았다. 선배들 청바지는 물이 빠져서 회색으로만 보였다.

세라복 동복은 선배 팔소매에 금줄이 번쩍거렸고, 빨간줄이 멋있게도 보였다. 병조장 모자도 멋이 있었다. 장교와 사병 복장은 많은 차이가 났다. 그러나 그런대로 수병 세라 복도 멋이 있었다. 한국 전쟁 당시 우리나라 해군은 신사였다.

유 견습병을 기관부 식구들은 모두 한식구처럼 사랑해주었다. 신병은 발전기 불침번을 많이 서는 편이다. 보초 서는 것이다.

어느 날 급히 '502정' 전원에게 출동 명령이 떨어졌다. 서해바다 소연평도·대연평도 근역 기뢰 항해 작업 명령이었다. 윤 선임 하사는 출동 명령에 대한 교육을 알기쉽고 재미있게 가르쳐주었다. 출동 중 북한 적 해군이 나타나면 포술장·선임 포술장이 긴장하게 된다. 보급창에서 40밀리 대공 포탄과 20밀리 기관 포탄·소총 실탄을 보급받는다. 식수 탱크에 물을 가득 채우고, 보급 식품도 창고에다 가득히 채운다.

출동 준비 완료를 하면 정장 지휘아래 '와이엠에스(YMS) 502정'은 서해바다로 출항한다. 조타실 통신부 통신 하사관, 갑판부 포술장은 바삐 움직인다. 선수 포대 40밀리 포 포병은 사격 준비에 만전을 기하고있어야 한다. 포사격 20밀리 기관포 기수도 공격 준비에 만전을 기해 적군이 나타나면 명령에 따라 집중 공격할 수 있어야 한다.

'502정' 후갑판에서는 기뢰 작업 장비 준비에 진력을 다하고 있다. 전투 준비를 철두 철미하게 하고나서야 항해를 시작했다. 진해 군항지에서는 새벽에 출항했다. 야간 출항하는 것도 다 까닭이 있을 것이다. 목포항에 입항할 무렵에야 떠오르는 태양빛. 이태양빛을 받아 반짝이는 아름다운 저바다는 대한 민국 해군이 아니면 볼 수가 없는 것이다. 태양이 떠오르는 모습·바다위의 붉은하늘빛은 온세상을 붉게붉게 물들인다. 바다위에서 보는 동트는 모습은 너무너무 아름답다.

용감한 해군 '502정' 식구들은 환로로 이여명을 맞이한다. 젊은 해군 용사의 얼굴들이 떠오르는 태양빛에 물들어 그렇게도 아름다울 수가 없었다. 해군 미남들은 전부 다 자부심을 가지고 갈매기들과 함께 바다와 싸운다.

'바다의 용사들 용기를 내어라, 힘을 내어라.' 두 주먹 불끈 쥐고 하늘을 바라보며 큰소리로 외친다. '용감하게 싸워라, 바다의 용사들.' 다함께 기쁘게 웃고있는 모습이 믿음직하고 늠름했다.

그당시 서해바다는 조용했다. '502정'은 백령도·대연평도·소연평도 해역에서 기뢰 작업에 총력을 다하고 있었다. 포술병은 바다앞 푸른하늘 푸른바다 해역을 바라보며 긴장하고있었다.

갈매기들은 주로 '502정' 후갑판으로 모여들었다. 취사부에서 잔반찌꺼기를 버리면 더 많이 먹기 위해 쪼아대며 싸움을 한다. 갈매기들은 서로 배불리 먹고는 푸른하늘끝으로 날아가는 광경이 참 보기 좋았다. 날 때 춤추며 서로 사랑하는 모습은 정말 보기 좋았다. 바다의 용사들은 늘 갈매기와 함께 했다.

'502정'이 서해에서 기뢰 작업을 하는 동안 백령도·소연평도·대연평도의 아름다움을 만끽할 수 있었다. 대대 망망 넓디넓은 푸른바다. 해군 함정은 늘 파도와 싸우면서 항해해야 한다. 서로 마주보는 용사들의 얼굴은 밝기만 하다. 서로가 서로를 위로한다. 서해 해역에 출동해 기뢰 작업을 모두 끝내고 진해 군항지로 돌아오며 목포항에 들렀을 때에는 3

시간의 외출 상륙 시간을 주었다.

목포항에선 사고를 많이 치기 때문에 김 선임 하사는 잔소리같은 교육을 시킨 후 상륙증을 발급해 줬다. 목포 부두물에 오르면 시장골목길이 널려있다. '힙빠라'하는 여자들에게 끌려들어가면 다 털리고, 숏타임 당하게 되니까 각자 조심하라며 주의를 주었다.

'목포에서는 유달산에 올라가는 것이 그중에도 제일 외출 기분이 난다'고 했다. 거기에도 유혹하는 아가씨가 많이 있었다. 목포 항구 '힙빠리 골목'으로 끌려들어가서는 출항 시간에 귀환하지 못하면 탈영병으로 취급 당한다.

출동 나가면 꼭 한두 명씩은 시간을 지키지 못해 낙오병으로 처리되기 일쑤였다. '502정'은 목포항을 출항해야 한다. 낙오되면 탈영병이 되고, 배타기도 어렵게 돼 고통을 당하는 신병들이 더러 있다고 했다.

배타고 있다가 육지에 오르면 여자들의 꼬임에 빠져서 낙오병이 되기 쉽다고 선배들이 충고해 주었다. 일단 출동 나가면 15일 간 서해바다에서 항해한다. 새벽근무할 때는 새벽동이 트는 하늘과 떠오르는 붉은 태양빛을 볼 수 있다. 이광경은 신병의 마음을 설레게 했다. 항해 중에는 보급도 좋고, 배안에서는 자유가 있었다. 각 부에서는 선임 하사가 잘 대해주고, 기관부 기름걸레 들고 디젤엔진 닦는 작업은 하지않아도 된다.

디젤엔진은 24시간 쉬지않고 운동하며 항해를 하기 때문에 기관부 식구들은 함께 모여 비교적 시간 여유가 많았다. 특히 신병들에게는 그러했다. 출동을 끝마치고 진해 군항지로 입항하는 즉시 규율은 엄격해지고, 밤잠조차 편히 잘 수가 없게 된다. 배에서는 나사조이는 일을 많이 시켰다. 매일 닦고조이다가 또 닦곤 한다. 발전기 불침번 경비도 3,4시간씩 교대교대로 꼭 서야했다.

진해 군항지는 봄이면 벚꽃 군항 축제가 열린다. 그래도 외출나갈 틈이 없다. 일요일 외출하는 기쁨은 말할 것없이 마음이 들뜨기 마련이다. 해군 병사들은 금요일부터 외출 준비를 한다. 그래서 선배들 도와주며 다림질하는 것, 구두 닦고 때빼고 광내는 것도 재미가 있다.

외출한 선배들은 애인하고 극장에도 가고, 벚꽃나무 우거진 거리를 걸어가는 모습 참 아름다웠다. 진해는 벚꽃 필 때가 젊은 수병들 연애거는 계절이라고 한다.

1953년 7월 27일은 정전 협정이 조인된 날이다. 한국 전쟁은 휴전되었다. 최전방도 조용해지는 날이다. 진해시에 사는 군인 가족들이나 시민들은 그간 행복하게 생활하고있었다. '해군 사관 학교' '공군 사관 학교' '육군 사관 학교'로 인해 1954년도 진해 경기가 참 좋은 편이었다.

진해 해군 군항지는 참 아름다운 거리였다. 벚꽃나무 가로수가 양쪽 인도에 만발하는 3·4·5월이면 매년 전국에서 관광객들이 꽃축제를 보러 모여들었다. 이때 대한 민국 해군들은 세라 복을 입고, 미제 단화 구두를 반짝반짝 닦아 신고 3~4명씩 한 조가 되어 외출한다.

시내 벚꽃나무들과 해군들은 참 잘 어울렸다. 해군 미남들이 늠름한 모습으로 활짝 핀 벚꽃가지아래에 서면, 이를 본 여고생들은 뿅뿅 넘어가던 그시절이 새삼 그리워진다.

깜짝사이 60년 세월속에 젊음은 흘러가버렸다. 옛젊은 시절을 생각하면 지금은 구닥다리다. 현재 대한 민국은 고속 경제 성장으로 세계에서 10위권 내외 국가로 발전한 것이다. 이는 미국과 동맹이 맺어졌기 때문이다.

자녀들도 미국으로 유학와서 허버드 대학도 다니고, 엠아이티(MIT) 같은 좋은 대학을 졸업한 인재가 많아졌다. 이인재들이 세계화 진출을 촉진시켰기 때문에도 대한 민국 사람들은 더 빨리 잘 살 수 있게 됐다고 믿는다.

나는 생각한다. 그러한 한미 동맹의 선린 우호 관계로 우리 자녀들이 계속 세계로 세계로 앞장서서 진출해나가고 있기 때문에 우리들은 더욱 더 행복해졌다.

통제부 해군 방위 함대는 적 해군이 나타나면 즉시 공격해 명중 침몰시켰다. '502정' 수병들은 국가와 민족을 위해 목숨바치는 용감한 해군, 철통같은 방위 함대 소속 해군들이었다. 그때는 '피에프(PF) 61함' '62함' '러스트(LUST) 801호' '디에프(DF) 703' '704' '와이엠에스(YMS) 501' '502' '503' 등으로, 이런 함대가 동해·남해·서해의 우리 대한 민국 해역을 철통같이 지켰다.

1953년부터 1955년까지의 그때 해군은 소수 함대와 소수 병력이었다. 이젠 60년 세월이 흘러간 현재 대한 민국 해군은 세계에서도 뒤지지않는 강한 해군이 되어있다.

나는 1957년 해군에서 제대했다. 제대 후엔 국내 피난민촌이란 촌은 다 찾아다니고있었다. 어머니·형님·형수님·조카 일가족이 생존해 있는지, 남한으로 피난 나왔는지 궁금했기 때문이다. 이때문에 나는 해군 제대 후 한동안 떠돌아다녔다. 전라 북도 전주시 피난민 수용소로 찾아갔을 때 그곳에서 '강원도 철원 피난민들은 수원시로 이동했다.'고 했다. 나는 버스와 트럭을 번갈아타고 경기도 '수원 피난민 수용소'로 달려갔다.

그곳 '피난민 연락 사무소'에는 철원 사람 홍달성 씨가 있었다. 그분은 철원사람으로 형님과 아주 가까운 친구였다. 홍달성 씨는 '서울 청량리 역쪽에서 소식을 들었다.'며, '유엔 군이 의정부와 덕정리를 점령했고, 미 제7사단은 동두천에 주둔했다.'고 한다. '피난민들은 동두천으로 대이동을 했다.'고 한다.

나는 의정부 제101사단 케이에스시(KSC) 노무자 집단 제9연대 본부를 5년만에 다시 찾아갔다. 미군 제1군단 소속 케이에스시(KSC) 제9연대 본부도 5년 전 그대로이고, 케이에스시(KSC) 아저씨들도 열심히 작업을 하고있다.

생명의 은인인 하원석 소위 형님 소식을 알아봤으나, 5년이란 세월이 흘렀으니, 지금까지 그자리에 있을 리가 없다. 육군에서 예편하고 어디로 갔는지 알 길이 없다. '하원석 형님 권유로 나는 해군에 입대해 편안히 복무하고 형님 찾으러 왔다.' 하고 신고하려 했으나 어디에 있는지 전혀 알 길이 없다.

해군에 있을 때 두세 번 서신 연락 후 소식이 끊어졌던 것이다. 인생이란 만났다가 헤어지고나면 또 다시 만날 수는 없는가. 언제 또 만날 수 있을지,그만 눈물이 앞을 가렸다. 눈물을 삼키면서 '5년 전 헤어진 은인 하원석 소위 형님, 진심으로 고맙다.'고 외치고싶다. 이제는 부모 형제 찾는 것보다 하원석 형님을 먼저 찾아야겠다는 생각이 문득 떠올랐다.

그러나 언제 상면하게 될지 모른다. 오직 하느님에게 '하원석 형님 상면할 수 있는 길을 열어달라.'고 빌 수밖에 없다. 남은 여생 건강하길 손모아 기도드린다. 존경하는 하원석 형님은 어디 있더라도 행복하게 살고

있으리라 믿는다.

경기도 '동두천 피난민 연락소'를 찾아갔다. 가던 중 의정부에서 북쪽으로 들어가는 피난민들을 찾으러 경기도 파주쪽으로 향하던 어느 중년을 우연히 만나 얘기를 하게 되었다. 서로 젊은 사람끼리 통성명을 하게 되었다. '처음 뵙습니다. 저는 유용수입니다.'하고 인사를 했다. '네, 저는 최동진입니다.'하고 정중히 인사를 교환했다. 그런데 얼굴을 자세히 보았더니, 한쪽 눈이 실명된 상이 군인이었다.

그는 육군에 입대해 김화 제6사단 소속으로 오성산 전투에서 부상 당했다고 한다. 눈물을 흘리면서 말한다. 그는 황해도에서 온 피난민이었다. 그는 " '해주 피난민 연락 사무소'가 파주에 있다."는 소문을 듣고가는 길이라 했다.

'파주쪽은 미군 기갑 사단이 주둔하고있다.'고 하면서, 가족들이 황해도 해주 가까운 곳에 있지않을까해서 그곳으로 찾아가는 길이라 했다. '경원선 쪽은 미 제7사단이 주둔했고, 경원선 전곡쪽에는 미군 탱크 부대가 주둔했다.'고 했다. 그후 헤어진 최동진 상이 군인은 사랑하는 그의 가족들을 만났는지 궁금하다.

피난민들은 '경원선쪽 미군 기갑 부대 있는 곳으로 많이들 들어갔다'고 한다. 거리에서 마주치는 사람들은 거의 만나는 사람마다 모두 피난민들이었다. 나도 철원이 가까운 동두천이나 전곡쪽을 생각하며, 버스를 타고가다가 동두천에서 무조건 내렸다. 동두천 국도에는 미군 트럭이 많았다. 동두천에도 피난민들이 많았다. 거리에는 부모 형제 찾는 사람들이 많이 보였고, 하꼬방 짓는 망치소리가 여기저기서 들려왔다.

미군 부대에서 나오는 보급 상자를 '보루바꼬'(볼박스)라고 했다. 그것을 머리에 이고오는 사람들이 보였다. '미군 부대 쓰레기장에서 주워오는 갈'이라고 했다.

그당시 먹을 것이 없어 미군 부대 쓰레기장으로 가면 꿀꿀이죽 재료를 구할 수가 있었다. 잔반 버리는 곳에서 빵조각·고깃덩어리를 주워다먹을 수 있었다. 어린이들은 미군 부대 근처에서 초컬릿이나 껌 하나라도 얻어먹으려고 손을 벌리며 돌아다녔다.

미군들은 길거리에서 어린이들에게 '헬로 보이상'하고 껌도 주고 초컬릿도 던져주었다. 그래서 어린이들은 미군들만 보면 '헬로! 헬로' 하고 졸졸 따라다니는 모습을 동두천에 와서 처음으로 보았다.

나는 양구 전선에서 미 제3사단 연대 야전 병원에 입원하고 있을 때가 생각났다. 나에게 '보이상! 보이상!' 하면서 "'파인애플 쥬스'를 많이 마셔야 병이 빨리 낫는다."고 하던 그 살찐 미군아저씨 생각이 났다.

미군들은 젊은 청년과 어린이들을 특히 좋아했다. 미군들은 전쟁 고아들을 고아원에 입적시켜주기도 하고, 그 외에도 피난민들에게 좋은 일을 많이 했다. 좋은 미군아저씨는 전쟁 고아를 양자로 입양시켜 미국으로 데리고가서 좋은 학교에 보내 행복한 생활을 하게 했다.

양주군 동두천에는 고아원이 두 곳이나 있었다. 미 제7사단에서 이 두 고아원을 도와주었다. 미 제7사단 아저씨들이 구호 물자를 많이 대주었다. 의복·신발·학용품 할것없이 여러 가지 식품과 먹을 것을 갖다주었다. 알량미쌀·미국납작콩·분유도 많이 보내주었고, 경기도 동두천 초등 학교로도 구호 물자를 많이많이 보내주었다.

미국에서는 어린이의 생명을 하늘과 같이 떠받쳐주었다. 미군들은 '헬로 보이상'이라고 하면서 어린이들을 불렀다. 이름을 모르니까, 어린이만 보면 '헬로 보이상'하고 무엇이나 나눠주었다.

동두천 미 제7사단은 그후 계속 20여년 긴세월 동안 어린이 교육을 위해 많은 물자와 구호품을 보내주었다. 동두천에 있는 유아원・고아원・초등 학교를 상대로 미 제7사단에서는 지극 정성으로 돌보아주었다. 고아원 안 원장은 동두천 중・고등 학교를 설립했다.

중・고등 학교를 세울 때도 미 제7사단 공병대에서는 불도저로 산중턱을 깎아내려주고 흙을 운반하는 트럭도 지원했다. 시멘트・목재・모래・자갈・돌 등 많은 자재도 미 제7사단에서 실어날라주었기 때문에 교육국 제정이 열악한데도 불구하고 아름다운 학교가 건립되었다.

미 제7사단이 주둔하고 있었기에 동두천은 급성장 발전한 것이다. '안홍리 고아원'도, 강신경 목사와 고아원 원장 두 형제가 미 제7사단 후원과 도움으로 '신흥 중・고등 학교'를 설립할 수가 있었다. 가난한 강신경 목사 사모님은 영어를 유창하게 잘 했다. 언어가 잘 통했기에 미 제7사단에선 학교 건축 자재를 많이 도와주었다.

미 제7사단 사단장은 고아원・초등 학교를 방문할 때 위생병에게 꼭 지시한 말이 있다. '어린이들을 잘 보살펴주고 사랑하라.'고 했다. 이리하여 동두천 읍은 곧 동두천 시로 승격했다. 동두천은 급성장으로 주위 환경이 빠르게도 개발되고 발전했다. 중・고등 학교가 두 지역에서 건설되었다. 초등 학교도 한꺼번에 두 곳에서 지어졌다. 중・고등 학교는 사립학교였다.

모든 경제 문제는 미군이 있었기에 수준이 높아졌다. 동두천 읍이 시가 되고, 교육 시설이 잘 갖춰질 수 있었던 것이다. 미군 부대 제7사단은 20년 동안 동두천에 주둔하고있었다. 현재는 미2사단이 교체 주둔하고 있는 것으로 알고있다. 동두천 시는 의정부 시보다 교육계·학교는 많이 앞서가고있었다.

　미군 부대가 있어서 미군 부대에 속한 군속들은 생활 환경이 좋아졌다. 미군 부대에 다니는 가족들은 생활이 부유했다. 그래서 중·고등 학교가 발전되었다. 미 제7사단에 소속되어있는 케이에스시(KSC) 부대 노무자도 많은 숫자였다. 미군 공병대에서는 도로를 잘 닦아주었다.

　동두천은 여러 면으로 피난민이 먼저 자리잡고 행복하게 생활을 영위하고있었다. 미 제7사단 덕분으로 피난민들은 이처럼 기반을 일찍 잡고 생활할 수 있었다. 특히 고마운 것은 동두천엔 초등 학교만 있었고, 중·고등 학교는 없었는데, 미 제7사단에서 '동두천 고아원'을 도와주기 시작한 것이 결국 여자 중·고등 학교와 남자 중·고등 학교가 건립되게 된 동기가 되었다.

　고아원 원장이 '동두천에는 중·고등 학교가 없다.'고 미 제7사단장에게 말 잘해서 '건축 자재와 불도저 차량 지원을 해주겠다.'는 약속을 받은 후 의정부 교육청에 허가를 받아 정부 예산도 받아내 모든 일이 순조롭게 잘 되었다. 고아원 원장은 기독교 목사였다. 그래서 '모든 일이 하느님이 허락하고 주님이 협력하게끔 도와주어 수월하게 일이 잘 풀린다.'고 목사가 말씀했다.

　'남자 중·고등 학교' 교장은 최봉상 교장이다. '여자 중·고등 학교' 교장은 박찬희 교장이다. '동두천 중·고등 학교' 교사들도 좋은 대학교 졸업한 분들이다. 경기도 '동두천 여자 중·고등학교' 졸업한 분이 유명한 탤런트가 되어 어머니 역으로 많이 나오는 비디오를 보았다. 이름은 밝히지않는 것이 좋을 것같아서 밝히지않는다.

글을 쓰면서 생각이 나는 것은 강원 인제 최전방 전쟁 중에도 미군 제40사단 사단장도 학교없는 화천·양구·인제… 여러 곳에 초등 학교를 세워주었다. 미군 제40사단장 메이저 피터 제이 그래벳(Major Peter J. Gravett) 장군의 고마움은 말로 표현할 수 없을 정도다. 많은 구호품으로 특히 피난민들, 어린이들, 전쟁 고아들을 많이 도와주었다. 학교 책상·의자·학용품까지도 도와주었다. 경기도 파주 미군 기갑 부대, 동두천 미 제7사단, 양구 미 제3사단, 인제는 미 제40사단이 주둔했을 때다.

휴전 전 전투가 치열했을 때는 최전방 미군과 유엔 군 기갑 부대·탱크 부대·대포 부대가 잘 싸워주었다. 전방 고지에서는 많은 미군들이 전사했다. 내가 있던 양구 '까치산고지'에서는 야간 전투때 인민군들이 '올빼미작전'을 편 채 미군모가지만 잘라갔다. 총을 한 방도 쏘지않고 살살 기어와 칼로 목만 잘라갔다.

인민군 특공대들은 더욱 악날한 행위를 했다. '까치산고지'에 내가 케이에스시(KSC) 노무자로 근무할 때다. 직접 목격한 사실들이다. 노무자들은 고지에서 싸우고있는 미군들에게 보급품을 운반해주고 내려올 때는 미국 시체와 부상병들을 들것에 얹어들고내려오는 일을 했다. 전사한 미군 병사는 대개 머리가 없었다. 북한 특공대 짓이었다. '미군목을 잘라가면 김일성 훈장을 받는다.'고 했다.

양구 지역 제103사단 제108연대 케이에스시(KSC) 노무자아저씨들도 많이 전사했다. 박격 포탄에 많이들 죽었다. 노무자들은 미군 전사자들을 헬리콥터까지 실어주는 역할도 했다.

노무자들은 눈물을 흘리면서, 울면서, 최전방 고지를 오르내리는 작업을 했다. 주로 실탄을 공급하는 일이었다. 어떤 때는 고지에 올라간 노무자들이 피로 물든 고지에서 옷이 핏물로 범벅이 된 채 미군 시체를 들고메고 내려왔다. 부상병을 업고내려온 때는 그래도 힘이 솟았다.

  휴전 무렵엔 정말 치열한 전투가 계속됐다. 미군들은 제트 기로 또는 미사일 부대의 포격으로 주야 장천 공격을 퍼부었다. 결과 미군들은 시체와 피로 물든 땅으로 그공로를 대신했다.정말 그때 목이 없는 미군 병사의 시체는 두 눈을 뜨고는 볼 수가 없을 지경이었다. 그때 그세월은 젊디젊은 병사들의 공로로 꽃피었다. 그러나 아름다운 꽃들도 많이들 떨어졌다.

5. 마침내 모자 상봉

청바지에 가방 하나 든 청년은 발길 닿는 대로 걸어가고 있었다. 목적지도 없이. 그는 해군에서 제대하자 곧바로 '철원 피난민 수용소가 전주쪽에 있다'는 소문을 듣고, 그곳으로 갔다. 그러나 "피난민들은 '전주 피난민 수용소'에서 전 남 송정리로 옮겨갔다."는 소문이다. 소문을 듣고 송정리까지 찾아가 봤으나 '피난민들은 벌써 수원으로 올라갔다'는 것 수원에서는 '서울로 많이들 갔다.'고 했다.

서울에서는 다시 '북으로 북으로 향해 의정부쪽으로 보따리를 짊어지고 많이들 갔다.'고 했다. '의정부 피난민 연락소'에서는 '경기도 파주쪽으로 간 사람도 있고, 동두천 경원선쪽으로 많이들 갔다.'고 했다.

1953년 7월 27일 휴전이 된 후 피난민들은 될 수 있는 대로 자기 고향 가까운 곳으로 많이들 몰려갔다. 해군 작업복 청바지에 가방 하나 든 25세 젊은 청년인 나는 우선 경인선 파주쪽으로 철원 피난민들을 찾아갔다. 파주 문산쪽 용주골에는 이북 피난민들이 보따리를 짊어진 채 우왕좌왕하는 모습이 그대로 보였다. 피난민들이 방황하는 이마을엔 하꼬방

163

이 줄을 섰고, 움막집도 즐비했다.

국도에는 미군 기갑 부대의 경장갑차와 탱크가 지나가는 것이 보였다. 이곳 파주·문산에는 미 제1기갑 사단이 주둔하고 있다. '경기도 파주에는 황해도 개성 피난민들이 많다.'고 한다. '강원도 피난민들은 동두천이나 포천쪽으로 많이들 옮겨갔다.'고 했다.

청바지 청년인 나에게는 가는 곳이 나의 집이고, 아무데나 잠자리하면 나의 안방이었다. 그때는 여인숙도 없고, 여관도 없었다. 오직 피난민들과 고향찾아가려는 그들의 피난보따리만 보였다.

참 인간이란 한 세상 잠깐 왔다가는 것. 저렇게 너절너절한 보따리보따리를 짊어진 모습을 바라보니, 눈물이 절로 흘러내렸다. 나만 그런 것이 아니라 보따리를 이고진 어머니같은 아주머니·형수씨같은 아낙네들의 눈에서도 서글픈 눈물이 쏟아져내렸다. 시도 때도 없이.

길거리 움집돌 셋 고이고 그위에 올려진 양은솥에서는 김이 모락모락 났다. 알랑미쌀밥이 끓고있는지, 보리밥이 끓고있는지, 아주머니들은 돌아앉아있다. 밥을 기다리는 어린이들은 밥 줄 때만 기다리며 쪼그리고 앉아있는 모습들은 차마 눈뜨고는 볼 수 없는 광경이었다. '청바지청년'은 또 눈시울이 붉어졌다. 가방 하나 달랑 든 젊은 '청바지나그네'는 그만 움막집앞 큰돌위에 걸터앉은 채 엉엉 소리내 울고말았다. 남모르게 훌쩍이다가 그만 저도 모르게 그렇게 되었다.

경기도 파주에는 강원도 철원 피난민이 없었다. 동두천 행 버스도 없었다. 의정부로 다시 나왔다. 의정부에서 버스를 갈아타야 동두천으로 갈 수가 있었다. 버스는 많지않았다. 몇 시간 기다려야 했다. 그제사 덜그렁대는 버스가 왔다. 국도지만 모두 비포장 도로였을 때다. 물론 길도 울퉁불퉁 험했다. 버스는 거의 군용차를 개조한 것들이다. 엔진도 다 낡은 것들이어서 고장이 자주 났다. 모두 덜그렁대는 버스였다.

한국 전쟁 휴전 직후라서 국민들의 생활은 말이 아니었다. 하루에 밥 한 끼 먹기가 힘이 들었다. 이런 세월이 원망스럽기만 했다. 운명이었다.

'청바지차림 청년'은 개울가 하꼬방집들이 널려있는 마을길을 걸었다. 여기가 동두천 피난민촌이다. 새동네 하꼬방동네다. 개천쪽에는 개울물이 많이도 흘러내렸다. 이곳 동두천 피난민동네는 많은 물이 흘러가는 개천가라서 좋은 점이 많이 있었다. 그들은 미군 부대에서 흘러나오는 곽대기상자로 벽을 둘러치고 하꼬방집을 지어살았다. 너나 할 것없이 곽대기하꼬방집이었다. 모래밭둑에 새동네가 생겼다.

미 제7사단 철책 부근에는 장사꾼들이 웅성대고 있었다. 그들은 양담배·초컬릿·껌 들을 파는 네모진 작은나무가방을 들고 다녔다. 철가방이 아니라 전부 나무가방이었다. 전부 피난민 아저씨·아주머니들이다. 이들은 제7사단 부근 양부인 사는 동네를 드나들며 양키 물건을 사러 다녔다. 제7사단 정문앞에는 새까만 손을 한 슈사인보이들이 미군들의 구두를 닦고있는 모습이 보였다. 우리 한국사람은 모두 부지런한 민족이였다. 현실에 적응을 잘하고, 생활력이 강했다. 인정도 많은 사람들이었다.

전쟁에서 가족을 잃고 죽음에서 살아나온 피난민들은 서로 이웃돕기 사랑의 꽃을 피우고 있었다. 미군들이 주는 한 개의 껌도 서로 반으로 잘라 나눠먹는 끈끈한 정을 가진 민족이다. 껌 하나 반 잘라 친구입에 넣어주고, 반은 자기입에 넣는 모습을 보고 나는 한국인들의 끈끈한 정을 새삼 깨달았다.

어머니들은 밖으로 나가 장사하러다니다가 미군들에게 빵이나 껌 하나라도 얻으면 자기는 먹지않고 하꼬방에서 기다리고있는 어린 자식들에게 갖다먹였다. 한국의 어머니들은 이런 품성을 지녔다.

피난민들은 일자리가 없었다. 혹시 미군 부대에서 막노동이라도 해보려고 부대 정문앞에서 늘상 서성대며 웅성거리고있었다.

나는 강원도 철원에서 전쟁통에 가족과 헤어진 지도 어언 6년이란 세월이 흘렀다. 그는 피난온 사람이 많은 곳이면 어디든 그리운 내 가족들이 있나하고 기웃거리며 쫓아다녔다. 그길은 멀고도 험난한 길이었다 이길에서 헤매다닌 지도 벌써 2천 1백 일이 넘었다. 보고싶은 에머니, 어머니를 그리워하며 거리에서 눈물로 세월을 보냈다.

인생살이에서 만남이란 이렇게도 어려울 줄을 몰랐다. 헤어지면 또 만난다고 했지만, 아직도 나는 동두천 길거리를 헤매다니고있다. 청바지입고, 가방 하나 들고, 청년은 하꼬방이 있는 마을이면 어디든지 다 찾아다녔다. 사람들이 많은 곳이면 어디든 어머니·형님·형수·누님이 있나하고 찾아 헤맸다. 이렇게 기웃거리며 방황하고다니는 '청바지 노총각 신세가 정말 처량했다.

하느님이 언젠가는 반드시 '그리운 어머니와 내 가족들을 만날 수 있게 해주리라.' 굳게 믿으면서 발걸음을 옮겼다. 발길 닿는 대로 걸어다녔다. 그러나 보고싶은 어머니는 어디에 계신지… 불효 자식은 오직 어머니만 찾기를 소원했다.

사람들은 미 제7사단 정문앞 마당에 가서 앉아있었다. 행여 일자리라도 찾을까 하고서다. 그들은 하루하루 세월가는 줄 모르고 웅크린 채 지내고있었다. 케이에스시(KSC) 노무자들이 매일 공병대 덤프트럭을 타고 나갔다. 여기도 노무자아저씨들이 보였다. 그들은 길닦고, 다리놓는 도로 공사를 하고있었다.

노무자 부대는 '소요산 가는 고개국도에서 서쪽개울가에 보이는 천막이 케이에스시(KSC) 노무자 부대'라고 누가 가르쳐주었다. 미 제7사단 정문앞 마당에서 누가 가르쳐주었다.

부대앞마당은 꼭 장마당같았다. 늘 사람들이 많이 모여 웅성거렸다. 미 제7사단 국도옆 밭에는 가래·삽·곡괭이를 든 사람들이 많았다. 그들은 거기에 하꼬방식 판자집가게를 지으려고 몰려온 사람들이다. '부산에서도 돈많은 장사꾼들이 올라오고, 제주도사람도 많이들 왔다.'고 한다. '목포사람들도 많이 모여들었는데, 모두 돈많은 자본주'라고 한다.

이들은 미 제7사단 옆국도 연변에 미군 전용 마킷 판자집을 짓고 있었다. "판자·각목·목재는 의정부 '태화 제재소'에서 사가지고 왔다"고 했다. 이건축 자재를 실은 트럭들이 길옆에 대기하고있었다. 미군 전용 마킷 자본주는 부산·대구·광주·목포·서울에서 몰려들었다.

이들은 미군들에게 필요한 의류 제품, 우리나라 고유 특산품들을 비롯 여러 가지 상품을 파는 장사꾼들이었다. 그중에는 달러 상도 있었다. 더 나쁘게 표현하면 인신 매매꾼들도 있다.

서울에서 처음 올라온 '촌닭아가씨'들을 몸팔게 하는 포주들도 마킷 신설하는 틈새에 끼어들어왔다. 다시 말하면 장사해서 돈만 벌어보자는 순 깎쟁이 들이었다.

정식 양주 군청 허가를 받아서 하는 미군 전용 상업 마킷 공사였다. 이 마킷 공사장에 모이는 사람들은 목수·잡부·막일하는 작업 반원들이었다. 나도 막일을 좀 하려고, 줄을 선 틈에 끼어있었다. 이때 의정부 '태화 제재소'에서 잡부로 일하다가 '돈을 더 좀 많이 벌어보려고 왔다'

는 사람을 만났다.

그는 '태화 제재소' 소개로 왔다. '주인은 강원도 철원에서 피난나온 분'이라는 말도 했다. 나는 '철원'이라는 말에 귀가 번쩍 뜨였다. 그 '태화 제재소' 주인을 만나보면 철원 피난민 소식도 들을 수 있고, 일도 할 수 있을 것같았다. 그렇게 되면 밥도 얻어먹을 수가 있을 것이고, 어머니·형님·누님 소식도 들을 수 있을 것이란 생각에 나는 곧바로 의정부행 버스에 올랐다.

의정부에는 미1군단 본부가 있었다. 그곳에도 미군 부대 트럭이 나다니고, 부대에 취직해서 트럭을 타고 출퇴근하는 사람들이 많았다. 케이에스시(KSC) 제101 사단 제9연대도 그대로 주둔하고 있었다. 의정부 변두리 미군 부대 부근에도 하꼬방집을 짓느라고 야단이다. 이 때문에 '태화 제재소'가 호황이라고 했다. 목재·각목·판자 판매는 제재소에서 도맡아 하고있었다. 제일 많이 파는 곳이 '태화 제재소'라고 했다.

'태화 제재소'를 찾아갔다. 가보니, 기적같은 일이 벌어졌다. 그 제재소 주인이 바로 철원 고향 동창생 아버지였다. 그는 나의 형 유용한의 친구인 이종화 사장이었다. '이렇게 기쁘고 눈물겨운 만남도 있구나.' 동창생도 만났다. 철원 피난민들 소식도 들었다. 무엇보다 나의 형은 '태화 제재소'에 가끔씩 온다고했다.

형의 소식을 알아냈다. 형은 수원에서 산다고 한다. 형은 수원 피난민 동네에서 솜틀집을 하고있는데, '그 솜틀집은 아주 잘 된다.'고 했다. 피난길에 비맞고 뭉쳐진 이불솜을 솜틀기계로 틀면 폭신폭신해지기 때문에 주부들이 묵은솜을 트러 많이들 찾았다.

형은 원래 수의사였다. 그러나 지금은 '솜틀 기계를 사다가 솜을 틀고

있다.'는 것. 형뿐 아니라 '형과 온식구가 모두 솜틀기계에 매달려 솜일을 한다.'고 했다. '형수는 물론 어머니·조카 식구들까지 모두 매달렸다'는 것. 유용한은 대일 항쟁기 때 축산 전문 학교를 졸업하고 목장일을 했다 목장일을 하던 사람이 지금은 솜일을 하고있다니, 세상은 사람까지 바꾸어놓는 것을 깨닫게 됐다. '지주 자본가 부잣집 자식도 별 수 없구나' 하는 것을 잘 배웠다.

형님 친구 이종화 사장은 자세하게 말해주었다. '너의 형 유용한도 곧 수원 솜틀공장 팔고 동두천으로 이전할 것이다.'고 했다. '동두천으로 이전하면 나처럼 제재소를 할 계획을 하고있다. 그래서 가끔 여기 찾아와서 많은 것을 배우고있다.'고 덧붙여 말했다. '동두천으로 가서 일자리를 마련하고 돈을 벌어야 잘살 수 있다.'고 이종화 사장은 나에게 힘주어 위로의 말을 해주었다.

나는 동두천으로 갔다. 동두천 미군 부대옆 미군 전용 마킷 공사판으로 가서 막일을 자청하고있었다. 공사는 빨리 진전되고있었다.

경기도 동두천으로 남쪽 각 도에서 돈벌러오는 사람들이 꾸역꾸역 모여들었다. 나는 어머니가 보고싶었다. '무사하다.'는 소식을 듣고나니, 오히려 형 내외는 별로 보고싶지않았다. 대신 그리운 어머니가 제일 보고싶었다. 갑자기 왜 그런 마음이 들었을까? 나는 아버지의 얼굴도 모르고, 25세까지 성장했다. 지주 자본가였던 '아버지는 내가 세 살 때 갑자기 돌아가셨다.'고 했다. 그때 형 유용한은 17세 청년이었다. 형 유용한은 18세 때 결혼했다. 형은 아버지의 땅·가옥·정미소 등 많은 유산을 그대로 받았다.

형 유용한은 성격이 별로 좋은 편은 아니었다. 많은 재산을 가진 터라 대일 항쟁기 때부터 호화판으로 생활했다. 18세 청년이 술집을 자주 드나들었다. 어린나이에 술을 좋아하고, 여자를 좋아하고, 기생집 출입도 잦았다. 밤새는 줄 모르고 드나들었다. 이런 시절 어머니는 어린 나 '용수에게 정붙이고 살아왔다.'고 했다. 큰누님·작은누님 두 누나는 아버지 생전 살아계실 때 출가시켰다.

고래등같은 큰기와집에서 용수는 어머니·형 내외 등 다섯 식구가 함께 생활했다. 용수는 18세까지 어머니의 사랑을 듬뿍 받고자랐다. 어머니도 '막내아들에게 정을 붙이고 살았다.'고 한다. 그러나 6·25 전쟁은 사랑하는 가족들과도 헤어지게 만들었다.

나 유용수는 그리운 어머니를 생각하며 각자 살아가는 피난길에서 눈물로 세월을 보냈다. 각자 살길을 찾아간 셈이다. 그래서 더욱더 어머니가 보고싶었다. 어머니가 제일 보고싶었다.

초등 학교서부터 중학교·고등 학교 다니던 그세월이 용수에게는 눈물겨운 나날들이었다. 형과 나 사이에는 정이 없이 자랐다. 한 가정 한 형제 간이었지만, 길은 서로 하늘과 땅사이였다. 소설같은 삶을 살았다. 전쟁속에서 기적같이 살아남은 것하며, 전쟁속에서도 온정과 사랑은 한 생명을 구해주었고, 서로 한 형제같이 지낸 은인도 만났다. 이런 생활 속에서 하느님의 사랑을 배웠다.

한 핏줄 한 형제라도 자기만 아는 사람, 자기만을 아는, 자기만 행복을 누리려는 놀부같은 형, 흡사 우리는 '흥부와 놀부'같은 형제였다.

그런 까닭은, 유용한으로부터 그기간에 많은 고통을 받으며 자랐기 때문이다. 그래 형제 간 정없이 성장했다. 용수는 놀부같은 형으로부터 하나 있는 어린 동생이었지만, '노예와 같이 노동을 착취 당했다.'는 피해

의식에 사로잡혀 있었던 것이다. 하나 있는 어린 동생을 무차별 구타하는, 알 수 없는 형이었다. 그는 초등 학교 때부터 어린 동생 -용수에게 어려운 일과 막노동을 시켰다. 이때를 생각하면 눈물이 난다.

유용한은 정미소와 목장을 경영하고있었다. 철원 정미소뒤 마굿간에는 비루먹은 소와 병든 말이 있었다. 젖소와 20여 마리 돼지도 있었다.

유용한은 부잣집 맏아들, 이맏아들은 어째 눈물도 정도 없었던지 모르겠다. 놀부같은 형이라 생각하면, 더욱 눈물이 핑 돈다. 하나뿐인 어린 동생인 나를 무차별 구타하는 건 형의 버릇이었다. 초등 학생 때부터 어려운 일을 도맡아 시켰다. 어린이에게 노동을 시켰다.

나에게는 유용한 형은 자본가-돈만 아는 나의 형, 이런 생각이 지금도 내 머릿속에서는 지워지지가 않는다.

형은 많은 토지도 소유했고, 정미소에 목장도 소유하고있었다. 젖짜는 염소에, 젖짜는 소도 있었다. 20마리 가량의 돼지들도 전부 형의 돼지였다.

11세의 용수는 공부할 시간도 없었고, 동무들하고 놀 사이도 없었다. 용수가 중학교 다닐 때는 돼지 키우는 담당이었다. 아침 일찍 일어나면 먼저 돼지죽을 주어야만 했다. 두부 공장에 가서 양쪽 바스킷으로 가득 얻어온 육수에다 정미소에서 나오는 단등겨를 섞어 만든 돼지죽을 골고루 우리마다 나눠주어야 했다. 양쪽 바스킷에 담아들고 우리마다 다니며 나눠주고나서야 학교에 가야만 했다.

시간이 없어서 밥먹을 새도 없이 이리 뛰고 저리 뛰었다. 이럴 때마다 어머니가 도와주면서 어서 학교에나 가라고 했다. 학교에 갔다오면 꼴망태와 낫을 챙겨들고 말꼴 베러가야만 했다.

중학교 다닐 때까지는 돼지우리 밥주는 담당이었다. 꼴망태담당은 물론이었다. 고등 학교 다닐 때는 더 많은 일을 해야했다. 정미소에서 일하고, 제분소에서 일하고, 콩깻묵·대두박 깎는 기계일도 했다.

정미소에서는 벼만 정미하는 것이 아니고, 밀가루 제분·떡방아간·옥수수 제기계·콩깻묵까는 기계 등 갖가지 기계가 많았다. 용수는 그 많은 기계를 가동시키며 작업을 해야만 했다. 물론 유용한은 동생에게 이런 기술을 가르쳐주고는 고스란히 노동 착취만 했다. 공부할 시간이 전혀 없었다.

어머니·형수·용식 모든 가족들은 모두가 막노동자였다. 이렇게 어렵고도 힘든 작업을 끝도 밑도 없이 해야만 했다. 동무들이 '학교가자'고 와서 부르면 나는 '너희들 먼저 가라.'고 했다.

나는 학교에서는 지각생으로 아예 낙인이 찍혀있었다. 학교에선 공부도 꼴찌였다. 지각에는 1등이고…. 이렇게 유용수는 18세까지 형에게 노동 착취 당하고있었을 때 마침내 6·25 전쟁이 터졌다.

이제 25세 청년이 된 해군 청바지바람의 용수는 동두천에서 어머니를 찾기 위해 여기저기 다니다가 의정부 '태화 제재소' 이종화 사장을 만나 형 소식을 듣게 된 것이다. 모두가 무사히 살아있다는 소식을 들으니, 그제야 한 시름이 놓였다. 딴엔 어머니를 만나러 단걸음에 달려가고싶었으나 가서 형을 만나면 솜틀공장에서 또 노예같이 나에게 일만 시킬까 두려워서 실은 찾아가지 못했다. 어릴 때의 모진 기억이 아직도 뇌리에 가득히 남아있어서 그런 것이다. 다들 살아있다니까, 긴장감이 풀리면서도 한숨이 더 놓였기 때문이기도 하다.

내 생각으로는 형이 동두천으로 이사한다니까, 이사와서 제재소를 하게 되면 그때 어머니를 만날 생각을 하고있었다. 이젠 어머니가 보고싶어도 어느새 내 마음은 느긋해져 있었다.

동두천 미 제7사단 옆 마킷 공사도 이젠 끝이 났다. 일제히 목조로 상가를 건립했다. 유리 진열장에는 좋은 상품들이 진열되었다. 그러나 뒷거래도 있었다. 뒷거래는 좋은 상거래가 아니었다.

달러상은 악덕 상인들이었다. 그여인들은 양키 물건을 거래하는 여자들이었다. 피엑스(PX) 미군들은 여직원들을 이용해 시중에 미제 제품을 빼돌리고있었다.

어느 날 소요산쪽 케이에스시(KSC) 부대 공병대 소속 아저씨들과 얘기를 나눌 기회가 있었다. 국도 변 흙치기하던 노무자아저씨들이었다. 제'101' 사단 제9연대 소속 소령도 있고, 대위도 있고, 중소위도 있고, 선임하사도 있다고했다. 인사과도 있고, 수송부도 있고, 보급과도 있었다. 월급때는 보급관 대위가 월급을 지급한다고 했다. 담배도 자유 배급제라 한다. 장교들은 대부분 의정부에서 출퇴근하고있었다. 용수는 혹시 하원석 형을 만날까하고 제7사단 부대 정문앞으로 자주 나가 서성거렸다. 경기도 동두천 인구가 나날이 많아지고, 하꼬방집도 늘어났다. 동두천읍 이담면 생연리, 이담 임시 면사무소에 미 제7사단에서 대형 군용 천막을 설치해주었다.

작은 천막에서는 피난온 주민들에게 배급을 했다. 알랑미쌀·밀가루·우유·분유 배급을 해주었다. 우유죽도 끓여주고, 알랑미쌀주먹밥도 어린이들에게 골고루 나눠주었다.

미군들의 이런 식량 배급이 없었으면 굶어죽는 피난민들이 속출했을 것이다. 미군 부대 의무대에서는 피난민에게 소독약도 뿌려주고, 이잡는 디디티(DDT) 가루약도 뿌려주었다. 그당시는 왜 그렇게 이도 많고 빈대도 많았던지 모르겠다. 이때 피난살이엔 미군 구호 물자 배급도 많이 받았다. 미 제7사단이 있었기 때문에 동두천이 급속도로 발전했다.

나 용수는 피난민들과 함께 생활하며 '철원군 피난민 연락소'를 찾았다. 철원군 피난민들이 많았지만, 아는 사람을 만나기는 어려웠다. 이때 용수의 가족들은 2개월 후 동두천으로 이사왔다. 어머니와 형수·조카들은 뒤늦게 오고, 형은 동업주와 함께 그보다 2개월 먼저 "동두천 개울있는 쪽에 '철원 제재소' 터를 닦고있었다."고 한다. 제재소 야전용(마루노구) 제재기를 설립했다. 드디어 동두천 최초로 '철원 제재소'를 창업했다. 그때 비로소 용수는 꿈에도 그리던 모자 상봉이 이루어졌다.

어머니는 막내아들 소식이 없어 '죽은 줄만 알았는데, 이렇게 살아있었구나.'하고 그러안고는 한참 동안 정신없이 목놓아 울었다. 막내아들 용수도 역시 어머니품에 안겨 목놓아 울었다. 온가족이 초상난 집모양 모두 울고불고 야단이었다.

용수는 18세 때 어머니와 헤어진 후 이제 7년만인 25세가 되어서야 다시 만날 수 있었던 것이다. 온가족이 동두천에서 다함께 생활하게 되니 꿈만 같았다. 동두천에는 4촌 형도 살고있었고, 두 누나들도 생질들과 함께 피난민 생활을 하고있었다.

큰누나는 온가족이 모였고, 작은누나도 생질·생질녀 모두 4남매 무사히 데리고 온가족 함께 피난 생활을 하고있었다. 눈물의 상봉이요, 그야말로 반가운 만남이었다. 또 한 번 눈물의 상봉이 이루어졌지만, 용수의 자형들은 둘 다 6·25 때 북한으로 끌려갔는지 어쨌는지는 몰라도 행방불명이 되고말았다 했다.

다행히도 가족 상봉은 모두 꽃피고새우는 따듯한 봄날에 이루어졌다. 보고싶던 어머니를 만물이 생동하는 봄날에 와서야 만나게 된 것은 여간한 행운이 아니다. 기쁘고, 즐겁고, 이 좋은 날에 보고싶은 어머니와 온가족들을 만나게 되어 이런 행운이 또다시 있을까싶었다.

피난민들은 눈물을 먹고살았다. 눈물없이는 하루하루 살 수가 없었다. 젊은 청춘의 눈물은 강철도 녹이고뚫었다. 울고웃으며 피난민들은 어떠한 난관도 극복해가며 살고있었다.

세월이 녹슬어도 그세월은 아름다운 눈물의 꽃을 피워주었다. 세월이 행복의 길을 열어주었다. 이때, 피난민들은 하늘을 의식했다. 모두들 하늘에 매달려 하느님에게 빌었다. 하느님의 사랑을 깨닫게 된 것이다. 미군들을 통해 피난민들에게 사랑을 베풀게 한 하느님께 감사했다. 주님께 감사했다.

'항상 기뻐하라. 쉬지 말고 기도하라. 범사에 감사하라.'('데살로니가 전서' 5:16~18.)는 하느님 말씀에 피난민들은 그저 무조건 순종하며, 따르며, 행복하게 살았다.

한국의 어머니들은 강했다. 위대했다. 한국 어머니들의 사랑은 끝도밑도 없이 깊고넓었다. 어머니는 항상 내 머릿속에 살아계셨다. 늘 웃고 계셨다. 나의 사랑하는 어머니는 나에게 평소 힘을 북돋아주고, 매사를 이끌어주었다. 사랑하는 우리 어머니! 사랑하는 어머니는 오늘도 내일도 영원히 사랑으로 함께 하신다.

보고싶은 어머니, 사랑하는 어머니, 더욱더 사랑하고사랑하는 어머니. 항상 '저녁밥 먹고 공부해라.'는 그말씀 생각난다. '공부 열심히 해서 너 장래 너 잘 지켜가며 살라고, 공부 열심히 열심히 하라는 잔소리는 일부러 자꾸 하는 갓'이라고 했다.

'네 아버지는 많이 배우지는 않았지만, 정직한 맘으로 늘 남을 도와주었다.'고 했다. 나는 '아버지는 땅을 많이 가지고 있어서 없는 사람들 도와 줄 수 있었겠지요!'했다. 어머니는 또 말씀했다. '네 아버지는 용서하고, 참고, 이해심이 많았고, 많이도 사람을 사랑했다.'고 했다.

이렇듯 어머니는 아버지에 대한 말씀을 많이 해주셨다. '사업차 함경도 쪽을 다녀올 때는 쇠갈비 한 짝을 사올 때도 있었다.'고 한다. 어머니는 또 '네 아버지는 네 할아버지를 많이 닮으셨다.'고도 했다. 윗대 할아버지 3형제가 계셨는데, 임진 왜란 때 3형제가 모두 군졸 조련까지 받았으나, '전쟁터에서 일본놈들과 싸우다가 전사했다.'고 했다. 어머니 말씀은 끝이 없었다. 사랑하는 어머니 말씀은 흘러가는 강물과도 같이 정말 끝이 없이 흘러나왔다.

6.동두천 '철원 제재소'

'철원 제재소' 톱니바퀴는 부지런히 돌아갔다. 이제재소는 강원도 피난민들의 원동력이 되었다. 특히 철원 피난민들의 단합된 힘이 나무둥치를 켤 수 있었다. 원목을 켜서 목재를 만드니, 사람이 살 수 있는 집을 지을 수가 있었던 것이다.

크게 자란 나무가 많아서 다행이다. 철원 산골의 원목은 좋은 가구목이다. 이가구목을 판자로 켜서 다시 판잣집을 짓게 되는 것도 자연의 혜택이다. 강원도 나무들은 건축 자재로도 좋은 자원이다.

'철원 제재소'는 나날이 발전했다. 일감이 많았다. 장사가 잘 되어 목재 판매량은 급속도로 늘어났다. 목재 장사가 정말 잘 됐다.

'철원 제재소' 기술자들은 하느님을 믿는 크리스천들이었다. 모두들 열심히 작업 능률을 올려주었다. 목재는 불타나게 팔렸다. 제재소 작업 인부들은 젊은 청년이 대부분이었다. 형님 유용한 씨와 짝이 잘 맞아 돌아가는 김재만 씨는 양 귀까지 입이 찢어졌다. 두 사람은 오직 '돈 돈' 했다. '돈돈'하는 두 사람은 예수 믿지않는 사람끼리 만난 것이다.

177

원목은 최전방 후생 사업하는 한국군들이 밤마다 운송해왔다. 최전방에 있는 부대들이었다. 그때는 북한 인민군들이나 간첩들이 숲이 우거진 산속으로 야간 침투를 하기 때문에 전방 벌목을 많이 했던 것이다. 그바람에 푸른 소나무들이 마구잡이로 베어져나갔다.

그덕분에 원목을 싸게 구입했다. 피난민들의 가옥도 이원목 자재들로 지을 수가 있었다. 하꼬방판자집이 아니라 훌륭한 양옥들을 지을 수가 있었다.

나는 '철원 제재소' 직원들과 함께 열심히 일을 했다. 나는 해군에서 기계를 다루는 기관병으로 근무했기 때문에 엔진에 대해 잘 알고있었다. 제재소 원동기는 소련제 지스 엔진이었다. 나는 엔진 기술자가 되어 엔진 기사로 일했다. 의자에 앉아서 근무하게 되었다. 엔진 캬브레이터로 엔진 속도를 조절해야 둥근톱이 잘 돌아간다. 둥근톱이 잘 돌아가야 좋은 원목들을 잘 켤 수가 있다.

제재소 작업 능률은 소련제 지스 엔진이 올려준다. 엔진 발동이 잘 걸리지않으면 제재소 작업은 할 수가 없다. 발동을 잘 걸리게 하려면 첫째 좋은 휘발유를 써야 된다. 싸구려 야매 휘발유에는 물이 많이 섞여있기 때문에 이휘발유로 발동을 걸 그때는 엔진 기사가 애를 먹는다.

일일이 캬브레이터를 분해해 기계에 묻은 물기를 깨끗이 닦느라 시간이 걸린다. 이럴 때면 유용한 씨와 김재만 씨는 휘발유에 물섞인 것도 모르고 쓰느냐고 야단치며 나보고 '바보같은 놈'이라 소리를 질러댄다. 이때마다 나는 어렸을 적 고향 생각이 났다. 형의 독선적인 성격의 곤조가 나왔기 때문이다.

정미소에서 일할 때도 피댓줄이 끊어지면 전부 내 탓이라면서 내 머리를 때리기까지 했다. 그래서도 더욱 옛고향 생각이 났다. 나는 '참는 자가 복이 있나니 참자, 참아.'하고 이를 악물고는 제재소 엔진 발동을 걸었다. 어쨌든 엔진 시동이 안걸리게 되면 엔진 기사 책임이었고, 그때마다 제재소 작업을 못하면 하루 손해가 엄청 많았다.

내가 엔진을 제대로 다루지 못해 가동이 안될 때는 나도 마음이 아팠다. 전쟁때 미군 비행기 사격에 불탔던 소련제 엔진이라 좋은 능률을 올릴 수는 없었다. 당연한 것이었지만, 나로서는 참으로 고통이 심했다. 힘이 들어도 당장 박차고 뛰어나갈 수도 없었다. '참고 일하자.'고 내 팔어깨에 바늘로 먹을 찍어 '극복'이란 문신을 새겼다. 그때만 해도 단순히 바늘로 먹물을 찍어 문신을 놓던 시절이었다. 현재 80세가 가까왔어도 내 어깨에는 지금도 '극복'이란 문신이 남아있다.

이무렵 '철원 제재소'는 많은 돈을 벌었다. 제재소 운영이 잘 되고 발전하며 사업이 잘 되니까 동업자 김재만 씨와 형 유용한 씨는 돈싸움이 났다. 매일 작업장에서 서로 말싸움을 한다. 돈은 제재소 기술자와 종업원들이 벌어주었는데, 엉뚱한 동업자 두 사람은 번 돈 때문에 티격태격 말도 아니게 싸웠다. 싸우다가 김재만 씨가 그만 혈압이 터져 먼저 쓰러지고말았다. 그때 김재만 씨 부인은 남편을 그러안으며, '사람나고 돈났지, 돈나고 사람났나, 뭐니뭐니 해도 건강이 제일이라.'고 하면서 눈시울을 적셨다.

가까운 고향 친구 간에도 돈 때문에 금이 가고 말았다. 돈앞에서는 인정도 사정도 눈물도 없었다. 김재만 사장은 돈과 싸우다가 세상을 떠나고말았고, 결국 '철원 제재소'는 형 유용한 사장이 독차지하게 되었다.

인생이란 한 치 앞을 내다 볼 수가 없는 건가. 돈 때문에 생존 경쟁을 하다가 일생의 삶의 길을 뒤로하고 먼저 쓰러지는 건 또 무슨 신의 장난인가. 그렇게 김재만 씨는 형과 동업을 하며 돈·돈·돈과 싸우다가 세상을 등지고 말았다.

동두천엔 대한 민국 사람들이 다 모여 들었는지, 거리엔 많은 사람들이 활기차게 나다니고있었다. 가족들이 떼를 지어 걸어다니는 거리로 변했다. 특히 미 제7사단 부대앞 동네는 많은 장사꾼이 입주했다. 가게와 식당들이 번창했다.

보산리 골목에는 미군 전용 '바'를 짓고있었다. 돈많은 사람들이 남쪽에서 몰려들었다. 어느새 미장원 간판도 보였다. 거리에는 나이 어린 여자들도 많이 눈에 띄었다. 젊은 여자들 입술은 고양이가 쥐를 잡아먹었는지 새빨간 피가 묻어있었다. 이렇듯 변해가는 보산리 거리에는 미군들이 많이 보였다.

구두닦는 슈샤인보이들이 구두통을 걸머지고 지나가는 미군들에게 매달린다. 껌과 초컬릿 파는 어린이들도 몰려다녔다. 보산리 골목은 국제 골목이 되어있었다.

군복입은 미군들이 활기차게 걸어다녔다. 보산리 골목엔 이제 목재를 실은 용달차가 많아졌으며, 여기저기서는 집짓는 망치소리가 점점 많이도 들려왔다. 목수들의 집짓는 망치소리였다. 집짓는 목수들은 눈코 뜰 새없이 바빴다.

동두천에도 '성모 병원' 건축 공사가 한창이었다. '서울 병원' '남산 병원' '동성 병원' '황구로 병원'이 남쪽으로 이전해 재미를 보고있었다. 국제 여성들이 많이 있기 때문에 병원 환자들도 많이 늘어났다.

피난민들과 어린이들은 열병을 많이 앓고있었다. 특히 영양 실조와 동상에 걸린 환자가 많았다. 그러나 항상 맑은 시냇물이 흐르는 동두천이다. 동두천을 흐르는 개천의 모래로 블록 벽돌을 찍고, 기와를 찍어굽느라고 야단들이다. 동두천 개울바닥의 모래를 많이 채취해 어느새 개울바닥은 강같이 넓어졌다. 여름마다 장마가 지면 동두천은 강물같이 누런 물바다로 변했다.

건축업이 발달되자 동두천은 벽돌집·블럭 양옥집들이 서로 다투듯 많이도 들어섰다.

국제 결혼한 가정은 아름다운 양옥집을 건축해서 행복하게 생활하는 것이 겉으로도 환히 보였다. '철원 제재소' 유용한 사장은 축산 전문 학교를 졸업해 수의사 자격이 있었는데, 블록·벽돌·기와·토관·굴뚝 등 건축 자재업에 뛰어들어 경영까지하면서 많은 돈을 벌었다.

유용한 부인인 내 형수님은 상업 고등 학교를 졸업해 계산이 빨랐다 암산도 빨랐다. 돈버는 사람들은 손발이 맞아야 돈을 벌 수 있었다. 종업원들도 좋은 사장을 만나야 돈을 빨리 벌 수 있었다. 사장도 좋은 종업원들을 만나야 운이 트인다.

미 제7사단의 도움으로 장만수 씨가 동두천에서는 최초로 자가 발전소 소장이 되었다. 그는 디젤 엔진 발전기 2대를 좋은 가격으로 불하받아서 동두천 읍민들에게 밝은 전기불아래에서 생활할 수 있게 했다. 미 제7사단장의 배려로 동두천 읍이 밝은 밤거리로 변했다. 흡사 달밝은 보름밤 같이 화려했다. 상가마저 윈도우에 형광등이 켜져 아름답게 보였다.

장만수 소장의 아이디어로 가가 호호 전등을 달아 공부하는 학생들도 너무 기뻐했다. 동두천 이담면 소재지에서는 정기적으로 시장도 서고, 야채 시장도 늘 펼쳐졌다. '제일 시장가는 초입 골목길에도 의류업·잡화상·기타 상인들이 입주했다. 정육점도 생겼다. 동두천 읍은 나날이 눈부시게 발전해갔다.

주부들이 바구니를 들고 시장 보러가는 모습이 그렇게도 아름다울 수가 없었다. 쌀가게도 여기저기 많이 생겼다. 1959년 동두천 읍에 미 제7사단이 처음 주둔한 후 요즘 와서 피난민들은 더욱 생활 환경이 좋아졌다.

이승만 대통령 시절이다. 그때는 생활 필수품도 사기 힘들 때였다. 그러나 동두천은 미군 부대에서 나오는 '럭스' 비누, '럭키 치약' 등 생필품을 그냥 아무시장에 가서도 살 수가 있었다.

이렇듯 피난민들은 자유스럽게 생활할 수가 있었다. 피난민 자녀들도 좋은 학교에서 열심히 공부했고, 성장해서는 마음에 맞는 좋은 배필들과 결혼했다. 그들은 자유스럽고 행복한 생활을 할 수 있게 되었다.

대한 민국 이승만 대통령 정부는 4·19 혁명을 겪고, 백성들은 불안한 생활을 하게 됐다. 결국 세상은 평화롭지가 않았다.

1961년 5월 16일 드디어 군사 혁명이 있어났다. 박정희 장군은 국가와 민족을 위하여 목숨바쳐 대한 민국을 부강한 나라로 세우기 위해 군사 혁명을 단행한 것이다.

대한 민국 국민들은 현명하고 선한 국민들이다. 대일 항쟁기와 6·25 전쟁을 겪으면서도 우리들의 어머니·아버지들은 다함께 뭉쳐서 허리띠를 졸라매고 고통을 극복하며 조국 경제 발전에 동참했다. 큰일이나 작은일이나 열심히 일하고 또 일했다. 내조하는 어머니들은 아버지들의 노고에 용기를 북돋아주었다.

박정희 장군은 '새마을 운동'을 전개했다. '새마을노래'를 부르며 '새마을 운동 5개년 계획'을 세워 열심히 일했다. 농어촌마을은 잘 사는 새마을로 변하고있었다. 쌀 한 톨도 절약하며 쌀생산 운동을 전개했다. '새마을 노래'를 부르며 농촌 마을길을 새로 닦고 넓혀 시멘트 콘크리트 길로 만들었다.

농촌마을은 일하는 마을로 변했다. 길닦기·길넓히기 운동이 벌어져 농촌길이 점점 더 환해졌다. 대한 민국 기업인들은 광산으로 몰려들었고, 시멘트 공장을 건설했다. 건설에 필요한 시멘트 생산에 열을 올렸다. 초가지붕을 걷어내고, 슬레이트 지붕을 씌웠다. 시멘트 생산으로 농촌 지붕 개량 운동은 일단 성공했다.

농촌에서 쌀생산 증대에 모두가 하나로 뭉쳐 열심히 일했기 때문에 국민들은 쌀밥에 고기반찬을 먹으며 행복한 생활을 하게 되었다.

어촌에서도 어부들은 어장을 키웠다. 열심히 거친 파도와 싸우며 고기를 잡았다. 바다와 싸우며 하나로 뭉쳤다. '새마을 운동'이 하나로 뭉쳤다. 어장이 발전하고, 어부들의 노고는 헛수고가 아니었다.

박정희 대통령은 '경제 개발 5개년 계획'을 공표했다. '경부 고속 도로' 건설 발표를 했다. 야당의 반대에도 불구하고, '경부 고속 도로' 건설에 들어갔다. 공사는 '현대 건설'이 맡았다. 성공적으로 '경부 고속 도로'는 개통을 했다.

대한 민국 경제는 어려운 살림살이에서 점점 기를 펴고 발전하기 시작했다. '포항 제철' 공장과 '소양강 댐' 공사도 완공했다. '포항 제철' 공장 굴뚝의 불길이 하늘높이 솟아올랐다. 철강 생산은 나날이 증대했다. 철근·철판·철 파이프 등 다양한 철재를 생산하는 노동자들은 땀흘려 일해 온국민들의 성원에 보답했다. 한결같은 국민들 사랑의 마음에 보답하

183

는 대가였다. 이처럼 세계에 자랑스럽게 '포항 제철' 공장 기계소리와 망치소리는 대한 민국의 고함소리로 울려퍼졌다.

경기도 동두천 촌마을 농촌에서도 '새마을 운동'이 활기를 띠었다. '철원 제재소' '철원 토건업사'도 '새마을 운동'에 함께 참여했다. 목재 생산·블럭·기와·토관 생산에까지 열을 올렸다.

농촌길닦기 운동·시멘트 콘크리트 길공사는 성공 가도를 달렸다. 대한 민국 온국민들은 온통 경제 개발 정신이 하나로 뭉쳐 열심히 일하고 또 노력했다.

말없이 '철원 제재소'도 나날이 발전했다. 제재기 '마로노꼬' 구기계는 떼어내고, 신기계 '오비노꼬'를 들여와 가동시켰다. 제재소 건물도 신축 건물이 되었다. 원동기와 제재기도 모두 신제품으로 교환했다. 형은 돈을 많이 벌어서 좋은 기계 설비까지 마쳤다. 나도 원목 구입·수금·기계 및 자동차 정비 책임을 맡아 열심히 일했다. 형수님은 암산이 빠르고 머리가 비상하게 좋아 총무·회계 업무를 모두 장악했다.

미 제7사단 부대 벽돌 블럭 콘크리트 건물 막사 공사는 '현대 건설' 정주영 회장이 따냈다. 이때 '철원 제재소'는 운이 트였다. 모든 사업이 '5개년 경제 개발 계획'과 같이 발맞추어나가는 것같았다.

'현대 건설' 부사장인 정주영 회장 계씨 되는 분이 우리 회사를 방문했다. 만남은 아무나 되는 것이 아니다. 그뒤 '현대 건설' 정주영 회장을 만난 유용한 사장은 행운의 사업가였다. 강원도 통천 분과 철원 분이라 흡사 하느님의 인도로 만난 것과 같았다. 참으로 아름다운 만남이다.

미 제7사단 목재 일부와 '미성 목재' 제재하는 것, 판자 홈파는 것, 벽돌 건축 자재 일부 납품일을 계약하는 등 '현대 건설' 하청일을 많이 주었다.

'현대 건설' 본사에서는 블록 수증기 찜 정품을 수송까지 하게 했다.

하청을 정말 많이 주었다. 목수·철근 기술자·자동차 수송에 이르기까지 여러 가지 부속품 하청까지 배려해주었다.

미 제7사단 막사 공사로 많은 달러를 벌어들였다. 그때 동두천에는 '한진 운송 주식 회사'도 들어왔다. 운송 업무는 신형 트럭으로 했다. '철원 제재소' 일거리 작업 능률은 물론 모든 일은 기술자들에게 달려있었다. 이런 하잘것없는 일에도 박정희 대통령이 '하면 된다.'는 용기를 심어준 동기가 큰힘이 됐다. 1969년 12월 '경부 고속 도로' 대구 - 부산 간 개통식에 많은 사업가들이 참석했다. '우리는 하면 된다.' '시작이 반이다.' '우리국민들은 일치 단결하면 남·북 통일도 이룩할 수 있다.' 여기에 정주영 회장과 '현대 건설'은 큰공로를 세웠다. 성공했다. 하면 되었다. 노동자들은 만세를 외쳤다. 눈물겨운 대구 - 부산 간의 개통식이었다.

이무렵 학생들은 월남 파병 반대 데모를 하느라고 연막탄속에서 쓰러지며 경찰들과 싸우고있었다. 학생들은 붙들려가면서도 '박정희 대통령 독재'라고 외쳤지만, 우리 국민·학생들이 '반독재 정치'를 외쳤기 때문에 그반대로 경제 발전도 이룩할 수가 있었다.

정치란 다 좋게 할 수는 없다. 강력히 밀어부쳐서 잘 될 수도 있다. 그의 탁월한 영도력으로 강력히 밀어부쳤기 때문에 경제 발전도 이룩할 수가 있었던 것이다. 그때에도 국회에서는 주먹다짐이 오가고, 욕설과 큰소리로 몸싸움을 벌리는, 그야말로 시끄럽게 싸우는 '깡통 국회'였다. 대한 민국 정치인들은 여·야 서로 으르렁대며 싸우고만 있었지만, 이와는 달리 국민들은 정치는 정치고, 노동자 농민들은 공장에서 농촌에서 열심히 일만 했다.

월남 파병으로 나라 경제가 발전했다. 군사 경제가 발전한 것이다. 우리나라 해군들은 월남전에서 나온 고철과 탄피를 모아 '엘에스티(LST)함'으로 운송했다. 대한 민국 국군은 세계에서 몇째 가는 군사 강대국으로 위상이 높아졌다.

6·25 전쟁때 한국은 유엔 군 21개국의 직간접 도움을 받았지만, 이제 우리 국군도 약소 국가를 도와주는 군사 강대국이 되었다. 모두가 박정희 정권을 '독재 정권'이라고 하지만, 국가적으로 볼 때엔 경제·군사 분야 등 모든 분야에서 발전하고있었다. 특히 대기업이 세계적으로 도약하고있었다. 국민들 상업 경제는 말 할 수 없이 좋아졌고, 따라서 군수품 공장을 비롯 군납 상인 경기도 퍽 호전돼가고있었다.

박정희 대통령은 1972년 12월 27일 군사 정권 유신 체제를 강력히 밀어부쳤다. 대한 민국은 산업 시설이 나날이 발전하고, 고속 도로도 개통되어 전국이 1일권으로 들어가게 되었다. 고속 버스 운행으로 국민들의 생활력이 활성화되고, 농촌과 도시권의 경제가 급속도로 발전해갔다. 갑자기 국민들의 생활력이 높아져갔다.

박 대통령은 인구는 팽창하고, 이에 따라 식량 부족을 해소하기 위해 이민 정책안을 국회에 통과시켰다. 1970년도부터 1975년도 쯤엔 이민 열풍이 불었다. 이민 정책도 크게 국가 발전에 기여했다. 많은 인구가 해외로 이민을 떠났다. 미국·캐너다·호주·남미 아르헨티너·볼리비어·브라질·파라과이 등지로 수많은 한인들이 떠났다.

이민 정책으로 어느 정도 식량을 해결할 수가 있었다. 경제가 어렵던 그시절 이민자들은 빨리빨리 정착하는 대로 부모 형제들에게 달러를 송금하기 시작했다.

전쟁 때문에 이민자들이 몰려든 경기도 동두천 이담면도 어느새 동두천읍으로 승격했다. 동두천읍이 급속도로 발전해가고, 달러가 많이 융통되었다. 동두천 보산리길엔 미군 전용 바와 춤추는 댄스홀이 생겨 상가 경기가 호전되었다.

1974년 경부터는 중소 기업들이 날개돋히듯 발전돼가는 것이 눈으로 환히 보이기 시작했다. 박정희 대통령은 비상한 정책을 펼쳤다. 군사 혁명 정부는 광부와 간호사들까지도 독일로 보내기 시작한 것이다. 그야말로 인력 수출의 효과는 너무나도 컸다.

가정과 국가와 민족을 위해 고향을 떠난 광부들은 남의 나라 광산 막장에서 노예 아닌 노예로 열심히 일했다. 이와같이 여자 간호사들도 독일 병원으로 가서 그들이 싫어하는 시체 목욕이나 그들의 피고름을 닦아주며 일해 눈물어린 달러를 벌어들였다. 우리나라 '형님들 누나들이 해외에 나가서는 모두 애국자들이 되어 달러를 벌어들였다.

미 제1기갑 사단이 주둔한 경기도 문산·파주에도 민간 기업인 '한진 운송 주식 회사'가 들어갔다. 많은 군속들이 돈을 벌게 되었다. '현대 건설'도 들어갔다. 군속들은 어려운 일이지만, 군부대 작업을 열심히들 다 잘해냈다.

경기도 동두천읍은 경제적으로 발전하는 시기였다. 나의 형 유용한 씨는 돈을 갈퀴로 긁어 자루에 담을 정도로 많이많이 벌었다.

80세 노인의 지나간 세월 영상속에는 어렵게 출세한 사람도 있었고, 경제적으로 어려워 굶주리던 사람도 있었고, 그때 그시절에도 남을 도와주는 선한 사람들도 있었다. 왜 이런 글을 쓰냐하면, 유용한 형을 욕되게 하고싶은 마음은 없어서였다. 형님 유용한은 동두천에서도 제일가는 유지라는 소문이 났다. 그사람이 바로 나의 형이다.

사람은 첫째 아내를 잘 만나야한다. 그래야 집안 모든 일이 화목해진다. 형제 간에도 정이 있게 되는 법이다. 그러나 여자 하나 잘못 들어오면 부모님께 불효가 되고, 온가족이 고통을 받게 된다. 아들딸들은 말할 수 없는 설움과 고통속에서 공부를 해야 된다. 여자가 아들딸들에게, 시동생·시누이들에게 선한 마음으로 모든 살림살이를 꾸려나가야 가족들이 모두 화목해진다. 그래야 오고가는 정이란 게 생기는 법이다. 우리 집엔 한 여자가 내 형수로 들어왔으나, 나에겐 형수가 아닌 것같은 사람이었다.

형님은 마음이 나빠서가 아니라 부인 한 사람을 잘못 얻은 것이다. 친정 부모하고 늙은 시어머니 한 분뿐인데, 형수는 늘 '돈·돈·돈'하는 여자였다. 형도 머리가 좋고, 형수님도 지나치게 머리가 좋아서 많은 돈을 벌었다고는 인정하지만, 며느리는 늘 '돈돈돈' 하며 시어머니에게 불효짓만 했다. 시동생에게는 형도 몰래 많은 고통과 슬픔을 주는 여자였다.

형은 아들딸 3남매를 두었다. 왜 이런 수치스러운 글을 쓰느냐 하겠지만, 인간으로는 할 수 없는 일들이 수없이 많다. 솔직히 말해서 형은 자기만을 즐기는 사람이었다. 하나 있는 귀한 아들도 대학을 중퇴시켰다. 재정을 쥐고있는 여자는 돈만 알고 자식 등록금도 낼 줄 모르는 사람이었다.

공주같은 딸 하나는 명문 대학을 졸업시켰다. 인생의 삶을 독단적으로 이끌어가 돈을 많이 벌었지만, 하느님도 모든 행복을 허락하지는 않았다. 미운 공주같은 유희영 질녀는 훌륭한 이영준 법관을 사랑하게 만들어

하느님이 맺어주었다.

이영준 판사는 독일로 법학 박사 공부하기 위해 서류를 작성하는 과정에서 장인 유용한의 재정 보증을 받았다. 그러나 그후 독일로 학비를 송금시키지않았다. 장모라는 사람이 송금을 하지않았다. 이판사는 독일에서 꼭 법학 박사를 받아야하기 때문에 그릇닦는 일을 하면서 학교를 다녔다.

안해본 일이 없이 말할 수 없는 고생을 해가며 눈물겹게 공부할 때 하느님이 그에게 천사를 만나게 했다. 독일의 한국 간호사가 그릇닦는 그에게 박사 학위를 받을 때까지 매월 학비를 도와주었다. 그를 사랑하기 때문이다. 이영준 박사는 학위를 받고나서 한국으로 돌아왔을까?

법학 박사가 무엇이길래 재독 한인 간호사는 그를 사랑했을까. 이간호사는 귀국하지도 못하고 그만 암으로 세상을 떠났다. 고통스럽게도 사랑을 이루지 못했지만, 참으로 아름다운 사랑이었다. 그간호사는 천국으로 갔을 것이다.

나의 질서(조카사위) 이영준 법학 박사는 이간호사와의 사이에서 태어난 아들딸이 결혼해 잘 살고있다는 소식을 나에게도 알렸다. 이간호사의 딸은 외교관과 결혼했다. 외국을 돌아가며 잘 살고있다는 소식도 전해들었다.

하여튼 법학 박사 이 박사는 착해빠져 처가에서 보증을 서주긴 했지만, 학비를 대주지는 않아 하느님이 천사 간호사를 다시 만나게 해서 매월 학비도움을 받았던 것이다. 그래서 이 박사는 학위를 딸 때까지 돈을 대준 독일 현지 간호사와의 사이에 아들딸까지 낳고 잘 살았다. 그러나 여자는 암으로 간 것이 안타깝다.

'철원 제재소'와 '철원 토건업사'를 운영하는 형 유용한 사장은 많은 돈을 벌었다. 스스로 노력해가면서 돈을 번 사업가들은 은행에다 예금하지 않고 땅에다가 돈을 묻어놓는다고 했다. 형 유용한 사장도 동두천 주변 토지를 많이도 매입했다.

강씨 복덕방 영감은 돈을 버는 데 치중해 거짓말까지 하면서 토지 소개비를 챙겼다. 유용한 사장은 많은 돈을 벌었지만, 형제 간엔 정도 없고 의리도 없었다. 오직 자기만의 행복·평안·기쁨에 취해 살았다. 술·담배·여자와 마약까지 즐기는 사람이 되었다.

형은 고향에서도 어린 나에게 돼지죽주기·말먹이기·꼴베기·정미소 막노동하기 일만을 시키고, 공부할 시간은 주지않았다. 어린 동생의 노동을 착취하던 그근성을 아직도 버리지 못하고있었다.

형은 6·25 때 7년만에 만났는 데도 내 앞에서 눈물 한 방울 보이지않았다. 형은 나에게 동두천 '철원 제재소'에서도 역시 노예와 같이 막노동을 시켰다. 동생이 밥을 잘 먹는지, 의복을 잘 입고있는지, 보살펴보지도 않은 채 서로 사이에는 대화도 없었다. 물론 긴밀히 나눌 이야기도 없었다.

'용수야. 담배 사와라. 소주 사와라.' 기껏 하는 말이다. 심부름시키는 것 외엔 이야기를 하지않는 사람이다. 이곳에 와서 '철원 제재소'를 운영하며 큰누님 아들(생질)과 작은누님 아들을 데려다가 제재소 원목 작업·목재 운반 작업을 시켰다. 그러고도 생질들에게 3시 세 때 밥먹여주는 것과 이발비 주는 것밖에는 아무 보수도 없었다. 아예 월급을 주지않았다. 이렇게 가족이라고 하면서도 그노동력을 착취해 돈버는 사람이었다.

제재소에서 막노동하는 인부들도 피난민을 데려다가 시켰다. 그들도 밥먹여주고 월급은 시알따금씩만 주었다. 그때는 노동법도 없는 무법 천지였다.

동두천엔 깡패가 들끓었다. 밤이면 잠도둑놈들이 많았다. 얻어먹는 거지도 많았고, 넝마주이도 많이 있었다. 이렇게 살기 어려운 세상 돈벌어서 없는 사람들 불쌍한 사람들 도와주는 것 보지 못했다.

물론 남들은 형제 간 헐뜯는 이야기를 한다고 하겠지만, 현재 내가 80 노인이 되어서 이러한 글을 쓰는 것을 하느님도 용서하리라 믿어 이글을 쓰고있다. 설사 용서하지않아도 나는 쓸 수밖에 없다. 어릴 때 하도 뼈저리게 느낀 것이라서 그렇다. 쓰지않고는 못 견딜 것같은 마음이라서 그렇다.

유용수는 바보같은 청년이었다. 25세 청년인 나는 왜 바보같은 일만 하게 되었을까? 유용한 형의 동생이기 때문에 바보같이 참고 일을 했다. 그저 '소주 사와라, 담배 사와라'하면 '네'하고 사다바쳤다. 소주가게 · 담배가게 주인들도 나를 예사로 쳐다보지않았다.

'유용수 너 바보같은 청년이구나.' 하면서 놀리는 눈치로 보였다. 어머니는 형을 '놀부같은 놈, 네 형도 아니다.' 했다. 형 그사람은 불여우같은 형수만 사랑하는 남자였다. 여우짓을 하기 때문에 가족 중 형수만을 사랑하는 것같았다. 하도 여우짓을 잘하기 때문에 형은 형수말을 잘 듣는지도 알 수가 없었다.

나는 형수에게 제재소 직원들과 함께 '여우 중에도 백여우'란 별명을 지어주었다. 생질들도 그리고 심지어는 조카들도 모두 그녀를 '백여우'라 불렀다. 돈만 아는 여우였다. 형수님은 유용한 형과 똑같이 어찌 부부가 그리도 꼭 닮았는지 참으로 알 수가 없었다. 그속을 정말로 알 수가 없

191

었다.

세상은 요지경속이다. 어떻게 피를 나눈 친형제인데도 인정·사정·눈물도 없는지. 나는 보고싶은 어머니 때문에 형이 있는 동두천으로 찾아왔지만, 이런 형이나 형수는 사실 상면하고 싶지않았다. 일부러 형내외를 찾아다닌 것은 절대 아니다. 오직 어머니 한 분 때문에 형내외의 노예가 되고말았다.

'철원 제재소'에서 원목을 구입하는 단골차가 있다. 이 트럭 운전사 전씨와 아침 일찍 서울 원목장 갈 준비를 했다. 서울 청량리 원목장에는 지방 제재소하는 원목차들이 많이 와있었다. 청량리 원목장 옆에는 운수업자들의 차가 몰려드는 곳이다. 트럭과 지프들이 즐비하게 줄서 있었다.

전 씨 기사가 내 사정을 잘 알기 때문에 좋은 제안을 해왔다. 귀가 번쩍 틔였다. 이원목차들을 상대로 용돈이라도 좀 벌어보자고 했다. 차 운전석 뒤와 옆밑에 휘발유 탱크를 장치해 휘발유 한 드럼씩 싣고나와 청량리 원목장 짐차들을 상대로 파는 휘발유 장사를 해보자는 것이다.

휘발유라면 동두천 미군 세차장에서 얼마든지 살 수 있다고 했다. 전 씨가 하자는 대로 해보기로 했다. 서울 원목장 나갈 때는 휘발유 한 드럼씩 사가지고 나갔다. 정말 수입이 좋았다. 휘발유 장사를 해서 용돈을 좀 썼다.

여우같은 형수는 월급도 주지않았고, 이발비·목욕비 정도만 주었다. '백여우'는 돈만 아는 깍쟁이였기 때문에 보기도 싫었다. 나는 형수나 형님에게 돈달라는 소리는 차마 입밖으로 내지 못했다.

제재소에서 하는 작업은 퍽 힘이 들고 어려운 작업이었다. 일꾼들은 많이 먹어야 힘든 일을 해낼 수가 있다. 그런데 모두들 알랑미쌀에 보리

밥을 먹고는 힘든 일 하기가 무척 힘이 든다고 했다.

배는 고프고, 일은 밀려 독촉이 쏟아지고…, 이럴 때마다 기술자들은 짜증을 낸다. '백여우'는 눈치가 빨라 이럴 때는 새참에 막걸리 파전을 사다가 노동자들 비위를 맞춰준다. 작업 능률을 올리기 위해서 어떤 때는 빵도 사오고, 막걸리로 선심을 쓰며 일능률을 올리려고 인부들을 요령껏 잘 부려먹는다. 바보같은 노동자들은 이런 여우짓에 홀려 땀을 뻘뻘 흘리며 원목을 어깨에 메고 나르면서 열심히 일을 했다.

'철원 제재소'에는 놀부같은 형에 여우같은 형수가 돈은 잘 벌어들여도 어머니에게는 불효 자식이었다. 어떻게 자기를 낳아준 어머니를 그냥 일꾼들 먹는 두리반상에 둘러앉아 식사를 하게 하는지 이막내아들은 항상 마음이 편치않았다. 며느리인 형수가 원망스러웠다. 반면 유용한 사장은 안방에서 독상에다 고기반찬은 물론 진수 성찬으로 차려놓고 식사하는 것이었다. '백여우' 며느리가 마음씨 나쁜지, 놀부같은 형인 큰아들이 불효 자식인지 알 수가 없다.

나는 어머니께 '제재소 일이 힘들고 배도 고파서 더는 있을 수가 없다'고 말씀드렸다. 그러나 어머니는 '힘이 들더라도 참으라.'고 말씀하셨다.

나는 해군 복무할 때 생각이 났다. '여기서는 군생활 때보다도 잘 먹지 못하고, 자유가 없습니다. 어머니 저는 남쪽 부산항에 가서 뱃놈생활하는 것이 차라리 마음 편하고, 싱싱한 회도 많이 먹을 수가 있습니다. 어머니 저는 떠나겠습니다.' 했더니, 어머니는 나를 그러안고 '막내아들 결혼시켜야 내가 눈을 감고 죽지.' 하시면서 계속 눈물을 흘리셨다.

어머니는 "참을 '인'(忍) 자 셋이면 살인도 면한다. 참고있으면 결혼말이 곧 있을 것이니, 열심히 참고 형을 도와주라."고 했다.

백여우같은 형수씨는 상업 고등 학교 졸업한 분이라 돈계산은 정확해야 된다. 그러나 '철원 제재소'에서는 수입과 지출 장부가 정확하지않았다. 세무 장부도 다 거짓말 장부였다. 제재소 사업은 많은 소나무들을 죽여야 한다. 무차별 총으로 쏴 죽이는 거나 다름없다. 최전방 산에서는 해당 기관이나 산림청 허가도 없이 마구잡이로 벌목해 군인들이 야간을 이용, 제재소에 신고와 팔았다. 판돈은 부대 대대장에게 상납한다. 이것을 소위 '후생 사업'이라 했다. 군에서는 모든 부대가 이런 식으로 벌목해서는 너나없이 '후생 사업'을 했던 것이다.

　불법으로 사업을 해서 많은 토지를 소유하고있는 '철원 제재소' '놀부형'은 '백여우 마누라'가 돈벌레가 되어 돈을 흔적없이 빼돌리는 것도 모르는 바보 남편 사장이었다. 미 제7사단 막사 건축 공사를 '현대 건설'과 독점 계약한 것이 '철원 제재소'인데, 이돈이 '백여우 주머니속'으로 흘러들어갔다. 흘러들어간 돈은 서울 교통부에서 근무하는 그녀 남동생 통장으로 꼬박꼬박 예금되고있었다.

　미군 부대에서 나오는 4방 직경 한 자 미송은 길이가 24자나 되어 이런 미송은 '오비노꼬' 제재기에서만 제재할 수 있었다. '마르노꼬' 제재소에서는 이런 미송은 제재할 수가 없었다. 그래서 우리 '철원 제재소'가 미제7사단에서 나오는 제재 일을 독점하고 있었다.

　'철원 제재소'는 '돈을 갈퀴로 긁는다.'는 소문이 퍼져나갔다. 나는 참고 열심히 제재소 잡부일까지 했다. 원목 구입도 했다. 열심히 백여우같은 형수의 명령에 복종하며 노동하고있었다. 어머니 말씀은 "장가갈 때까지 참고 '백여우 형수'한테 잘 보이라."고 신신 당부했다. 내 결혼이 무엇이 길래 '형집에 죽은 듯이 순종하며 살아야 한다.'고 말씀하셨을까.

'철원 제재소'는 '중앙 일보'를 구독했다. 1974년 8월 15일 오전 10시, 장춘단 '국립 극장' 광복절 기념 식장에서 느닷없이 '빵' 소리가 터졌다. 문세광이 박정희 대통령을 저격하는 사건이 일어났다. 그 사건으로 육영수 대통령 영부인이 저격 당했다. 온국민은 슬픔과 분노에 잠긴 채 울분을 터트리다 못해 닭똥같은 눈물을 뚝뚝 흘리기까지했다. 대한 민국의 안보 · 보안이 뚫린 것이다. 최전방에는 철통같은 경계 태세, 전국적으로 총 비상이 걸렸다. 나는 일하느라고 라디오 방송을 들을 시간이 없어 정세를 모르고있다가 저녁 식사 후 우연히 신문을 읽어보고 알게 되었다. 마음이 편치않았다.

 '철원 제재소'는 나날이 사업이 번창했고, 동두천 일대에서는 건축 붐이 계속적으로 일어났다. 남쪽 지역에서 장사꾼들이 몰려들었다. 미 제7사단에서 흘러나오는 군수품, 나쁘게 말하면 양키 물건, 양색시 물건들이 많이도 나왔다. 사람들은 미군 부대에 취직하기 위해 꾸역꾸역 몰려들었다. 숙박 시설은 없고, 각자 조그마한 하꼬방집을 지어살기 때문에, 그바람에도 제재소 목재 판자가 불티나게 팔려나갔다.

 제재소에서는 일하는 일꾼들이 밤낮없이 더욱 일만 잘 하게 되었다. 아무리 밤낮일을 많이 해도 품삯은 한푼도 올려주지않았다. '철원 제재소' 직원들은 모여앉으면 월급 문제를 놓고 얘기한다. '제재소 주인은 돈을 갈퀴로 긁어 자루에 담는데, 우리 일꾼들은 이게 뭐냐'며 참 평등하지도 않는 세상을 탓하다가 8자 타령까지 했다.

 제재소 직원들은 모두 8명이다. 나를 포함해 이들 직원들이 형님 내외 별명을 지었다. 형에게는 '호랑이같은 놀부'라고 했다. 형수에게는 '백여우 깍쟁이'라고 했다. 제재소 일꾼들은 힘이 들어 잠깐 쉬다가도 형이 나타나면 '호랑이 놀부 온다.' '백여우 깍쟁이 온다.' 이렇게 웃기는 직원들이 많이 있었다. 형과 형수는 급하면 지게꾼을 불러서 원목 나르는 작업을 시켰다.

'백여우'는 머리가 비상하게 빨리도 돌아갔다. 목재 판매할 때는 사이즈 계산도 빨랐다. 모두 암산으로 계산해냈다. 예를 들어 '3치에 3치 길이 12자 몇 개' 하면, 암산으로 계산해 돈을 주고받는다. 이때도 피난민들은 속아넘어간다. '철원 제재소'가 돈을 빨리 많이 벌어들인 이유가 이런데도 있다. 후생 사업하는 군인 트럭이 원목을 잔뜩 싣고오면, 원목 사이즈 계산에서 때려잡고, 원목에 파편이 박혔다고 트집잡아 원목 가격을 깎기 때문에, 군인들은 거져다시피 원목을 싸게 넘기고 떠난다. 이렇게 원목을 싸게 사기 때문에 돈을 많이 벌어들일 수밖에는 다른 이유가 없다. 바로 머리가 팍팍 돌아가는 그분이 '철원 제재소' 유용한 사장 사모님인 '백여우'란 별명이 붙은 내 형수씨였다. '호랑이'와 '백여우'. 참 잘 어울린다.

나는 어린 나이에도 가축기르는 일과 정미소·제분소에서 막노동일을 했던 적이 있다. 남한으로 월남해서는 최전방에서 미군들이 전투하다 죽어나오는 것, 피흘리는 부상병들이 헬리콥터로 후송되는 것, 머리없는 미군 전사자 시체를 많이 보았다. 본 것이 아니라 직접 옮기는 일을 하면서 만지기까지 했다. 일선 노무자였으니까.

그들은 누구를 위하여 비참하게 죽어갔는가? 케이에스시(KSC) 노무자 일을 하다가 총 한 번 쏴보지 못하고 인민군 박격 포탄 파편에 맞아 비참하게 죽어간 아저씨들. 그들도 억울하게 죽었다.

나는 그때 수송부에서 식사 당번하며 차닦고 운전 배웠다. 끈끈한 정도 체험했다. 피 한 방울 섞이지않은 '군대형님'의 사랑도 받아보았다.

그뒤 군대 보급관 형님 덕으로 해군에 지원 입대해서 전쟁도 하고, 바다를 지켰다. 기관병으로 기관실에서 디젤엔진에 관한 기동력 기술을 많이 배웠다. 해군함 기내에서 많은 것을 배웠다. 해군의 멋과 아름다움도 이때 알았다. 남자는 군인 생활을 하고 병역 의무를 마쳐야 훌륭한 인재가 된다는 것을 이때 배웠다.

나는 동두천 제재소를 거쳐, '동두천 극장' '유한 극장'을 돌아가며 근무했다. 흥행 사업은 참 어려운 사업이었다. 사회 생활이 어렵다는 것도 이때 배웠다.

흥행 사업은 시청·군청·세무서·경찰서·소방서·신문사 등등의 행정 사무를 거쳐야 한다. 극장 사업은 보통 힘든 것이 아니었다. 극장 사업 부장들은 서울 충무로 거리 영화사나 국극 단장·쇼 단장 등 각 영화사 사장들과 만나 좋은 프로를 잡을 수 있어야 한다.

이렇게 사회 생활을 먼저 공부하게 되었다. 흥행이 무엇인지, 극장이 무엇인지, 어떤 것이 흥행 예술인지, 어떤 사람이 연극하는 사람인지, 쇼 무대에 나와 노래부르는 사람인지를 그때야 알았고, 무엇이 악극단이란 것도 그때야 알았다.

그때 시절 그무렵에는 이런 무대 대중 예술인들에게는 좋은 명칭을 붙여주지도 않았다. '딴따라'라고 모두가 무시하는 시대였다. 그무렵엔 영화 촬영 기일이 매우 늦어졌고, 충무로 바닥 영화사에서는 좋은 프로 잡기가 매우 힘이 들었다.

튼튼한 영화사 빽이 있어야 좋은 프로를 잡을 수가 있었다. 빽도 없고, 투자금도 없으면 좋은 영화 프로를 잡기는 힘들었다. 극장 사업 부장은 영화보다 쇼 잡기가 쉽기 때문에 1개월에 한 두 번은 쇼 아니면 여성 악극단을 잡아와 공연을 했다.

나는 불경기에도 불구하고, 쇼와 여성 악극단을 끌어들여 극장 운영을 했다. 이때 유용한 '놀부' 사장과 '백여우' 형수는 제재소 외에도 '동두천 극장' '유한 극장'을 소유하고있었다.

'철원 제재소'에서 세금 탈세·원목 사이즈 속임수·노동 착취한 돈으로 갈퀴긁듯 돈을 긁어모아 그 부정한 돈으로 극장까지 사들였다.

이런 돈으로 벌인 사업이 얼마나 오래 갈까? 돈이 인생의 전부가 아니다. 권력·명예의 힘은 잠깐 뿐이다. 정직·사랑·생명도 돈앞에서는 무릎을 꿇는다. 돈 그거나 이것이 인생삶의 다가 아닌데도 말이다. 오직 하느님의 축복없이는 모든 것을 다가질 수 없다는 것을 사람들은 깨달아야 한다.

7. '동두천 극장' 거리와 어수동역

　동두천은 도시 계획으로 인해 급속도로 거리가 깨끗해지고있었다. 동두천 읍사무소도 정식으로 설계해서 아름답게 건축했다. 정문도 벽돌로 세웠다. '경기도 양주군 동두천읍 사무소'라는 간판도 빛나게 달았다. 정문앞에 서있는 향나무는 향기를 뿜어주었다. 도장나무도 원형으로 심어져 여러 꽃들과 함께 드나드는 동두천 읍민들 앞에서 방긋이 미소를 짓고있었다.

　미 제7사단 후원으로 잘 지어지고 커진 '동두천읍 사무소'에는 아름다운 무궁화까지 활짝 피어있었다. 그새 새로 생긴 어수동 간이역앞길은 새벽길조차도 분주했다. 의정부나 서울에 있는 학교로 통학하는 학생들의 발걸음조차도 빨라졌다.

　사업가들은 머리가 보통이 아니었다. 새로 어수동역 대로옆으로 채소시장이 개설되었다. 4거리에는 '만보당' 보석상이 차려졌다. 그앞에는 '길다방'과 그옆에는 '황해 예식장'도 새로 생겼다.

　역쪽으로는 병원·약국·건축 자재상이 들어섰고, 많은 사람들이 새집을 지어 입주했다. 이런 곳에 '철원 제재소' 토건업 사장이 빠질 수가 있 으랴. 어수동역 앞쪽에 동두천 최초로 '동두천 극장' 공사를 시작했다. 유용한 사장이 직접 설계해서 공사를 하니까, 그주변 땅값이 갑자기 올랐다.

복덕방 아저씨들과 동네할아버지들의 발걸음에 불이 났다. 땅사는 사람, 땅파는 사람, 새집짓는 사람들 바람에 제재소 사업은 더욱 잘 되었다. 땅값도 치솟아 돈버는 사람은 이렇게도 벌고, 저렇게도 벌었다. 점점 돈방석에 앉는 사람들이 늘어났다.

인간들은 다함께 살아나가는 법을 알고있었다. '독불 장군으로 혼자만 잘 살 수 없다.'는 것을 이곳 생활에서 다시 한 번 깨달았다. 다같이 어우러져 함께 지혜와 힘을 합쳐야 행복하게 잘 살아 갈 수 있는 것이다. 동두천 생활에서 나는 인생 공부를 많이 했다.

사람들이 너도 나도 잘살아보려고 노력하는 것은 인간의 본능이다. 생존 경쟁의 본능이다. 피난민도 원주민도 다함께 어울려사는 동두천 읍민들이 참으로 아름다워 보였다. 동두천 읍민들에게는 희망의 길이 보였다. 희망찬 모습을 지켜보는 내 마음도 즐겁기만 했다. 이런 동두천 읍민들이 사는 읍사무소 정문 정원에는 무궁화꽃이 만발했다. 동두천 어수동 간이역은 아주 빛났다. 새벽 동이 트면 아침해가 밝게 어수동 간이역 앞 길을 환히 비쳐주었다.

'동두천 극장' 공사는 착착 진행되어 가고있었다. 젊은 청춘 남녀들이 앞날의 행복한 표정을 미리 점치며 쌍쌍이 손에손을 잡고 걸어가는 모습은 그렇게도 아름다울 수가 없었다. 지난 전쟁속에서도 예쁘게 잘 자란 젊은이들이었다.

이들이 씩씩하게 걸어가는 모습은 떠오르는 태양과 보름달같이 아름다워보였다. 모두모두 아름다운 꽃들이었다. 이꽃들이 지나가는 동두천 어수동 간이역길은 그야말로 광명의 길이었다. 어수동역길은 새벽길이나 아침길이나 할 것없이 발걸음이 빨라지는 길이 되고있었다.

동두천 '제일 시장'은 의류·잡화·가방·정육점·생선가게·갈비집 등으로 그야말로 번듯한 골목시장이 형성되었다. 시장거리에는 미군들과 양부인들이 팔짱을 끼고걸어가는 모습도 자주 보였다.

피난민들은 미군 부대에 취직해 생활 환경이 많이 좋아졌다. 때문에 아들딸 손잡고 옷사러오는 모습, 골목길로 나란히 걸어가는 모습은 참 행복하게 보였다. 작년까지만 해도 울상이었던 장사꾼들도 '이젠 경기가 매우 좋아졌다.'고 했다. 이곳 주민들이 무릎 닳도록 열심히 노력해서 어려움을 극복해가며 일해온 보람이 이제야 현실로 나타난 것이다.

'제일 시장' 골목길로 장보러나오는 주부들의 밝은 표정에서도 동두천 경기가 아주 좋아졌음이 완연히 드러난다. 이렇게 동두천읍은 나날이 발전해갔다.

경제가 성장하고, 도시가 크게 형성되어갔다. 2층 건물도 더러 지어졌다. 신사 양복점·숙녀 양장점도 계속 생겨났다. 이처럼 경기가 눈에 보이게 좋아졌다.

특히 양장점에 출입하는 숙녀는 주로 국제 결혼한 여성들이다. 미 제7사단 세탁소와 식당에 종사하는 종업원 여자들이 옷을 잘 빼입었다.

젊은 남녀들은 봄이 오면 결혼들을 많이 했다. 미남 미녀들의 결혼을 위해 새로 지은 예식장에서는 이봄에 새출발하는 남녀 행진곡이 동두천 온거리로 울려퍼졌다. 이들의 인생 설계와 인생 새삶은 새출발 새가정과 함께 그들의 새살림은 퍽 행복하게만 보였다.

세월도 빠르게 흘러흘러 드디어 읍민들이 손꼽아 기다리던 '동두천 극장' 건축이 완공되었다. 얼마나 많은 동두천 읍민들이 제발 빨리 완공되기를 기다리던 극장이 아닌가. 동두천 읍장도 공사가 빨리 진행되기를 바라면서 그간 많은 후원을 해주었다. 극장 허가 문제·시설 검사 문제 등에서도 이지방 유지들의 후원과 협조는 컸다.

하기야 극장 시설이 그렇게도 어려운 줄은 미처 몰랐다. 극장 건물만 완공되면 다 잘 되는 줄 알았는데, 부속 설비·영사기 구비·자가 발전기 설치·극장 내부 의자 시설·무대 장치·무대 막장치·부속 시설 들에도 돈이 많이 들어갔다.

'동두천 극장' 개관 기념식은 시일이 계획보다 지연되었다. 푸른하늘에는 미 제7사단 헬리콥터가 의정부 야전 병원쪽으로 날아가고있었다. 남산마루 비포장 국도에는 탱크 부대 훈련장으로 가는 장갑차가 줄지어 바퀴소리를 내고있었고, 그뒤로는 보급 차량과 물 탱크를 단 스리쿼터가 뒤따르고있었다. 일종의 군용 차량 행진이었다.

국도에서 동두천 읍사무소 입구까지는 미 제7사단 공병대에서 도로 작업을 하고있다. 모래·자갈·돌을 덤프트럭으로 실어날라 뿌리며 도로 공사를 했다. 케이에스시(KSC) 노무자들은 뽀얀 먼지를 뒤집어쓰고 작업을 하고있었다.

각자 긴삽을 들고는 길닦을 길을 삽으로 골고루 고르는 작업을 하고있었다. 미군 지원 트럭은 줄줄이 늘어서서 계속 모래자갈 섞인 흙을 긁어올리며 느릿느릿 움직이고있다.

이렇듯 미군 부대 지원으로 동두천 읍사무소길은 굳게 다져졌다. 공사는 시민들의 교통 편의를 위해 계속되었다. 이바람에 논과 밭이 하루아침에 단단한 시멘트와 콩클릿 도로로 변해가고있었다. 참 감사하고고마운 미군 병사들이었다.

이때 동두천 읍에서는 '새마을 운동'도 한창이었다. 박정희 대통령은 온국민 허리띠를 졸라매며 '새마을 운동'을 전개했다. 이때 동두천 읍은 미 제7사단 공병대 덕을 많이 보았다.

미 공병대 케이에스시(KSC) 아저씨들도 '새마을 운동'에 함께 참여했다. 농촌 길닦기 운동에 참여한 것이다. '현대 건설' 장비로 '호랑이표' '쌍룡표' 시멘트는 동두천 콘트리트 길로 변했다. 이때는 대기업인 '현대 건설'과 소기업인 각 중소 기업들도 '새마을 운동'과 경제 발전에 나란히 섰다.

가난한 시절이 생각났다. 피난민들 하꼬방에 가면 벽에 달력이 한 장씩 붙어있었다 신문사에서 선전용으로 1년 열두 달 한 장으로 된 달력을 나눠 준 것이다. 이 열두 달 한 장 달력에 하루가 지나가면 그날 달력날자에 동그라미나 곱하기를 그려갔다. 이들은 그렇게 표시하면 세월이 빨리 흘러간다는 생각을 하게 되었다. 옛선조들은 '세월이 유수와 같이 흘러간다.'고 했다. 편지쓸 때마다 첫머리 글귀에 '세월은 유수와 같이 흘러가는데, 그간도 어머니·아버지 기체후 일양 만강 하옵신지요?'라고 편지를 썼다는 생각이 난다.

아무튼 세상은 빨리 발전하고 있다. 전쟁이 끝나면 신무기가 생산되듯, 고급 주택을 짓고 새도시가 생겨났다. 전부 평화 시라서 날마다 새생명이 태어나고, 어린 새싹들이 자라나고있었다. 나도 생명을 준 하느님에게 감사한다. 그리고 하루하루 무사히 살아가는 것과 살아온 것에도 감사한다.

동두천 '철원 제재소' 사장 '호랑이 형님'과 '백여우 형수님'에게 어머니는 '이제는 동생 하나 있는 것 결혼말이 있을 때가 됐으니, 내 눈감기 전에 막내아들놈 장가보내라.'고 밤낮 큰아들 내외에게 애타게 간청했다.

어머니는 중매가 들어오면, 미리 신부감 선을 보러다녔다. 정작 장가갈 당사자인 나는 이사실도 전혀 모르고 일에만 열중하고 있었다. "그저 형수 '백여우'한테 잘 보이며, 모든 일에 불평하지 말고 순종하라."고 당부한 어머니 말씀만 깊이 명심하고, 닥치는 대로 열심히 일을 하고있었다. 그렇게 살아오던 중 드디어 내 결혼 문제 허가 결재가 떨어졌다.

어머니는 나 대신 매일같이 선을 보러다녔다. 어느날 어머니는 느닷없이 '약혼을 하라.'고 했다. "고향 철원의 '오방제집' 딸"이라고 했다. '오방제집'은 철원역앞 '화신상' 다음가는 큰상회 이름이다. '오방제 가게'라고 했다.

옛철원역앞에는 박문식 '화신 백화점'이 있었다. 즉 이사람이 나중엔 "서울 '화신 백화점' 사장"이라고 했다. 역앞에는 이백화점 말고도 '일본 식산 은행'도 들어와 있었다. 광복 후엔 공산 인민 공화국 천하가 되고 말았다. 그때 그 '화신' 사장이 후에 서울 '화신 백화점' '박흥식 사쟝'이라 했다.

어머니는 말하기를 '내 살아있을 때 결혼해야지, 내 죽고나면 개밥에 도토리'라고 했다. '내가 건강이 좋지않으니, 빨리 결혼해야 된다.'고만 했다. 신랑은 신부 얼굴도 보지 못했다. 약혼 사진도 못 찍었다. 그러나 어머니는 '무조건 약혼했으니, 그리 알고 있으라.'고 했다. 어머니 마음대로 '약혼'을 선언한 것이다. 막내아들이 '아무리 좋아하는 여자가 있더라도 절대 허락하지않고 내가 직접보고 약혼시킨 색시라야 결혼을 할 수 있다.'고 엄격히 말씀했다.

'철원 제재소' 직원들과 기술자 왕초아저씨는 '오래간만에 장가갈 수 있나봐.' 하고 '총각딱지 떼게 생겼네.' 하고 놀려댔다. 조수아저씨는 '첫날밤 살살 다뤄. 강제로 하지 말고, 잘 달래가면서 해야 돼. 알았쟈' 하고 웃기는 말을 했다.

또 한 사람은 '어디서 오는 아가씨인지 고생깨나 하겠네.' 하고 말했다 '제재소 큰살림살이 만만치않을 거야. 부엌살림살이한, 노처녀 곰보아가씨와 마음씨 좋은 아가씨가 부엌살림살이 했는데…' 했다. 노처녀 곰보아가씨와 맘씨 좋은 아가씨들도 수군거리며 웃고 야단들이다.

'청바지해군총각 입이 댓발 찢어졌네.'하고 놀려댔다. 그런데 '좋기는 뭐가 좋아, 고생문이 훤하지.'라고 마음씨 좋은 아가씨는 삐죽거렸다. 그러나 곰보아가씨는 '부잣집이라고 무엇이 다른 게 있느냐. 밥상을 봐라 매일 김치 한 가지에 두부 몇 개 둥둥 띄워 어느 입에 들어가는 줄도 모르게 없어지지않느냐?'고 빈정댔다.

이어서 그녀는 '큰두리반상에 둘러앉아 밥먹는 것보면, 한편 우습기도 하고 불쌍하지않느냐?'고도 했다.

'철원 제재소' 사무실은 책상 하나, 의자 하나였다. 돈만 아는 '내무 대신 백여우' 자리였다. 책상위에는 주판 하나, 신문 몇 장이 있을 뿐이다 '백여우 형수'는 암산으로 모두 다 계산을 해버린다. 목재 켜서 파는 돈은 그녀 몸빼바지 깊숙한 주머니속으로 다 들어간다. 몸빼바지속주머니에 돈이 가득차면, 그제야 안방 장롱속 돈궤짝에 넣는다. 그다음 자물통을 꼭 채워둔다.

그녀는 금전에는 철저했다. 다른 사무직 직원도 없이 '백여우 깍쟁이' 혼자서 모든 일을 처리한다. 다른 시동생을 그녀는 그저 심부름꾼·막일꾼으로 부려만 먹는다. 음성은 칼날같은, 쩌지는 음성이다. 이런 음성으로 큰소리치면 일꾼들은 눈이 둥그레지며 쩔쩔 맸다. 이런 모습은 참으로 한 번씩 볼만도 했다.

'놀부호랑이'와 '백여우깍쟁이'는 둘 다 보통사람이 아니었다. 나는 북한에서도 군사 훈련을 받아봤고, 남한에서도 해군에서 강한 훈련을 받아봤지만, 그렇게도 무서운 사람은 처음보는 것같았다.

나는 군인 상사들도 무섭지않았는데, 왜 '놀부호랑이'와 '백여우깍쟁이'는 소리 한 번만 지르면 쩔쩔 맸는지 모르겠다. 왜 그렇게 내 형님과 형수씨를 무서워했는지, 지금 생각해도 잘 모르겠다.

호랑이같은 눈을 부릅뜬 채 큰소리 한 마디 치기만 하면 왜 그렇게 무서워 했던지, 이글을 쓰는 지금도 이해가 가지않는다. 어려서부터 형님이 하도 기를 죽이고, 때리고, 나를 무섭게 해서 아예 주눅이 들어있어서 그런지, 그때도 형앞에서는 바보짓을 할 때가 많았다. 누가 큰소리만 치면 깜짝깜짝 놀라는 버릇이 그것이다.

우울한 마음, 명랑하지 못한 자세, 이런 것들이 늘그막에 와서 시인이 되고 글을 쓰게 했는지도 모르겠다. 하여튼 나는 눈물이 많은 시인이 되었다. 지금도 슬픈 드라머를 보면 눈물 먼저 닦느라 그 드라머도 제대로 보지 못할 정도이다. 지금 이글을 쓰면서도 내 눈물이 저절로 줄줄 흘러내린다.

어머니가 '결혼을 빨리 해야 된다.'는 대목을 쓰다가 왜 내가 지금 이렇게 우는지 모르겠다.

어느 날 어머니가 결혼날짜를 잡았다고 했다. 1958년 12월 5일 '황해 예식장'에서 나는 결혼식을 올렸다. 처음보는 신부 '장학희'는 참으로 아름답고 예뻤다. 마치 예쁜학이 날개를 활짝 펴고 하늘을 날다가 미남 신랑품에 안기는 것같았다. 이렇게 해서 우리는 인생의 새출발－고생길을 말없이 걸어가게 되었다.

'신랑 유용수, 신부 장학희는 어머니께 감사드립니다. 어머니! 부족한 이 막내아들, 바보같은 이 막내아들－장가 보내주셔서 감사합니다' 나는 마음속으로 이렇게 되뇌며 신부와 함께 다소곳 어머니께 엎드려 큰절을 드렸다.

'황해 예식장'에는 동두천 읍장·도시 계획 과장·재정 과장, 그외 동두천의 이렇다할 여러 유지 선생들이 오셨다. 신랑·신부는 양가 부모님 모시고, 철원 친목회 회장 이하 회원들을 모시고, 축하하러 와준 여러 하객들에게 감사 큰절 드렸다.

어머니는 "어떤 어려움이 있어도 '호랑이 놀부같은 형'과 '백여우 깍쟁이 형수'에게 감사하게 생각하고, 참고순종하는 마음 변치말고, 평소대로 열심히 참고 일하면 앞날에 반드시 좋은 길이 있을 것이다. 녜의 형과 형수하고 좋은 이야기를 이미 해두었으니, 그리 알아라."고 했다. 그리고 '시간 날 때 새집 지어주고, 트럭 한 대 사서 운송 사업할 수 있게 해주겠다고 약속했으니, 꼭 참고 내 시키는 대로만 조용히 일하고있으라'고 말씀했다.

나는 그후로 어머니 말씀을 명심하고, 제재소일이 아무리 힘들고 어려워도 꾹꾹 참아가며 운전 기사 전 씨와 함께 열심히 목재 운반 일을 했다. '백여우깍쟁이 형수'는 말로는 청산 유수로 인사치례말을 잘 했다

"결혼식을 '동두천 극장' 개관할 때 함께 했더라면, 더 빛나는 개관식 행사가 되어 뜻깊은 기념이 될 수 있었을 텐데.' 하고 듣기좋은 번드레한 말로 인사치례를 했다. '백여우형수'는 인물도 아름답고, 싹싹할 때는 언제 깍쟁이였나 할 정도로 사람들 비위를 잘 맞추어 준다. 그래서 '호랑이놀부형'은 그녀에게 꼭 잡혀 그여우한테는 통 꼼짝을 못했다.

'호랑이놀부형'은 만만한 게 뭐라고, 착한 동생한테만 늘 '놀부호랑이' 짓을 하는 바보형이었다. 어느 날 그전에 '중앙 일보'를 읽어본 생각이 문득 떠올랐다. 박정희 대통령의 당찬 음성, 칼칼한 명령에 벌벌 떠는 차지철 씨 얼굴이 생각났다.

1974년 8월 15일 육영수 여사는 문세광으로부터 피격 당한 후 '국립 의료원'을 거쳐 '서울대학 병원' 응급실에 옮겨졌다. 머리에 총탄을 맞은 육 여사는 의식 불명 상태였다. '헉·학'하는 불규칙적인 호흡소리만 내고있었다. 육 여사가 응급 처치를 받고, 수술실로 옮겨진 직후에 박 대통령은 서울의대 학장의 안내를 받으며 수술실에 들어섰다.

육 여사를 본 순간 박 대통령의 얼굴엔 핏기가 가시고, 그검은 얼굴은 샛노랗게 변해있었다. 박 대통령은 의사들에게 '최선을 다해주시오' 라고 간곡한 말로 부탁했다. 그러나 결국 육 여사는 운명했다.

이날 저녁 7시를 조금 넘어 육 여사의 유해는 '청와대'에 도착했다. 박 대통령은 까망양복을 입고 지만 군, 근령 씨와 함께 현관앞에서 유해를 맞이했다. 유해는 대접견실로 옮겨지자 곧 그곳에 빈소가 차려졌다.

박 대통령은 16일 밤 빈소에서 자녀들을 그러안고 오열했다. 그는 자녀들과 함께 밤을 새웠다. 박 대통령은 지만 군의 손을 잡고, '어머니는 내 대신 저승에 간 거야'라며 흐느꼈다. 박 대통령은 '매일밤을 새우고,

새벽에 혼자 빈소로 내려와 대성 통곡했다.'고 기자는 말했다.

육 여사의 장례식은 1974년 8월 19일 국민장으로 치러졌다. 프랑스에 유학가 있던 박근혜 씨는 장례식 3일 전에야 김포 공항에 도착했다. 박 대통령은 육 여사 운구차에서 끝내 손을 떼지 못했다. 운구차가 진행하자 박 대통령은 '청와대' 정문의 옆문을 부여잡고 운구 행렬이 '경복궁'을 돌아갈 때까지 망연 자실한 표정으로 바라보고만 있었다.

당시 운구 행렬이 지나가는 서울 광화문 거리에는 약 1백만 명의 국민들이 마지막길을 떠나는 육 여사를 향해 눈물을 흘리며 애도의 뜻을 표했다. 그날 고 육영수 여사의 운구차에서 손을 떼지 못하던 '청와대' 박 대통령은 눈물을 흘리며 통곡했다.

우리 인간의 삶앞에는 생존 경쟁속에서 한 치앞을 모르고살아가는 길이 펼쳐져 있어 그리 평탄하지만은 않는 것이다. 그러나 '잘 살아 보겠다.'고 열심히 일하며 몸부림치는 사람들−더욱 힘차게 노력하면 희망의 그날은 올 것이다.

나는 그날 신문 기사를 읽으며 나의 처지를 되돌아보았다. '아무리 힘들어도 희망찬 앞날을 위해 참고 또 참아야 된다.'하시던 어머니의 말씀을 명심하고, 힘들고 고통스러운 나날이어도 앞날을 위해 참고 또 참으며 열심히 일했다.

'동두천 극장'은 외부와 내부 공사를 마치고 이어 영사기 구입·의자 시설·무대 스크린 설치·마이크 시설·방음 장치·내부 중요 음향 장치 시설 등 모든 기계 설비 장치를 끝내고, 드디어 영사기 작동, 첫번째 시사 프로로 '옥단춘'을 시험 상영했다.

영사실 영사 주임인 임 선생은 젊은 조수에게 필름 감는 법과 수리하는 기술을 가르쳐주었다. 그때 그시절은 쇼보다도 여성 악극단이 더 인기가 있었다. 스토리는 구슬프고구슬픈 국악을 길게 뽑으며 대사를 걸치고, 의상도 멋있게 둘렀다. 출연진은 모두 여배우들로 구성됐다. 여성 악극단이기 때문이다. 악극 단장이 아주 엄격했다.

6·25 전쟁 후 동두천에 극장이 첫번째로 개관되어 처음 상연되는 악극단이기 때문에 만원 사례가 붙었다. 극장앞 어수동역길은 많은 인파가 몰려다녔다. 모두 밝은 얼굴로 이야기꽃을 피우며 걸어다녔다. 동두천 극장앞 어수동역길은 태극기와 성조기를 비롯 유엔 기 등 만국기가 바람에 펄럭이고있었다.

특히 태극기와 성조기·유엔 기는 줄에 매달린 채 유난히도 즐겁게 펄럭였다. 평화와 사랑의 깃발이 푸른하늘아래 펄럭거렸다. 맑고 아름다운 햇빛이 내리쬐이는 공간에서 밝게도 펄럭거렸다. '동두천 극장' 개관식 날이었다. 동두천 읍민들과 피난민들이 다 함께 어우러져 살아가는 길을 열어준 것이다. 하느님은 이날을 '동두천 광명의 날'로 정해주었다.

'철원 제재소' '철원 토건업사' '동두천 극장'은 나날이 번창했다. '호랑이'와 '백여우'의 얼굴에는 웃음꽃이 넘쳐났다. 어머니·큰누님·작은누님·조카들·철원 군민 친목회 회원 들은 모두 '동두천 극장' 개관식 날 축하꽃다발을 들고와서 기쁘게 춤추며 놀았다.

'동두천 극장' 개관식엔 동두천 읍장·읍사무소 직원·지역 유지들·읍민들 모두 함께 '대한 민국 만세 3창'을 외쳐불렀다. '동해물과 백두산이 마르고 닳도록/우리나라 만세'를 목이 터져라 외쳐불렀다. 이날은 참으로 행복한 날이었다.

동두천은 미 제7사단에 군속으로 취직한 젊은 남녀들이 활기찬 모습으로 늘 출근하는 희망찬 도시로 발전하고있었다. 읍사무소 정문 정원엔 언제나 아름다운 무궁화꽃이 활짝 피어있었다. 한국사람들은 대대로 삶의 지혜를 터득하고 있어 고통스러운 전쟁에서도 굶어죽지않고 살아남은 것이다.

동두천에는 경상도·전라도·함경 남도·평안 북도 출신 피난민들이 유별나게 독특한 사투리를 구사하고 살았다.

한국말은 참 재미가 있다. 경상도 사투리는 투박하고 무뚝뚝한 매력이 스며있고, 전라도 말은 퍽 애교가 있었다. 함경도 사투리는 정이 잔뜩 묻어있고, 평양사람들 말은 남자다운 끈끈한 정과 사랑이 배어있었다. 동두천에는 이런 8도 언어를 구사하는 아름다운 여성들이 자유스럽게 거리로 나다니는 모습이 참으로 보기에도 좋았다.

동두천 읍사무소 도시 계획과에서는 첫째 공로로 읍민들의 식수 문제를 해결했다. 각도 사람들은 그간 지하수 우물과 지하수 펌프 물을 마시면서 생활했다. 도시 계획과에서는 돈많은 유지들을 읍사무실 공보 담당실로 불러모아 회의끝에 한탄강물을 끌어올리는 수도국 공사를 하게 됐다.

수도 파이프 공사는 미 제7사단 후원을 받아 공사를 했다. 그리하여 동두천 읍민들은 이제야 깨끗한 식수를 마시게 되었다. 꿈에도 그리던 수돗물로 밥을 짓고, 깨끗한 한강물을 마시게 되었다. 인간의 삶이란 이렇게 지혜를 모으면 아름다운 환경에서 행복하게 살 수 있게 되는 것이다.

동두천 읍에서는 그간 제재소가 네 군데나 생겼다. 생연 2리에는 '철원 제재소'가 있었다. '철원 제재소'엔 '오비노꼬' 최신식 기계를 설비했다. 생연 3리에는 '마르노꼬' 기계를 설비한 제재소가 있었다. 생연 4리에도,

동두천 구역전앞에도 '마르노꼬' 제재소가 또 생겼다.

동두천 읍은 신도시로 건설되어가기 때문에 여러 공사가 여기저기서 한창이었다. 남쪽에서 목수들과 딸려오는 잡부일꾼들이 공사장으로 모여들었다. 대목수는 일손들이 바빴다. 막노동하는 사람들은 일자리가 많았다.

동두천 제재업하는 업자들은 다들 벼락부자가 되었다. 건축 붐이 일어나서 목재는 불타나게 판매되고 있었다. 건축 자재는 무조건 호황이었다. 투기꾼 자본주들이 호텔 식으로 집을 지어 양색씨들에게 세를 놓아 짭짤한 수입을 보고있었다. 땅장사·집장사 꾼들은 계속 남녘에서 이곳 동두천으로 몰려들었다. 미 제7사단 부대 부근에다 양옥집을 잘 지어 독채로 집세를 놓아먹기도 했다.

잘 지은 새집이 많은 곳은 양부인동네였다. 우리 한국말은 자유 자재 마음대로 말을 막 할 수가 있다. 그녀들에게도 양부인·양색씨·양공주·양갈보·똥갈보…라는 호칭이 붙어돌았다.

그때는 그세월이 오히려 좋았던 사람들도 있고, 재미없던 사람들도 있었을 것이다. 그러나 어쨌든 달러가 많이 끓어오르는 동네―달러가 넘쳐돌고, 양키 물건이 넘쳐나는 이동네 장사꾼 아주머니들은 그들만이 좋아하는 꽃동네였다.

달러 바꾸는 '아줌마 치마부대들' 피엑스(PX)에서 나오는 물건들을 그 장사꾼 아줌마들에게 넘겨파는, 이이름난 달러동네였다. 이 때문에 제비족·깡패·춤꾼 들도 전국 각지에서 여보란 듯 꾸역꾸역 모여들었다.

노름꾼들―화투치는 이사람들은 돈벌어들이는 방식이 가지 각색이었다. 나는 '철원 제재소'에서 조립한 소련제 가스 차로 목제 운반을 하러

다니며 가는 공사장마다 많은 걸 보고들었다. 노동자아저씨들에게 재미있는 이야기를 많이도 들었다. 쉴참에 그들은 얘기보따리를 풀었다 16세·17세 나이로 팔려온 어린소녀들이 육체적으로 성적으로 고통받으며 눈물짓는다는 이야기를 했다. 이런 것은 재미있는 이야기가 아니고, 마음아픈 이야기였다.

도대체 돈이 무엇이길래, 어린 소녀를 돈으로 사고파는가? 양키들에게 생다지 야매로 파는가? 처음 듣는 이야기여서 정말 놀랐다.

어떻게 사람을 팔고사오는지, 알 수 없는 악질 포주아줌마들은 하늘도 무섭지않은 것인가? 나는 다시 한 번 생각해보았다.

동두천은 좋은 곳인가? 좋지않은 수치스런 동네인가? 인생살이에는 험한 곳도 있고, 죽지 못해 저지르는 일도 있고, 꼬임에 빠져서 몸을 망치는 처녀들도 있고, 돈벌어 공부해보겠다고 잘못 생각한 여학생도 있고, 참 요지경속에서 모두들 살고있다는 생각이 들었다. 모두가 6·25 전쟁에서부터 일어난 일들이었다.

나는 '철원 제재소' '호랑이형·백여우 형수'에게 홀려 열심히 일만 하고있었다. 아무리 친형이라도 일만 하고 임금도 못받고 계속 그들의 종 노릇만 한 것은 참 어리석었다. 뿐만 아니라 새색시 내 아내는 제재소 밥짓는 부엌데기 식모일부터 시작했다. 두 젊은 부부가 열심히 일한 대가는 물론 돈 한 푼 받지 못한 채 하루아침에 쫓겨난 일뿐이다. 젊은 남자는 매일 서울 원목장에서 원목 구입 운송을 했다.

'철원 제재소'에는 차가 두 대나 있었다. 트럭 한 대는 4촌형 유태현 형이 운전 기사로 동두천 장짐을 맡아 운송했다. 유태현 형은 '철원 제재소' 서울 원목장에 가서 원목 구입 운송도 하고, 동두천 시장 3일장·4

일장 전곡에 장짐싣고, 장돌뱅이 장사꾼짐을 운반해주고 하루 운송 수입을 몽땅 '백여우 형수'에게 입금시켰다. 운전 기사 월급은 한 푼 받지도 못했다. 4촌 태현 형도 '열심히 일하면 예쁜 신부한테 결혼시켜준다'는 '백여우'말에 홀려서 노동 착취를 당하고있었다. '열심히 일하면 예쁜이와 결혼시켜 준다.'는 말에 홀려 지금껏 월급없이 일을 하고있는 것이다.

노총각 4촌 태현 형에게 '장가 보내주고, 사업 자금도 대주고, 좋은 주택도 지어줄 테니, 열심히 운전이나 잘하라.'고 하면서 '백여우 부부'는 4촌 형에게 트럭을 맡겼다. 태현 형은 서울 청량리역 원목장에서 원목 구입 운송을 열심히 하며, 트럭 한 대를 잘도 몰고다녔다.

4촌형 태현 기사는 '백여우'에게 속아살며 1년 동안을 청량리역 원목장에서 원목을 구입해 뼈빠지게 '동두천 제재소'로 운송했으나 월급 한 푼 받지 못한 채 결국 그만두고 말았다. 노총각 4촌형 태현은 아무리 열심히 일해도 좋은 소식이 없자, 맥이 빠지고, 희망도 사라지고, 돈도 받지 못해 결국 '백여우 소굴'에서 빠져나온 것이다.

그후 태현 형은 동두천 '한진 운송 주식 회사'에 취직했다. 또 그뒤 태현 형은 돈 빨리 벌어서 하루빨리 결혼할 계획으로 월남전 보급 수송 민간인 운전 기사로 지원했다. 월남 전선에서는 '맹호 부대' 최전방 보급 수송 트럭을 운전했다. 월급을 많이 받았다. 임 문이란 노총각 청년은 결혼도 못하고, '맹호 부대' 보급 수송 운전 기사로 군수 물자를 운송하다가 박격 포탄에 맞아 그만 전사했다.

내 4촌 유태현 형은 이런 곳에서도 운이 좋아 죽을 고비를 많이 넘겼다고 얘기했다. 태현 형은 박격 포탄이 빗발같이 날아와 터질 때 많은 '맹호 부대' 국군들이 전사하는 그런 곳에서도 월급을 받아 꼬박꼬박 동두천 유태산 맏형에게 잊지않고 송금했다.

월남에서 돈을 벌어 한국으로 송금시키면, '아내 있는 사람들은 돈잃고, 춤바람난 아내도 잃는다.'고 했다. 남편은 월남 전선에서 목숨걸고 달러를 벌어서 아내에게 송금시키면, 아내들은 동두천 바나 춤추는 홀에서 유흥으로 놀아나다가 제비족에게 걸려들어 몸빼앗기고, 돈빼앗기고, 가정도 파산되어 빼앗기고마는 그시절 그세월은 흘러갔으나, 이나라엔 그런 한 때 그런 시절도 있었다는 걸 잊어서는 안된다.

8. '유한 극장' 보산리 '바'와 춤거리여인

동두천 미 제7사단 부근엔 도로 공사가 한창이다. 불도저가 땅을 깎아 밀고간 뒤 케이에스시(KSC) 노무자들은 공병대 덤프 차를 뒤따르며 흙과 자갈을 고르는 작업을 했다.

보산리 거리엔 미군들이 춤추며 위스키 마시는 군용 '바'나 오락 시설 건축 붐이 일고있다. 미군 전용 호텔 건축 현장엔 목수를 비롯 잡인부들까지 여러 일꾼들이 땀을 흘리며 열심히 일하는 모습이 보였다. 그들은 목재와 시멘트를 주로 운반했다.

동두천읍 생연리 4거리엔 '동광 극장' 건축 공사가 한창이다. 이곳엔 의정부나 서울내기 자본족들이 주로 모여들었다. 미군들이 나다니는 거리에다 상업 투자를 했다.

동두천에도 이젠 보건소를 통해 어려운 가정들이 건강 진료를 받게 됐다 치료까지 해주었다. 피난민들이 사는 동네는 개여울가의 모래밭동네였다.

피난민 중에서도 빨리 기반을 잡은 사람들은 미군 부대 부근에서 장사를 하던 사람들이었다. 노동력있는 젊은 사람들은 재빨리 일거리를 찾아내어 열심히 일을 했다.

　내 동기 동창생 한 사람은 모래밭동네에 국수 공장을 차렸다. '왜 하필 어려운 동네에까지 와서 국수 공장을 차렸느냐?'고 물었더니, 그가 하는 말이 '장터까지 나오는 거리가 멀고, 길도 모랫길이기 때문에 가난한 사람들은 잘 먹지 못해 걸어다닐 힘도 없는 것같아 여러 가지 생각끝에 모래밭동네에 공장을 차렸다.'고 했다. 나는 친구의 그말에 공감을 하며, 그에게 용기를 북돋워주었다.

　피난민들의 모래밭동네는 끈끈한 정과 사랑이 있어 서로 돕고위로하며 함께 생활하고있었다. 한원교 동기 동창생의 국수 공장은 나날이 판매량이 늘어나며 장사가 잘 되었다. 어려운 사람들에게는 돈을 받지않고 국수를 나눠주기도 했다. 국수 공장에 일할 사람들도 그동네 어려운 집 아들딸들을 골라 채용했다.

　그때 그시절은 다같이 배가 고픈 세월이다. 끼니를 잇지 못하는 모래마을집을 찾아가 국수를 나눠주고 '힘내라.'며 위로하는 친구의 이같은 선행은 곧 마을에 소문이 났다.

　어려운 사람들이 사는 동네에서는 미군 쓰레기장에서 나오는 볼박스를 뜯어 상자집을 짓고살았다. 이마을 사람들은 미군 부대 식당에서 남아나오는 음식이나 잔반을 가져다가 일명 '꿀꿀이죽'을 끓여먹으며 연명하기도 했다. 버리는, 곰팡이핀 빵조각이나 쇠고기·닭고기 등 한물간 육류를 먹고 어린이들이 배탈이 나서 죽기도 했다. 그럴 때마다 오열하는 어머니의 모습은 차마 눈뜨고는 볼 수가 없었다.

　동두천 모래밭동네 국수 공장이 잘 된다는 소문이 나자, 이번에는 딴 사람이 두부 공장을 차렸다. 그청년도 봉사하겠다는 마음으로 두부 공장을 차렸다. 역시 두부 공장이 잘 되었다. 두부 장수들은 두부지게를 지고 초새벽부터 잘 사는 동네 골목을 누비며 두부를 팔았다.

모래밭동네에서 일거리가 없던 사람들은 너도 나도 두부 소매 장사를 하기 시작했다. 두부 소매상들은 늘어났다. 어렵게 살던 아주머니들도 두부함지박을 머리에 이고 새벽부터 부지런히 '두부 사세요'하고 외치며 다녔다.

모래밭마을 아저씨들은 지게에 두부 상자를 얹어지고다니며, 작은 종을 딸랑딸랑 흔들면서 두부를 팔았다. 모래밭동네 두부 공장과 국수 공장은 더불어 나날이 발전했다. 모래밭동네에도 아침햇빛이 환히 비친 것이다.

하느님께서 이 따뜻한 햇빛역사를 하셨을까. 어느새 이동네에 도 '하꼬방 교회'가 세워졌다. 개척 교회다. 알고 보니, 목사도 훌륭했다. 훌륭한 목사도 이 가난한 동네에 와 봉사했다. 드디어 이곳 모래밭동네에서도 찬송가소리가 울려퍼지기 시작했다. 동네사람들은 그러한 정신적인 교회 활동과 신앙 생활을 통해 가난으로 인한 피난 생활의 고통과 슬픔·외로움과 가난에 대한 설움에서 해방되어갔다. 종교 때문에 위로와 안식을 차츰씩 가질 수가 있었다. 드디어 하느님의 사랑과 축복이 넘쳐흘렀다

이모래밭동네에도 나무심기 운동이 전개되었다. 냇가 동네라서 포플러와 수양버들을 많이 심었다. 곧 '새마을 운동'으로 연결됐다. '길닦기 운동'도 벌어졌다.

포플러와 수양버들은 수분이 많은 땅에 뿌리를 내려서인지 쑥쑥 잘도 자랐다. 모래밭동네는 푸른마을로 변했다. 개울에는 맑은 물이 흘러내렸다. 지하수 물맛은 참 좋았다. 생수와도 같았다. 모래마을동네는 어느새

219

푸른하늘아래 푸른마을로 변했다. 포플러와 수양버들 늘어진 가지는 더욱 보기가 좋았다. 아름다운 모래밭마을이 됐다.

동기 동창생 한원교는 이 모래밭동네 이장으로 뽑혔다. 자연스럽게 모범적인 마을을 만들어가는 데 한 동장이 앞장을 서고있었다. 곧 모래밭마을은 꽃마을로 변했다. 점점 모범마을이 되어갔다.

동두천 읍에는 극장이 네 군데나 지어졌다. '동두천 극장' '동광 극장' '케네디 극장' '유한 극장'이 그것이다. 동두천은 날로날로 문화 공보 예술 홍보의 도시로 발전했다. 문화 예술을 홍보하는 동두천 읍사무소 홍보 과장의 발걸음은 더욱 바빠졌다.

첫번째 지어진 '동두천 극장'은 생연 2리에 건축 개관되었다. 두번째 '동광 극장'은 생연 3리에, 세번째 '케네디 극장'은 동두천에서도 제일 번화한 생연 3리 4거리에 우뚝 세워져 개관식도 제일 아름답고멋있게 성대히 개최하고는 극장문을 열었다. 네 번째 '유한 극장'은 생연 4리 보산리 거리 가까운 곳에 짓고, 개관식을 했다. 이만하면 동두천도 이제 문화 도시로 발전할 수 있는 디딤돌을 놓은 거나 마찬가지다.

경기도 동두천 읍은 시로 승격하는 도시 계획에 박차를 가하고 있었다. 동두천 인구 증가는 의정부 시보다 월등히 높아져갔다. 경제적으로도 많이 향상됐다. 시내에는 활기가 넘쳐나고, 밤거리는 화려한 불빛조차 넘쳐흘렀다.

보산리 거리와 극장거리는 젊은 남녀들의 거리였다. 보산리 거리는 캬바레 홀 네온사인 간판이 한 집 건너 하나씩 줄줄이 반짝거리고들 있었다. 보산리 밤거리는 캬바레 홀이 한 집 건너 하나씩 있을 정도였으니, 밤거리 캬바레홀에서 흘러나오는 재즈 음악소리가 밤하늘 별빛으로 울려퍼질 수밖에 없었다.

　보산리 밤거리는 주로 미 제7사단 병사들의 거리였다. 이들 거리는 한국 젊은 여자들과 어울려 춤추며 위스키에 취해 비틀거리는 거리였다. 밤거리의 밴드 음악은 주로 맘보 멜러디였다. 이 맘보 멜러디가 보산리 밤거리를 별빛으로 누볐다. 번쩍거리는 홀 불빛아래에서 요정 접대부들은 미군 병사들을 유혹해 데리고 캬바레 안으로 깊숙이 사라졌다.

　그때는 그여성들도 달러를 많이 벌어들였다. 그때 그시절의 젊고 아름다운 아가씨들은 달러를 벌어들인다는 자부심까지 갖고 있었다. 그럴 때 홀 앞거리에는 깡패·건달들이 몰려다니고있었다. 이 보산리 거리엔 구두닦는 슈사인보이들도 함께 몰려다녔다. 구두닦이들은 미군 병사들을 졸졸 따라다니며, 목이 쉬도록 '구두 닦으라.'고 외쳐댔다.

　뿐만 아니라 극장들은 서로 좋은 프로 잡기에 경쟁을 펼치고있었다. '동두천 극장' '동광 극장' '케네디 극장' 등 각 극장 사장들은 서울 충무로 '스타 다방'으로 몰려다녔다. 영화사 사업 부장을 만나기 위해서다. 이들은 모두 '스타 다방'에 모여 사업 대담을 벌였다. 충무로 예술인 거리에는 돈많은 영화 관계 회사 사장들이 이 '스타 다방'에 앉아 하루종일 시간을 보내고있었다. '쌍화탕' 한 잔 시켜놓고 마시며, 다방 마담과 재미있는 농담따먹기를 하면서 노닥거리기도 하며 앉아있었다.

　동두천 '케네디 극장'은 외국 영화를 주로 상영했다. 멜로 영화·특선 영화를 상영해 재미를 톡톡히 봤다. 이극장은 '만원 사례' 표지가 벽에 자주 붙어있었다. '동광 극장'과 '케네디 극장'과의 거리는 한 2백 미터 거리밖에 되지않아 서로 더욱 치열한 경쟁을 벌이고있었다. 사업가들의 싸움은 양보가 없었다. 각 극장 사업 부장들 간의 싸움은 전쟁터에서 싸우는 것과 다름이 없었다.

어느 날 '동광 극장'은 외화 '십계명' 선전 간판을 그려붙였다. 마치 살아있는 마네킹 간판인 것처럼 멋있게 그려서 걸었다. 그집 미술 부장 솜씨도 극장 프로 선전에 한 몫을 하고 있었다. 거리거리마다 극장 영화 포스터가 화려하게 나붙었다.

같은 부장이라도 사업 부장은 선전 부장과 미술 부장에게 '예고 프로 선전에 주력하라.'고 지시한다.

'동광 극장'과 '케네디 극장'은 프로 정보 싸움을 자주 하고있었다. 극장 사업도 백이 있어야 하고, 사업 자금도 많이 있어야 흥행에 성공할 수가 있는 것이다. 영화 상영까지도 돈이 돈을 벌게 돼 있었다.

동두천 '철원 제재소'는 '동두천 극장'을 소유했으면 됐지, 돈이 또 무엇이길래 주인은 그렇게도 욕심을 내는지 알 수가 없었다. 동두천 이 좁은 바닥에 극장이 4개나 되다니, 그래서 극장 간의 경쟁은 불가피했다. 서로 자존심을 건 돈싸움을 하고있었다. 그 덕분에 동두천 시민들은 서울 '명동 극장'과 1류 극장의 프로와 같이 동시 개봉하는 영화를 볼 수 있게 되었다. 동두천 '케네디 극장'에는 늘 '만원 사례'였다.

외국인들은 역시 외국 영화 상영관으로만 몰려들었다. 미군들과 양부인들은 외국 영화 개봉관에 몰려들 수밖에 없었다. '철원 제재소'는 '유한 극장'까지 개관해서 서울 2류 극장에서 상영하는 프로를 붙여놓고 아무리 선전해 봐도 필름 값을 뽑을 수가 없었다.

'고래등 싸움에 새우등 터진다.'란 말이 맞다. 매번 적자 운영하는 '유한 극장' 측은 미성년자 관람 불가 등급의 영화에도 미성년자들을 입장시켰고, 세금을 탈세하기까지 했다. '호랑이 놀부 사장'은 호령만 칠 줄 알았지, 흥행 사업에는 영 백지였다. '백여우 깍쟁이'는 '철원 제재소'에서 벌은 많은 돈을 동두천 '유한 극장'에다 꼬라박았다. '백여우 형수'는 '호랑이형'과 싸우고있었다. 서울 영화사에 가서 투자할 생각은 하지않고, 사업 부장만 달달 볶아대고있었다.

당시 방 지배인과 김 총무는 '백여우' 등쌀에 배겨날 수가 없었다. '유한 극장'은 매달 월급도 제때 주지 못했다. 월급도 밀리고있는 형편이라 직원들의 사기는 땅에 떨어졌고, 선전부에서는 마네킹 간판을 제때에 걸지도 못했다. '유한 극장' 사업 부장은 '미성년 관람가'인 교육 영화 '사운드 오브 뮤직' 프로를 잡아놓고 동두천 남자 중고 최봉상 교감을 찾아가 극장 사정을 얘기하며 도움을 청했다. 드디어 학생 동원 승인을 받았다. 그리고 또 동두천 여자 중고 박찬희 교감의 도움도 받았다.

학생을 동원해 겨우겨우 '유한 극장' 직원들의 밀린 월급을 해결할 수가 있었다. 어려울 때마다 학생들을 동원해준 학교 측에 고마움을 전했다. 특히 최봉상 박찬희 교감에게 고마움을 전했다.

흥행업이라는 것이 그렇게도 어려운 줄을 모르고 남이 극장해서 돈번다고 하니깐 무조건 달려든 것이 잘못이다. 그저 극장 건물만 있으면 되는 줄 알았던 '호랑이 놀부사장'과 '백여우 형수'는 끝내 그만 흥행업에서는 손을 들고말았다.

그때 최봉상 박찬희 두 교감은 모두 교장으로 승진했다. 좋은 일 많이 하고, 어려울 때 나를 많이 도와주었다. 아니 '유한 극장' 사장을 도와주었다. '적선지가'(積善之家) '필유여경'(必有餘慶)이란 옛말이 생각난다.

결국 '철원 제재소' 측에서는 '동두천 극장'과 '유한 극장'을 남에게 대관해주었다. '호랑이 놀부사장'과 '백여우 형수'는 그래도 눈물이 없던 사람이다. 눈물도 없는 두 사람은 영혼이 메마른 사람인 것이다. 드디어 '호랑이 놀부' 유용한 사장은 홍행 사업에서 손을 번쩍 들었다.

제재업·건축업하던 사람은 자기가 하던 사업에만 만족해야 된다. 너무 돈욕심에 제재업에서 벌어들인 돈을 2년만에 많이도 날린 셈이다. 그러나 땅투기에서는 마냥 재미를 보았다. 동두천 일대에 많은 땅을 사두었던 것이다.

내가 동두천 '철원 제재소' 직원으로 월급도 없이 열심히 일하고있던 때다. 운전 기사 정 씨와 나에게 '백여우 형수'는 차량 운임 문제를 가지고 시비를 걸어왔다. '우리 차 두 대나 있는데, 왜 청량리 원목장에서 서울 운송 회사 차로 원목을 싣고왔느냐'며 따졌다. '운임을 주지않겠다'고 했다. '도로 실어가라.'는 식이다. 이런 트집을 잡는 바람에 형수와 시동생 간의 싸움은 크게 벌어지고 말았다.

원목 운송비는 시동생의 잘못이니, 그운임을 내가 지불하라고 했다. 공연히 트집잡는 '백여우 형수'와 시동생 간에 그럴 듯한 싸움이 벌어진 것이다. 나는 돈도 없는 빈털터리였다. 용돈도 잘 주지않아 어렵게 지내는 시동생이다.

월급을 줘야 운반비를 물지, 월급도 못 받고, 용돈도 없는 주제에 어떻게 무슨 돈으로 원목 운임을 갚으라는 것일까.

'원목 운반비를 지불하라.' '못하겠다.'고 싸움하는 것을 보다 못한 어머니는 깊숙한 속바지주머니에서 돈을 꺼내주었다. '아무소리 말고 서울기사에게 운반비를 갖다주라.'고 했다.

문제는 그이후였다. '호랑이 사장 놀부형'에게 밤새도록 '백여우'가 무엇이라고 고해 바쳤는지, 이튿날 형제 간에 대판싸움이 벌어졌던 것이다.

나는 '놀부형'과 싸움할 것도 없었다. 형은 '백여우 형수' 말만 듣고 나를 '당장 보따리 싸가지고 나가라.'고 주정까지 부렸다.

형은 소주 몇 병이나 마셨는지, 술이 정말 취한 것인지, 동생에게 막말을 해댔다. 입에 담지 못할 욕설을 하며 제재소가 떠나가도록 소리쳐댔다. 제재소 직원들이 다 보고듣고있는 데도 '호랑이 형'은 동생을 망신시키고, 자신도 망신당했다. 오죽하면 '철원 제재소' 직원들이 '호랑이 놀부' '백여우 깍쟁이'라고 하며 별명을 지어줬을까?

결국 내 새색시와 나는 쫓겨나고 말았다. 그리하여 어머니와 형님·형수 사이의 약속은 깨어지고 말았다. 어머니는 늘 '참아라. 참고 열심히 형수께 잘 보이고순종하면 양옥집 한 채 지어서 새살림 내주고 운수 사업할 수 있게 차 한 대 사주겠다고 했다.'던 약속은 '백여우 깍쟁이' 때문에 깨어지고 말았다. 돈이 무엇인데, 죽으면 모두 다 끝장인데, 돈 짊어지고 지옥에라도 가려는지, 참 알 수가 없었다.

'호랑이놀부'는 동생 용수에게 덜덜 떨며 '아편 주사약 사오라.'고 소리쳤다. 보산리 '동송 병원'에 가 아편 주사 1인용 마약을 사다주면, 집적 형 본인이 주사를 놓았다.

1회용 아편 주사는 페니실린 병에 든 하얀 가루다. 증류수 하나, 주사기 하나가 봉지에 들어있었다. 그걸 사다 '호랑이형'에게 갖다주면 잘 혼합해 자기몸에 찔러 한 대씩 놓고나면 언제 그랬느냐는 듯 정신이 말짱해졌다. '호랑이놀부형'은 이제 보니, '아편쟁이놀부'가 되고 말았다. 이걸 어쩌나. 결국 형은 오래가지 못하고 세상을 떠났다. '호랑이놀부형'은 아편 맞을 빈자국도 없이 혈관이란 혈관은 다 까맣게 굳어지게 되어 죽고 말았던 것이다.

동두천 '철원 제재소' '유용 토건 회사' '동두천 극장' '유한 극장' 그리고 땅투기로 사놓았던 그많은 땅, 그 모든 재산을 그냥 고스란히 둔 채 돈 한 푼 가져가지 못하는 길을 혼자 몸으로 가버렸다. 형은 49세 한창 나이에 그만 떠나고말았다. 허무하게 죽은 유용한 사장은 이세상에서의 잘못을 깨닫고나 이세상을 떠났는지, 그누구도 알 수 없다. 알 수 없는 길을 가고 말았다.

형이 세상을 떠난 후 '백여우 깍쟁이'와 전처인 형수에게서 난 두 남매와의 사이에 재산싸움이 일어났다. 사실 '백여우깍쟁이형수'는 세 번째 형수였다. '호랑이놀부형'은 첫형수와 이혼하고, 두 번째 형수와도 이혼하고, 세 번째 형수와는 이렇듯 행복하게 잘 살아보지도 못하고, '돈돈'하다가 결국은 마약 중독으로 허무한 인생살이를 마쳤다.

돈많은 사람 장례때 썅어깨 메는 상여꾼들은 이상여를 두고 '상여·행상'이라고도 했다. 앞소리꾼은 상여꾼들이 멘 상여위에 올라서서 구슬프게 상여소리를 먹였다. '이제 가면 언제 오나~' 앞소리꾼은 동전을 뿌리며 '동두천 극장' '유한 극장' 앞에서 노제를 지냈다. 저승길 차비라며 마지막 가는 길에 길목마다 동전을 뿌렸다. 어린이들은 이동전을 주우려고 계속 뒤따라왔다.

뿌리는 돈이 많다. 왜 이토록 동전을 많이 뿌릴까? '돈많이 벌어놓고 가는 사람 이왕이면 백 원짜리 지폐를 많이 뿌리면서 떠나가지, 왜 동전만 뿌릴까?' 하는 의문이 들었다. '돈,돈,돈' 하던 유용한 '호랑이형'은 숨겨놓은 자녀들이 또 있었다.

용한 형은 마지막 죽기전 날 제재소 사랑방에 혼자 누워서 급히 동생인 용수 나를 찾았다. 또 '아편 사오라.'고 부르는가싶었다. '호랑이형 앞에서 평소대로 무릎꿇고앉았다. '호랑이'앞이라 개가 무서워하듯 형의 눈치만 보며 무릎을 꿇고앉아 있었다. 형은 정신을 차리며 '이제 나는 곧 죽을 것같다.'고 하며, 눈물을 흘렸다. 호랑이같던 형은 '동생 하나 있는 것 따뜻하게 정을 주지않고 머슴같이 일만 시키며 구박만을 했다 용서하라.'고 하면서, 내 손을 꼭 잡았다. 그리고 또 아버지에 대해 자세히 이야기했다.

유준식 우리 아버지는 철원 천 석꾼으로 토지와 정미소를 소유하고있었다. 돈많은 아버지는 마누라를 다섯이나 거느리고 사셨다. 둘째마누라는 함경도 함흥에, 그곳엔 누이동생과 남동생 유용태가 있다. 셋째마누라한테는 원산쪽에 누이동생 둘과 남동생 유용순이가 살고있다. 넷째마누라는 일본으로 남동생 하나 데리고 떠났다. 다섯째마누라는 가능골 주막집아주머니. 아기 한 번만 낳게 해달라고 해서 약속하고살았다고 말한다.

이제 형은 아편 기운이 떨어졌는지 덜덜 떨기 시작했다. 확실히 아편 기운이 떨어졌다. 그래도 형은 기운내서 다시 말했다. "철원땅을 찾아서 네 앞으로 소유권을 이전해라. 네 앞으로 아버지가 '내포리 토지 3천 5백 평을 용수 소유로 해주라.'하고 돌아가셨다."고 했다.

그리고 하는 말이 "너의 '백여우 깍쟁이 형수' 불쌍한 사람이다. 모든 재산 잘 처리하라고 하고, '유한 극장도 잘 운영해 보라.'"고 하면서, 하던 말끝을 잘 끊지도 못하면서 '유충국 유희영은 네 둘째 형수한테서 난 자식이다. 유희영이는 유용한 아버지 꼭 닮았다. 눈 큰 것과 피부 다 아버지 닮았다. 그런데 유충국이는 우리 유 씨 닮은 데가 없다. 키도 작고, 유용한 눈·코·입·귀 어디 한 군데도 나를 닮은 데가 없어 항상 미워

했다.'고 하면서 '희정이는 애비를 꼭 닮았으니, 공부 잘 시켜라. 붕어빵이다.'라고 마지막 유언을 한 그이튿날 눈을 감았다.

나에게 유용한 형님은 '호랑이놀부'에 나를 괴롭힌 무서운 분이지만 사업가로는 유능한 분이다. 축산 전문 학교를 나온 수의사로서 유능한 사업가였던 점을 인정하지않을 수가 없다.

그의 업적은 많다. '동두천 제재소'를 일으켜세운 뒤 이곳 '동두천 극장'을 처음 짓고, '유한 극장'을 비롯 동두천 문화를 일으켜세운 공로가 크다. 동두천 읍에서 동두천 시로 발전시킨 공로도 크다.

형님이 가버리자 '백여우'는 '동두천 제재소'도 팔았다. 토건업도 처분하고, '동두천 극장'도 팔아먹었다. 2~3년 후였다. '백여우 형수'는 동생 유용수를 찾아와 '유한 극장'을 좋은 흥행업하는 사람한테 대관해 달라고했다. 그많은 돈 다 까먹고와서는 기껏 하는 말이 '극장 대관해 달라'는 것이었다. 나에게 미안한 생각은 추호도 없었다. 역시 '백여우 깍쟁이 형수'는 옛날이나 지금이나 하나도 변하지않았다.

자식 유충국 유희영은 별 관심밖이었다. 본인 자신만 챙기고아는 사람이었다. 그동안 서울로 가서 많은 돈 없애고왔다. 여자들은 젊어서 과부되면 다들 그런가. 기가 막힐 정도다. 유희영이는 군 법무관에게 결혼시키고, 아버지가 운명했다. 유희영이 남편은 변호사로 지금도 잘 살고있다.

나는 서울에서 영화사하던 윤병일 사장을 만나 동두천 '유한 극장' 얘기를 했다. 벌써 소문으로 다 알고 있다며, 이근영 지배인을 만나보라고 했다. 결국 '동두천 극장'을 서울 영화사 윤병일 사장이 인수했다.

그후 이근영 지배인의 도움으로 나는 '동두천 극장' 사업 부장을 맡아 충무로 영화사 골목으로 출근하듯 했다. 이근영 지배인은 나를 동생같이 사랑해주었다. 극장 경영 제반 업무를 다 가르쳐주었다.

이근영 지배인은 양주 세무서 극장 담당자, 양주 군청 공보과 공보 과장, 양주 경찰서 형사 주임, 양주군 소방 서장, '중앙 일보' 지국장 등 극장 운영과 흥행 사업에 관련되는 여러 인사들을 차례로 인사시켜주었다.

흥행 사업이 이렇게 복잡한 줄은 몰랐다. 이근영 지배인은 각 기관장을 자주 찾아보고 인사를 하라고 하면서 여러 가지 행정 절차를 알려주었다. 관계 기관 볼일 때마다 꼭 나를 데리고 다녔다.

이근영 지배인은 '유한 극장' 대관 임대차 계약을 체결할 때 '극장 매점 포함'이라고 명세서에 꼭 쓸 것도 가르쳐주었다. 계약이 체결되면 '유한 극장' 매점은 유용수의 부인이 장사할 수 있게끔 하기로 꼭 약속했다.

경기도 양주군 동두천읍 '유한 극장' 임귀호, 임대자 윤병일, 입회인 유용수, 이근영으로 법률 사무소에서 '유한 극장' 임대차 계약을 체결했다. '동두천 제재소' 사장 어머니 정만임 모친은 막내아들 유용수가 직장에 다니며 잘 살 수 있는 기반을 본 다음 소천했다.

어머니가 1년만 더 살았더라면 이막내아들 효도하는 것 보고 돌아가셨을 텐데, 맏아들 앞세운 뒤 재산 빼돌리는 '깍쟁이 형수' 때문에 일찍 쓰러졌다. 늘 재산 빼돌리느라고 서울에서 바쁘게 지내며 동두천집에는 한 달에 한 번 올까말까 하던 '깍쟁이 며느리' 때문에 심적으로 많은 고통 받은 나머지 혈압으로 세상을 떠나고 만 것이다.

그'깍쟁이며느리' 임귀호 여사는 '유한 극장' 임대료를 매월 받으며 생활하다가 유방암으로 죽었다. 천 년 만 년 살 것같이 돈만 믿고 시동생 무시하던 부잣집마님은 하루아침에 젊은 나이로 뜬구름같이 흘러가버렸다. 인생은 아침안개와 같이 잠깐 떴다가 사라지는 것이다. 이런 이치도 모르면서 큰소리 빵빵치던 그음성은 이제 이지상에서 영원히 사라져버렸다.

임귀호 여사의 모든 재산은 자동적으로 장조카 유충국 소유로 넘어가게 되었다. 동두천 '유한 극장'과 동두천 변두리땅을 비롯 상가 주택 두 채도 유충국 소유가 되었다.

'동두천 극장' 윤병일 사장은 '유한 극장' 운영권을 이근영 지배인에게 위임하고, 서울에서 가만히 앉아 두 극장의 프로 배정만 해주었다. 4년간 '유한 극장' 매점 운영권도 주었다. 지배인 이근영 장로는 나의 사정을 하나서부터 열까지 자세하게 알고있었다. 우리집 여섯 식구 밥줄을 열어준 것도 이구영 장로였다. 모든 것 하느님의 은혜와 사랑으로 베풀어주었다. 그야말로 새출발의 길을 열어주었다. 정말 고마운 분이다. '유한 극장'의 프로를 잡아주는 윤병일 사장도 고마운 분이다.

'유한 극장'은 '동광 극장' '케네디 극장'과 프로 경쟁을 하게 되었다. '케네디 극장'은 '닥터 지바고'라는 대작을 붙였다. '동광 극장'은 국산 영화 '미워도 다시 한 번'을 붙였고, '유한 극장'은 '남진 쇼'를 내다걸었다. '동두천 극장'은 한꺼번에 동시 상영 두 프로를 가져다붙였다.

4개 극장이 모두 다 생존을 위해 물고물리는 싸움이었다. 그러나 결과는 '유한 극장'의 '남진 쇼'가 대 히트를 쳤다. 연속 '만원 사례'가 붙었다. 이바람에 '동광 극장'의 '미워도 다시 한 번'도 죽고, '케네디 극장'의 '닥터 지바고'도 죽을 쒔다.

왜 이 두 극장이 죽었느냐 하면, 동두천의 모든 양부인들이 '남진 쇼'로 몰려들었기 때문이다. 양색씨들은 인기 가수 남진을 납치라도 할 것처럼 쇼가 끝나도 극장앞에서 떠나지않았다.

결국 어떤 잘난 여사가 뒷문으로 잘 모셔갔다는 소문이 떠돌았다. '남진 쇼' 단장은 '생전 처음으로 단원들과 극장 직원들에게 만원 사례금을 봉투에 넣어주었다.'고 했다.

역시 예술인들은 예의가 있었다. 옛날엔 '딴따라 패'라고도 불렀지만 문화 예술 감각이 많이 높아진 것이었다. '유한 극장'에서는 한 달에 한 번씩 쇼를 했다.

극장 매점도 많은 매상을 올렸다. 양색씨들은 오징어와 땅콩을 좋아했다. 아내는 쇼만 들어오면 오징어와 땅콩・껌을 제일 많이 팔아서 이 쇼 공연 유치를 제일 좋아했다. 장사가 잘 되었기 때문이다. 매월 첫일요일마다 선전 부장은 미리 마네킹 간판을 시내 곳곳에 내다걸었고, 포스터도 갖다붙이며 대대적으로 극장 공연이나 영화 상영을 선전했다.

보산리 골목 미 제7사단앞 양부인들이 많이 사는 갈보동네에다가 홍보를 주력했다. 매월 수입은 쇼로 충당했다. '유한 극장'에서는 '나훈아 쇼'도 유치했다. 매월 첫주 일요일은 무조건 쇼를 잡았다. 한 달 한 달 수입은 쇼로 결판냈다. 극장 정문 2층 아래위에 대형 마네킹 간판을 높다랗게 내다걸었다.

쇼를 할 때는 스리쿼터 차 한 대에 악기 밴드를 싣고, 북치고, 장고치고 나팔불며 삐라를 뿌려대며 동두천 일대를 온통 한 바퀴씩 빙빙 돌았다. 어린이들은 선전 삐라를 줍느라고 홍보 차량뒤를 열심히도 따라다녔다.

'유한 극장' '나훈아 쇼'는 할 때마다 극장이 터져나갈 만큼 '대, 대, 만원'에 만원이었다. 극장 정문 유리가 깨져나갔고, 정문앞에는 깡패들이

득실득실거렸다. 극장 막아주는 깡패, 보산리 깡패, 동네동네 동두천 깡패들은 서로 덩달아 번갈아가며 기분을 내고있었다. '동광 극장'과 '케네디 극장'은 '야코'가 콱 죽었다. 그야말로 코가 납작해졌다. 두 극장은 풀이 죽듯 그렇게 시들시들 죽어갔다.

겨울이 지나갔다. 한겨울이 지나가고 봄이 오자 이번에는 '새봄맞이 이미자 쇼'를 붙였다. 이 새봄맞이 쇼는 소요산에 진달래꽃이 만발할 때를 맞춰 바로 그때 공연하게 되었다. 산에 산에 불타는 진달래 꽃향은 흡사 '이미자 쇼'를 위해 불어오는 것같았다. 바로 쇼 맞이 봄바람 잔치를 하는 것같았다.

이 새봄맞이 꽃동산 '이미자 쇼'는 양부인·젊은청년·동네 총각 처녀들·동두천 읍민들을 꾸역꾸역 불러들였다. 모두 모두 '이미자 쇼'를 보러 꾸역꾸역 몰려들었다. '이미자 쇼' 악단 벤드를 세낸 트럭에 싣고 온 동네를 다니며 나팔불고, 북을 치고, 삐라도 뿌리며, 보산리골목과 턱거리고개넘어 미군 부대앞 양동네에까지 대대적으로 시끌벅적하게 돌아다니며 선전했다.

'유한 극장' 정문 2층위에는 처녀 가수 이미자가 노래부르는 아름다운 모습이 크게 대형 마네킹으로 그려져 덩그러니 걸려있었다. 동두천에서 벌어지는 '이미자 쇼'에는 전국에서 팬들이 몰려들었다. '유한 극장'으로서는 지금까지 있을 수 없는 대인파가 몰려들었다. 당연히 '대, 대, 만원'이었고, '만원 사례'가 붙었다. 그때 그시절은 바로 1972년이었다. 이때 '유한 극장' 정문이 밀려서 그만 떨어져나갔다.

젊은 남녀 청춘 그리고 부녀들, 양부인들, 미군 부대 다니는 중년 신사들도 마구 몰려들었다. '이미자 쇼' 단장과 '유한 극장' 이근영 지배인이

주는 만원 사례금 봉투가 제법 두터웠다. 극장 직원들과 쇼 단원들은 모두 '만원 사례 봉투'를 받아들고는 기분 째지게 좋아들 했다.

그당시는 모두 생활이 곤란했지만, 그때 동두천 시민들은 미 제7사단이 주둔하고있었기 때문에 비교적 집집마다 경기가 좋은 편이었다. 첫째 달러가 돌아다니는 바람에 달러 상인들이 많이 우글거렸다.

'동광 극장' '케네디 극장'은 '유한 극장'이 쇼만 부치면 죽을 쑤었다. 그야말로 죽을상이었다. 이때 '유한 극장' 측으로 봐서는 참 재미있는 흥행 사업이 아닐 수 없었다.

돈이 무엇이길래 돈만 벌면 웃음꽃이 피어났다. 돈이 좋기는 좋은 것 같았다. '유한 극장' '이미자 쇼' 때에는 극장 매점에도 '만원 사례'가 나붙었다. 매점 직원으로는 어려운 청소년들 네 명이 있었다. 그들은 집안살림을 돕기 위해 초등 학교도 가지 못하고, 극장 매점에서 목판을 메고다니며 '오징어 있어요! 땅콩 있어요! 껌 있어요!' 하며 좁은 극장 의자사이로 돌아다니고있었다.

이꼬마 판매원들을 볼 때마다 나는 괜히 마음이 아팠다. 대부분 아버지가 없는 청소년들이었다. 그들은 '이미자 쇼'에 '만원 사례금'을 받고, 또 매점에서 주는 '만원 사례금'도 또 받았다. 이청소년들은 너무 너무 좋아했다.

간혹가다 양부인들도 매점 청소년들에게 팁을 건네주었다. 담배나 음료수 심부름을 시키고나서는 꼭 팁을 주었다. 어떤 심부름꾼은 매점 목판을 멘 채 달아난 일도 있었다. 목판에 담겨있는 물건을 팔지않고, 몰래몰래 자기 물건을 파는 심부름꾼도 있었다.

'이미자 쇼'로 재미를 본 극장 사업 부장은 곧바로 한국 영화 대작 '8

도 강산을 잡았다. '동두천 극장' '유한 극장' 개봉 박두 '8도 강산! 출연 배우는 장소팔 황정순 고복수 김희갑 이응만 박노식 황 해 홀쭉이 서영춘 뚱뚱보 최무룡 허장강 김승호 강 문 등 인기 영화 배우가 총 출동한 영화로 역시 '만원 사례'가 붙여졌다.

관객 '대 만원 사례'였다. 그때 그시절 그세월 동두천 보산리길은 흡사 국제 도시같았다. 많은 사람들로 북적이는 보산리 밤거리는 아름다운 네온사인 불빛에 취한 거리다. 미군들과 양색씨들은 밤거리를 흥청이며 누비고다녔다. 이거리는 '잘 살아 보자.'는 생존 경쟁의 거리다.

어떤 사람들은 인생이 불쌍한 양색씨들을 '달러 기계'라고도 불렀다. 좋게 불러서 양색시, 나쁘게는 '양갈보'라고도 불렀다. 보산리 카바레로 딸을 찾으러온 어떤 딱한 어머니도 있었다. 딸이 남쪽섬에서 '서울로 올라가 돈많이 벌어오겠다.'며 집을 나간 뒤 '행방이 묘연하다.'면서 울었다. 그어머니는 '어린 것이 어디서 밥이나 제대로 먹고 있는지, 죽었는지, 살아 있는지?'하며, 목놓아 울고있었다.

이집딸은 '서울역 깡패건달들에게 붙들려서 인신 매매 당해 동두천 보산리 양색씨 포주에게로 넘겨져 몸파는 양색씨가 되었을 거라.'고 하며 통곡했다. '우리딸 좀 찾아 달라.'고 울면서 애원했으나, 한 포주는 '안타까운 일이지만 여기 수많은 양색씨들이 있는데, 어떻게 찾을 수가 있겠느냐'고 했다.

포주아주머니는 그냥 '안타까운 일'이라고만 했다. 가출한 딸의 어머니는 마냥 딸이름을 부르면서 울고만 있었다. 이름을 불러보지만 인신 매매로 팔려오는 소녀들은 본이름을 쓰지않았다. 엉뚱한 이름을 쓰고있다. 본적지와 주소도 가짜로 쓰고있다. 딸을 찾으러 왔던 그어머니는 동두천 보산리 거리를 정신없이 헤매다가 돈이 다 떨어져 결국 포주 주인집 식모노릇이라도 해가며 끼니를 해결해야만 되었다. 딸찾으러 왔다가 양색씨굴에 빠지고말았던 것이다.

동두천 양색씨 촌에서는 이렇게 험하고무서운 삶이 계속되고 있었다 무서운 골목길이다. 이런 험악한 골목담벼락에도 '동두천 극장' '유한 극장' 푸른하늘 초여름 쇼 벽보가 나붙어있다. '장소팔 이응만 쇼' 간판이 걸렸다. '유한 극장' 마테킹에 장소팔 이응만 박노식 황정순 고복수의 얼굴이 크게 그려져 붙어있다.

특별 출연으로 어린 소녀 가수 하춘화 이름도 있다. 동두천 시내에는 자주자주 포스터가 나붙고, 삐라가 뿌려지고, 악극단 밴드 차를 돌리며 북치고, 장고치고 대대적으로 선전했다. 장소팔 이응만의 '배뱅이가 왔구나 쇼'에도 관객이 가득 몰려들어 만원 사례가 붙여졌다.

'유한 극장'은 평일 영화 프로로 미국 재생 프로를 연속 돌려 겨우 현상 유지를 하고있었다. 각 극장에서는 적자 운영을 면하기 위해 탈세를 했다. 세무서에 가서 돈을 주고 매표 검인을 많이 찍어왔다. 그것은 '와이로'(뇌물) 쓰고 매표 검인 숫자 외에 극장표에다 많이많이 검인을 찍어와서 탈세하는 방법이다.

극장에서 탈세하는 방법은 이렇게 간단했다. 매표구에서 표를 팔면 손님이 극장 입구 기도 주임에게 입장권 표를 주고 입장한다. 그표는 다시 한 바퀴 뺑뺑이를 한다. 그때 극장 직원은 그런 식으로 탈세를 많이 하고있었다.

세상은 빨리 변해가고있었다. 문명이 발달하고, 과학이 발달하고, 공업 전자·전신이 급속도로 발전해 집집마다 컬러 텔리비전 방송을 시청하게 되었다. 집집마다 안테나를 달았다.

이젠 안방 극장이 집집마다 '대대 만원 사례'였다. 한국에서 흥행하던 극장업은 이제 하루아침에 문을 닫을 수밖에 없었다.

동두천 보산리 카바레 양색씨촌 골목도 점점 경기가 시들해졌다. 카바레 양색씨들은 안방 극장에 모여앉아 텔리비전을 보면서 돈내기화투를 친다. 통 바깥출입을 하지않기 때문에 영화 산업 경기까지 없어졌다.

미 제7사단 병력도 줄어들었다. 미군들은 비상이 걸려 외출도 금지되었다. 시장 경기까지 죽자, 전처럼 달러가 돌지않고, 달러가 돌지않자 모든 동두천 경기도 땅바닥에 떨어져 점점 살기가 힘들어졌다.

이렇게 한 치앞을 보지 못하고 사는 것이 동두천사람들의 생활이었다. 흥행하던 극장업도 이제 막을 내리자, 나도 밥줄이 끊어졌다. '유한 극장' '동두천 극장'과 윤병일 사장, 이근영 지배인, 사업 부장·선전 부장·기도 주임·청소 부장·매점 청소년 판매원들…이 모든 식구들과도 헤어지게 되었다.

극장에서 4년 동안 생사 고락을 같이하다가 세상이 변하자 헤어지게 된 것이다. 과학이 발전해서 공업화 시대·전자 시대로 갑자기 세상이 돌변하자, 극장 사업은 사양길이 되어 이젠 정말 더는 할 수가 없었다.

대신 안방 극장이 성행했다. 티뷔가 생기고, 나아가 컬러 티뷔가 설치되자 가정 생활 수준도 점점 높아져만 갔다. 여러모로 살기 좋아졌기 때문에 경제도 엄청 발전돼갔다.

동두천 읍도 곧 시로 승격한다고 했다. 그때 막 박정희 대통령이 이민 정책을 활짝 펼쳤다. 인구는 점점 증가하고, 국토는 한정되어 있고, 식량은 부족해서 한국 경제 살리기 운동의 일환으로 벌린 이민 정책은 성공

했다.

　이민 정책도 한국 경제 살리기 운동 중 복합 정책 중의 하나였다. 한국땅에서 살기싫은 많은 국민이 전 세계로 이민을 떠났다. 실로 많은 인구가 해외로 빠져나갔다. 해외로 간 이민자들은 조국을 위해 어려움을 극복하고 많은 노력을 했다. 힘든 이민 생활을 하면서도 조국의 부모·일가·친척에게 달러와 많은 생필품을 사보냈다.

　다른 나라들의 발전상을 조국에 알렸다. 이민자 자녀들은 거의 다 좋은 학교, 유명 대학교를 졸업했다. 학사·석사·박사 과정을 마치고 다시 조국을 찾았다. 그때부터 한국 기술은 세계로 진출할 수 있었다. 이민자들이 세계화의 길 첫문을 열어준 것이다. 이민자들은 '자기들만이 잘살기 위해 떠난 이민길이 아니었다.'는 것을 여실히 보여주었다.

　현재 대한 민국 경제는 세계 제11위 권안으로 들어섰다. 자동차 산업은 7위 권, 기아 자동차도 7위 권, 선박 제조도 1위, '삼성 전자' 1위, 엘지(LG)도 수준 높게 세계 시장을 석권할 수 있었다.

　이렇게 '한국 경제가 도약할 수 있었던 밑거름은 박정희 대통령의 경제 개발 계획에 있었다.'고 아니할 수 없다. 그 산업화의 기치아래 '현대 건설'의 고 정주영 회장, '삼성'의 고 이병철 회장 등 '기업인들의 굳은 신념과 피나는 노력의 대가였다.'고 볼 수 있다.

　더구나 젊은 과학자·젊은 공학자·전자 공학을 전공한 인재들의 힘과 용기가 없었으면 경제가 발전할 수 없었을 것이다. 그리고 대한 민국 국민들이 단합하여 열심히 일했기 때문에 경제가 발전한 것이다.

　젊은 아들·딸들을 가르치기 위한 부모들의 노고는 또 어떠했겠는가. 해외 유학의 길은 아버지·어머니의 위대한 정신적 뒷받침에 의해 이루어진 것이 아닌가. 특히 어머니들의 극성스런 자녀 교육 뒷받침이 있었기 때문에 현재 세계 경제 대국 제11위 권안까지 진출하게 된 것이다. 이것이 대한 민국 국민들의 단합하는 힘이 아닌가.

온국민들은 허리띠를 졸라매고 열심히 일하며 노력하고, 모든 난관을 극복하며 눈물겨운 고비를 참아왔기에 오늘날의 영광스러운 대한 민국 경제가 있는 것이다. 또 농민·노동자·전문 기술자들의 노력의 대가라고 생각한다.

또한 동맹국 미국의 원조와 지원이 있었기 때문에 세계 진출이 열리기도 했다. 즉 미국의 힘이 바로 한국 경제 발전에 간접적으로 큰도움이 되었고, 잘 살 수 있는 길이 열렸다.

인간 세계에서 과거·현재·미래를 생각해 보면 과거가 있었기 때문에 현재가 있다. 현재가 있기 때문에 미래를 생각할 수 있다. 조상 할아버지·할머니가 있었기에 아버지·어머니가 있고, 아버지·어머니가 있었기에 아들딸 자식들이 있다. 할아버지·아버지·손자에 이르기까지 모든 인간사가 역사흐름위에 놓여있다. 내가 지금 무슨 글을 쓰고 있는가. 쓰다가 다른길로 빠졌다. 왜 나의 '자서전 소설'을 쓰다가 옆길로 가는지. 제발 바른길로 가보자.

나는 동두천에서 극장 사업 부장을 하다가 극장이 망하는 바람에 갑자기 밥줄이 떨어져서 당황했다. 여섯 식구가 나에게 매달려 있는데, 밥굶기면 어떻게 하나! 정신을 바짝 차려야만 했다. 많이 배우지도 못하고 42세나 됐으니, 어중띠어서 이젠 취직하기도 힘들었다.

의정부에 사는 동창생을 만났다. 철원 고등 학교 시절의 이야기를 주로 나눴다. 우리 세대는 제2차 세계 대전을 겪고, 또 6·25 동족 상잔의 한국 전쟁속에서 살아나온 옛얘기도 나눴다. 광복 후 강원도 철원은 이북땅이 되었다. 김경환 동기 동창은 그때 대한 민국 공군에 입대했다. 정비병으로 미 공군 정비 기술 학교에서 모범적으로 교육을 받았다. 그는 공군에서 제대한 후 '대한 항공'사에 좋은 성적으로 입사했다는 소식도 들었다.

강진원 동기 동창은 서울 '안국 해상 화재 보험 주식회사' 의정부 지사 주임으로 일하고있다고 했다. 나에게 "너도 놀고있지 말고, '안국 해상 화재 보험 의정부 지사'에 취직해 보라."고 권유했다. 그친구는 '지금 찬밥 더운밥 가릴 때냐'고 했다. 나는 '좀 생각해 보겠다.'고 했다.

'동두천 극장앞 '길다방'에 출입을 잘 하는 그친구는 복덕방 간판 붙이고 가옥 중개업이라도 해보라고 했다.

동두천 읍사무소앞에서 행정 대서하는 친구도 '부동산 업이 앞으로 좋을 거라.'고 하면서, 복덕방 허가를 자기가 내주겠다고 했다. 그로부터 15일 후에 그친구가 복덕방 허가증을 내 손에 쥐여주었다.

나의 집은 '유한 극장' 3거리 가도집이라서 복덕방 간판을 붙여놓으니, 아주 잘 보였다. 강진원 친구는 동두천 생연 4리 나의 집을 방문해 '복덕방 간판붙였네.' 하고는 하는 말이 "잘 되었어. 그옆에 '안국 화재 보험 출장소' 간판 하나 더 붙이면 잘 어울리고 사업도 잘 될 것이니, 이력서 한 장 제출하고 얼른 교육도 받으라."고 했다. 그의 말대로 이력서 한 장 낸 뒤 교육도 받았다. 결과적으로 그친구의 아이디어가 딱 들어맞았다. 가옥 소개하면서 화재 보험도 계약하게 되니, 일거 양득으로 잘 되는 것 같았다.

보험을 하려면 언변도 좋아야 한다. '보험이야말로 사람 만나는 사업이기 때문에 항상 복장 단정해야하며, 항상 웃음으로 고객을 맞이해야 된다.'고 했다. 교육받을 당시 '안국 화재'는 이병철 회장 시대였다.

'첫째 머릿기름 바르고, 정장차림, 와이셔츠 넥타이는 항상 해야 된다. 구두는 늘 반짝반짝 광이 나야 한다. 고객을 만나서 인사할 때는 고개 숙이며 정중하게 인사하라.'고 교육받았다.

동두천 큰건물은 내가 모두 보험 계약을 하게 되어 내 보험 영업 실적은 좋은 편이었다. 극장 총무 부장으로 있었던 것이 큰도움이 됐다. 동네 사람들도 집을 팔고 살 때면 '유한 복덕방'을 찾아왔다.

의정부 권영호 사장이 동두천 '동광 극장'을 매매할 때도 '유한 복덕방'에서 매매 계약서를 썼다. 권영호 사장이 '동광 극장' 새주인이 됐다. 나는 그때 처음으로 큰돈을 만져보았다. 극장 중개 소개비로 그때 돈 40만 원씩 양쪽에서 합해 모두 80만 원 소개비를 받았다.

돈버는 것도 길이 따로 있었다. 42세 반평생길은 극장 흥행업에 종사했다. 그러나 며칠만에 발품·입품 팔아서 평생 처음 이런 거금을 벌어 보았으니, 행운이 따로 없었다.

동창생 친구와 이름난 동두천 쇠갈비집에서 식사했다. 정담을 나누며 재미있는 이야기를 했다. 두 사람은 똑같이 술도 마시지 못하고, 담배도 피지않았다. 무슨 남다른 재미가 있겠는가. 이런 동두천 이름난 갈비집에서 이름난 갈비나 뜯는 것이 낙이라면 낙이다.

'동두천 철원 친목회'에서 철원 중·고등 학교 동창생들을 상면했다. 이중엔 미 제7사단 군속으로 다니는 친구도 있었다. 미 제1군단 통역관으로 근무하는 윤규련이란 친구도 있었다. 오복인이란 친구는 미 제7사단 중장비 정비공으로 근무하고 있었다. 결혼해서 자녀 셋 두고 아름다운 아내와 행복하게 살고있었다.

　박창회 동창은 '길다방' 단골이라고 했다. 거기 '길다방'에 가서 '담소나 나누자.'고 했다. 다방으로 가서 마담에게 커피를 시켰다. 나는 커피 대신 홍차를 시켰다. 그와 지난 날의 이런저런 이야기를 하며, 고등 학교때 고향얘길 하는데, 그친구는 사범 전문 학교에선 제일 예뻤던 민봉순이가 제첫사랑이라며 '무척 보고싶다.'고 했다.

　'어떻게 연애했느냐?'고 물어보았다. 그랬더니, "우연히 북조선 노동당 창립 기념 행사때 정말 우연히 만나 첫눈에 그만 반해 용기를 내어 말을 걸었지. 힘들고 덥지않느냐며 인사를 했더니, 봉순이는 부끄럼없이 말을 받아주며 '많이 더워요!' 라고 말했다."고 했다.

　민봉순이는 명랑하고, 눈빛이 아름답고, 눈도 큰편이었다. 두 사람이 주로 만나던 곳은 학교가는 4거리길이었다. 4거리에서 동서 남북 동쪽으로 가는 길이 철원 고등 학교, 서쪽으로 가는 길은 사범 전문 학교길이었다. 그때문에 그들은 4거리에서 늘 잠깐 만날 때마다 웃으면서 " '열심히 공부하라.'는 말만 했다."고 했다.

　그런 첫사랑이야기를 하는 친구도 이제 40세가 넘은 중년의 아버지가 되어있었다. 그는 첫사랑얘기를 참 재미있게 해주었다. 창희 친구는 유머가 뛰어났고, 친구들에게까지도 인기가 좋은 인물이었다. 그런 첫사랑 재미있는 얘기를 하면서도, 이번엔 더 재미있는 얘기를 해주었다.

　창희 친구가 26세 결혼기에 연애한 담소는 더 열정적이었다. 그는 경원선 서울행 통근 열차로 아침저녁 출퇴근 할 때 퇴근 열차에서 한 아가씨를 자주 만나 알게 되었다.

　열차에서 한 번 만나고, 두 번 만나고 늘 만나던 것이 뜨거운 사랑으로 변했다. 아름다운 아가씨와는 아침 통근 열차에서, 그리고 저녁 퇴근 열차에서 우연히 자주 부딪치며 만났다. 그때마다 서로 반겨주는 눈길은 뜨겁게 부딪쳤다. 그런 인연으로 해서 열정으로 만나주는 명랑한 정순이 얘기였다.

창희는 정순이와 함께 손을 잡고 전곡 한탄 강변으로 여행하며 뜨겁게 사랑을 속삭였다. 그때가 1960년대다. 경원선 열차에서 내려 강변을 걸어가는 그시절을 생각하며 정을 나눈 장면들을 재미있게 얘기했다.

남녀 청춘은 뜨거운 정을 주고받으며 맘껏 그러안고 사랑했다. 정순이는 약혼도 빨리하고, 결혼도 올해 넘기지 말고 빨랑빨랑 결혼하자고 애원했다. 그러나 그 뜨거운 정열적인 사랑은 엉뚱한 여자 한 사람 때문에 그만 수포로 돌아가고 말았다.

창희 청년은 정순이집을 따라갔더니, 그녀는 홀어머니와 단 둘이만 생활하고있었다. 정순이 아버지와 남동생은 6·25 전쟁 때 미군 비행기 폭격으로 비참하게 죽고말았던 것이다. 정순이의 비통한 마음은 이루 말할 수가 없었다. 이 때문에 그녀는 늘 설움에 잠겨있었다. 정순이와 그녀 어머니는 외롭게 살고있었다.

창희는 정에 끌려 정순이네 그집에 자주 찾아갔다. 창희는 키도 훨씬 크고 미남형으로 잘 생겼다. 창희는 유머가 뛰어나고, 언변도 남달리 좋았고, 웃기는 이야기까지 곧잘 하며 익살도 잘 떠는 미남 청년이었다.

장차 장모가 될 예비 장모는 한 남자를 그리워하는 48세의 멋쟁이 예비 장모님이었다. 어느 날 저녁 맛있는 호떡과 만두를 사들고 사랑하는 애인 정순이가 보고싶어서 그집을 찾아갔다.

예비 장모는 '작은아버지 댁에 심부름을 보냈는데, 곧 올 테니 방에 들어와서 기다리라.'고 했다. 저녁 8시 9시가 되어도 정순이는 오지않았다. 예비 장모는 놋대야에 물을 떠와서 '발을 씻으라.'고 했다. 창희는 세수하고, 발씻고 방에서 기다렸다. 예비 장모는 '심심한데, 화투나 치자.'고 하였다.

그집에 놀러갈 때면 예비 장모와 정순이와 창희는 자주 화투를 쳤다. 그날은 밤늦게, 화투를 치고있는데, 예비장모는 무슨 일이 있었는지, '내일아침에 올 것같다.'면서 '자고 가라.'고 했다. 아랫목에 요를 깔아주고 이불을 펴주며 '여기서 자라.'고 했다. '편안히 자라.'고 했다.

예비 장모와 그는 함께 맛있는 호떡만두를 먹었다. 그래도 '늦게라도 정순이가 오겠지.' 하고 기다렸으나 정순이는 오지않았다.

할 수 없이 창희는 잠자리에 들었다. 잠이 오지않았다. 새벽에야 잠이 들었다. 그런데, 왠일일까? 옆에 정순이가 왔나 했다. 뜨겁게 몸이 달아있는 예비 장모가 와락 그러안으며 불을 질렀다. 음양(- +) 전기 불꽃이 번, 번쩍 튀었다. 예비 장모는 그를 그러안고는 놓아주지않았다. 불길에 휩싸인 두 남녀의 열기는 뜨거워졌다.

새벽 첫닭이 울었다. 친구는 '청춘의 그추억이 평생 잊을 수 없는 죄책감으로 남아 마음이 늘 편안하지않았다.'고 했다. 친구들의 의견은 '예비 장모가 얼마나 남자가 그리웠으면, 예비 사위를 따먹었을까?' '그때 그세월은 큰죄를 저질렀다.'고 창희는 말했다.

남녀 성인의 본성이 욕구를 참지 못하고, 순간적으로 뜨겁게 불붙었다고 생각했다. 옛날에도 그런 성폭행이 있었다. 성의 욕구는 이렇듯 참을 수 없는 걸까? 창희 친구는 '그길로 서울로 가서 행방을 감추고살았다.'고 한다. 그리고 그런 세월이 지금은 햇수로 47년이나 흘러갔다.

옛날이야기에도 이런 비슷한 이야기는 있었다. 동두천 '경일 목욕탕'의 '돈·돈·돈'하는 사장 친구는 우물안 개구리였다. 돈을 많이 벌어서 해외 여행도 다니고, 즐겁고 기쁜 날을 계획하며 생활해야 되는데, 바깥세상을 까맣게 모르고 그냥 돈버는 재미에만 묻혀지내고있었다. 그러다 그 친구는 김이 빠졌다. 허리는 꼬부라지고, 다리에는 힘도 없이 '경일 목욕탕'에서만 늘 맴돌고있었다.

동두천은 이제 경기도 내리막길이었다. 미 제7사단 병력도 감축되고, 미군 철수 문제도 논의되고있다. 신문 기사에도 이런 문제가 자주 오르내리기 때문에 경기가 없어져 장사도 잘 되지않았다.

나는 해외 이민을 생각하고있었다. 미국도 생각해보고, 독일 이민도 생각해봤으나 마음대로 되지않았다. 미국엔 연고자가 없었다. 해외 이민 브로커들은 돈을 벌기 위해 안되는 일이 없이 모두 다 된다고만 했다.

이민을 떠나겠다는 생각을 하게 되니, 마음만 조급해졌다. 서울과 의정부를 오르내리며 다방 출입이 늘어났다.

다방에 한 번 들어가면 나올 줄을 몰랐다. 커피 한 잔 마시고, 다방 마담과 잡담을 한다. 또 '쌍화차' 두 잔 시키고, 마담과 쓸데없는 이야기를 한다. 마담은 매상을 올리기 위해 손님이 오면 꼭 마주 앉아서 차를 두 잔씩 시킨다.

이렇게 이민 바람이 불어서 마음이 들떠있었다. 브로커들은 다방으로 자주 손님들을 만나려고 찾아온다. 김인호 브로커는 남미 농업 이민이 열렸는데, 브라질, 아르헨티나, 파라과이 중에 농업 이민을 신청할 수 있다고 했다.

미국 이민을 가기로 아내와 약속했는데, 미국은 갈 수가 없다고 했다.

목적지는 미국인데, 이게 웬말인가. 계획이 어긋났으니, '남미라도 가야지 않겠냐'며 아이들과 아내랑 의논했다.

만딸은 이화 여고 1학년이었고, 둘째아들은 경신 중학교 3학년이었다. 셋째아들은 수유 초등 학교 6학년이고, 막내딸은 수유 초등 학교 3학년에 다니고있었다.

아내는 '이렇게 어린 것들을 데리고 남미로 가는 것은 희망이 없다'고 했다. 아이들은 미국을 원하고 있는데, '미국 이민길은 가망이 없다'고 했다. 이민을 가느냐, 마느냐. 나는 아이들과도 의견이 맞지않았다. 아이들은 끝까지 미국이었고, 우리 내외는 남미 파라과이라도 좋은 곳이라며 서로 의견이 대립되었다.

이민바람은 잠자지않았다. 해외바람은 우리 가족에게는 '남풍'이냐 '북풍'이냐, 쌍갈래길이었다. '북풍'은 미국, '남풍'은 남미였다.

'북풍'보다 '남풍'이 따듯하고, 훨씬 더 아름다운 곳이다. 남 어메리커 파라과이는 후진 국가지만, 먹고사는 데는 좋은 나라이다. 춥지않아 얼어죽을 염려도 없다.

추운 캐너더 같은 나라는 먹지도 못하고 돈도 떨어지면, 꽁꽁 얼어죽을 수밖에 없는 나라. 이와 반면 '남미땅은 4시 4철 농사짓고 목축업에 종사할 수도 있다.'고 했다. 큰딸 희숙, 만아들 충렬, 둘째아들 충성 작은딸 희경과 우리 내외 여섯 식구는 중대한 가족 회의를 했다.

남미 이민은 반대가 4, 찬성이 2로 아버지·어머니는 그만 4대 2로 지고말았다. 몇날 며칠을 좋은 이야기만 해주며 납득을 시켰다. '첫이민은 남미 파라과이, 재 이민은 미국으로 갈 수 있다.'고 설득했다. '먼저 남미로 이민 가서 스페인 어를 배우고 나서 영어 공부도 하고, 또 미국으로 가서 새출발하자.'고 납득시켰다.

우리가정은 이민의 길을 놓고 여러날 가족 회담을 했다. 한 가정의 길은 하나로 가야지, 너는 미국, 나는 남미-이렇게 마음이 다를까? 우리는 '다시 가정 회의를 하자.'고 했다. 제6차 가족 회의 회담은 만장 일치로 통과되었다.

드디어 남미 이민길을 떠나게 되었다. 이민보따리를 짊어지고 남미 파라과이로 가기 위해 대한 민국 김포 공항을 이륙한 때는 1975년 가을—하늘조차 유난히 맑은날이었다. 맑고 아름다운 창공으로 우리가족 여섯 명은 이민 비행기를 타고 희망차게 남미로 날아올랐다.

이글을 쓰고 있는데, 2005년 2월 2일 미국 부시 대통령의 국정 연설 장면이 티뷔(TV)에 비쳤다. 필자는 부시 대통령 '새해 제2기 연설'에 그만 감동을 받았다. '미 합중국은 국가와 민족을 위해 평화와 자유 민주 주의 국가 건설 10년 20년 미래를 바라보고 온미국 군민과 공화당·민주당은 함께 단합해 미국 국민들과 같이 다 함께 잘 살 수 있는 길을 찾아 나서야한다.'고 했다. 그러자면 세계 평화와 국제 테러 소탕 문제와 이라크 총선을 잘 치러서 좋은 성적으로 선거를 마치기를 기도했다.

미국은 이때 동맹 국가들과 손잡고 자유 민주 주의 평화 건설을 외쳤다. 열정적으로 부시 대통령은 국정 연설을 계속 했다. 미국 부시 대통령 국정 연설에 박수가 56번이나 끊어지지않고 쏟아져 울려퍼졌다. 기립 박수는 무려 30회나 터졌다. 나는 이자전 체험 전기 소설을 쓰다가 그만 넋을 놓고 중단한 채 부시 국정 연설 티뷔(TV) 장면만을 시청했다.

미국은 과연 청교도 신앙으로 똘똘 뭉쳐져 있었다. 미 합중국 초대 대통령 조지 워싱턴 이하 역대 대통령 들은 영원히 그정신들이 살아서 환한빛을 비추고있었다. 전 빌 클린턴, 부시 대통령은 선거 공약을 지켜 세계 평화를 이룩할 것을 약속했다. 미국 자유 민주 주의 국가 건설에 총력을 다하고, 테러가 없는 세계 평화를 이룩하는 것도 약속했다.

미국 정치인들 즉 공화당·민주당 당원·하원 의원·상원 의원 들은 과연 멋진 신사들이었다. 미국은 과연 하느님의 축복을 받은 나라였다.

청교도 신앙 정신을 본받아 이룩한 '미 합중국 나라답게 주님의 빛 영원히 광명의 빛으로 7배나 더 밝게 비추리라.' 생각했다.

우리 대한 민국 대통령 이하 정치인들－국회 의원·열린우리당·한나라 당원들은 이런 미국을 주시하기 바란다. 미국 부시 대통령의 국정 연설에도 공화당·민주당은 다함께 기립 박수다. 끊어지지않고 기립 박수가 계속되는 것을 보았는가. 미국 정치인들과 미국 시민들은 굳게 하나로 뭉쳐있다.

다른 나라들도 세계 강대국이며, 선진국이며, 평화를 사랑하는 이미국을 본받아야 될 것이다. 대한 민국 대통령과 정치인들은 미래를 바라보고 정치를 해야지, 과거를 자꾸 들춰내어서 무엇이 되겠는가.

여당·야당은 온대한 민국 국민의 뜻에 따라 정치해야 하나로 뭉쳐진다. 그래야 계속 경제 성장을 이룩할 수가 있다. 우리 대한 민국도 이젠 조국 발전에 일심 단결해 노력하면 하느님도 광명의 빛을 7배나 더 내려줄 것이다.

온국민이 행복하게 미래를 바라보고 잘 살 수 있는 길이 열리도록 하늘에 대고 하느님께 두 손 모아 기도라도 하자. 우리 인생의 삶은 누구라도 신실하고 성실하게 생활하면 다같이 행복하게 잘 살 수가 있다.

내 고향은 강원도 '구철'이다. '구철'은 '구철원'이란 뜻이다. 1950년 6·25 한국 전쟁이 터진 뒤 3년 7개월 간의 세월을 생각하면 피가 끓어오른다. 길고긴 흘러간 세월이다. 글을 쓰면서 돌이켜 생각하면 그 고통 그 슬픔 그 외로움 그 그리움 그 굶주림 그 헐벗음 그 추위를 다 어떻게 견뎌왔을까싶다.

엄동 설한 얼어죽은 사람, 굶어죽은 사람들도 많았다. 한국 전쟁(6·25 전쟁)으로 강원도 구철원 넓은 땅, 곡창의 땅, 아름다운 산천 금학산·구암산이 자리잡은 땅, 북녘에서 흘러내려오는 북한강줄기 언덕의 '고석정 평풍바위 소나무는 우두커니 서서 조국을 부르고 있겠지.

구철원 아름다운 실버들나무들도 잘 있는지. 실버들나무는 두 그루였다. 철원역 기차 승강장 구름다리 철로, 경원선 역앞 원형 상나무·도장나무·곰보돌은 아직도 제자리에 놓여있는지. 꽃은 봄이 되면 개나리꽃·진달래꽃이 핀다. 철원 금강산 전철 광관객을 기쁘고 행복하게 해주는 꽃이 핀다.

꽃이 피어난 봄날은 자유·해방의 기쁨을 수 놓아주는 듯 했다. 구철원 시대는 대일 저항기(대일 항쟁기:항일기)에 이미 일본인들이 철원 시대를 열어놓았다. 시내에는 고층 건물이 들어서고, 철도국 사택과 병원이 들어섰다. '금강 여관' '경성 여관' '원산 여관' '평양 여관' '철원 여관' '김화 여관'들이 생겨서 여행객들을 맞았다. 금강산 관강객들은 하룻밤 여정을 풀고 떠날만큼 시설이 좋았다.

그때 그시절 금강산 행 전철을 타고 여행한다는 생각을 해본다. 한국 전쟁(6·25 전쟁)도 상상해 본다. 그때 유엔 군 전투기, 미국 비29(B29) 비행기, '쌕쌕이' 전투기, 중폭격기는 번갈아가며 강원도 구철원역을 집중 폭격했다.

북쪽으로 뻗어가는 철도는 비29(B29) 비행기가 폭격했다. 철원역 철가치는 하늘높이 떠서날아갔다. 철길 군데군데는 원형웅덩이로 변해버렸다.

구철원 시내도 불바다로 변했다. 건물이란 건물은 모두 불에 다 타버렸다. 많은 철원 민간들이 폭격에 맞아 폭풍으로 날아가버렸다. 죽은 시체조차도 찾지 못했다. 이글을 쓰면서 지나간 세월을 생각하니, 눈물이 저절로 흘러내린다.

많은 사람들이 남조선 자유의 나라로, 희망의 나라로 내려왔다. 피난민 길은 고통의 길이었다. 나는 최전방 케이에스시(KSC) 노무자 생활도 전방 고지에서 혹독하게 겪은 사람이다. 그곳에서 식량·물·탄약을 운반하기도 했다.

나는 눈물의 일선 고지, 노무자 고지 생활을 끝마치고 사랑하는 하원석 소위의 도움으로 자랑스런 대한 민국 해군이 되었다. 용감한 해군 시험에 합격한 기쁨을 일생 잊어버리지는 못했다.

하여튼 행복한, 지나간 세월이다. 평생 80대 노병으로 미국 엘에이(LA) 재향 군인회 회원이 되었다. 매년 6·25 전쟁 기념일엔 유엔 군으로 참전했다가 부상 당한 미국 상이 용사들과 함께 엘에이(LA) 지역 병원을 방문한다. 대 향군 회장 이하 향군 회원들은 다같이 아직도 병원에 누워있는 상이 용사들을 위문하며 돕고있다.

끝으로 이글 맺으려니, 철원 구 역전 시내가 훤히 내 눈앞에 보인다. 지금은 찾아볼 수 없는 농토·논밭이 되고말았지만 그래도 봄이 오면 그때 그시절 실버드나무꽃 한 쌍은 실바람에 흩날리고 있을 것이다.

9.시 부 ─────────── 우리 아버지/부록·2

우리 아버지

파란 하늘바다의 해군 용사

노병은 숨쉬고

통일의 그날

문학 선생님

조랑말 나무장수

철마는 꿈을 싣고 달리고싶다

이산 가족의 눈물

철새의 고향 철원

우리 아버지

북녘땅 하늘 바라보고

슬피 울면서

수백 번 수천 번 외쳐 불러봐도

철조망에 메아리로 걸려 되돌아오는 아버지.

하늘땅 사이

쌓이고쌓여

채우도록

불러도 넓은 가슴

비워지지않는 우리 아버지.

그리워 불러보며

울어봐도

북녘하늘은 대답이 없어.

외쳐 목놓아
불효자는 목이 부풀어오르도록
외쳐 목놓아 웁니다.
울어도 울어도 남아있는
불효자의 설움은 눈물바다,
통일의 길은 멀고
어머니 사랑을 노래합니다.

우리아버지 아버지
하늘에 닿지 못해
당신의 혈육 망향에
향을 사르고
두 손 모아 하느님께 기도합니다.

하늘 향해
이산 가족 상봉 빌며 목놓아 웁니다.

파란 하늘바다의 해군 용사

푸른하늘 파란바다

3면의 바다나라

대한 민국 함대 사령부 해군 진해 군함지,

봄벚꽃 피고

바다의 용사 세라 복

아름다운 꽃

해군은 용감했다.

늠름한 미남 해군

용감한 의리의 사나이 해군

동해 남해 서해바다

철통같은 바다의 왕자

충무공 이순신 장군 정신 본받아

5대양 6대주를 건너다닌다.

파도와 싸우는 갈매기와 함께
해군은 노래한다.

동해바다 푸른하늘 푸른물결
억센 파도와 갈매기
서해바다 백령도 · 대청도
소청도 · 연평도 · 대연평도 · 소연평도 바다
5대섬 우뚝 서서 아름다워
백설 모래섬 해군 용사들
주야로 바다와 싸운다.

적함이 나타나면 애국한다.
즉시 공격하는 해군
국가와 민족을 위해 목숨을
정신을 아끼지않고 싸운다.
용감한 해군 영원한 용사들
바다의 물개용사
갈매기와 노래하며
용감히 싸우는 해군 용사다.

노병은 숨쉬고

조국 무궁화 동산
햇빛 비쳐오는
아름다운 무궁꽃
꽃이 피었다.

용감한 노병은 영원히 살아
살아서 충성하고
조국과 민족을 위해
목숨을 아끼지않았다.
노병은 싸웠으며
노병은 영원히 숨쉬었으며
노병은 영원히 조국을 부른다.

자유는 저절로 주어지는 것이 아니다.

조국과 민족도 그저 안겨지는 게 아니다.
대한의 아들딸
육해 공군 조국의 땅
적들과 싸워서
목숨을 바쳐서
싸워서 얻어낸 것이다.

영원히 우리 아들딸들의
대한 민국
자유 민주 주의 나라
사랑하는 마음
한마음으로 노병은 살아있다.
영원히 길이 빛나며 살아있다.

무궁화꽃 피고
바람불고
노병은 쉬지않고 살아있다.
영원히 영원히 노병은 숨쉰다.

통일의 그날

푸른하늘 가을구름 햇살이 멀다.
5곡이 무르익는 결실의 계절
아름다운 조국의 황금빛 농토들
가고파 가고파도
가지 못하는 심정
먹구름에 소낙비 쏟아져내린다.

머나먼 이국땅에
뿌리내려 꽃피는 그날
행복은 찾아오리.
겨레의 소원
7천만 겨레의 소원
머지않아 조상님 얼
남북 통일은 찾아오리.   <

무궁꽃 피는 그날
이산 가족 만나 춤추리.
얼싸안고 춤추리.
머지않아 7천만 겨레
통일은 오리니,
꽃피는 그날 그때가 오면.

땅도 금빛이로다.
황천 밝은 빛 비추며
통일의 그날
온천지 흔들리리니,
한민족의 우렁찬 만세소리
진동하리, 진동하리라.

문학 선생님

세월은 변하고
산천은 60년이 흘러가고
고등 학교 3학년 문학 선생님 생각이 난다.
제일 좋아하는 문학 시간 기다리다보면
교실에 들어서 환히 웃으시던 김 선생님
스승은 김소월 시를 많이 읊어주셨다.

책상줄따라 걸으시며
구슬픈 음성으로
'못잊어 생각이 나겠지요
그런 대로 한 세상 지내시구려.
사노라면 잊힐 날 있으리이다.'
…이렇게 읊어 주셨다.

그세월 배움의 날은

까맣게 흘러가고
어느새 나는 시를 쓰고, 소설을 쓰고
문학 박사 되겠다던 나의 꿈은
사느라 웃고우는 사이 사라졌지만
'희망찬 글을 쓸 것이다.'
그 꿈 또한 6·25 전쟁이 다 앗아갔다.
슬픔의 전쟁
'철의 3각지' 피에 물든 전쟁
그 전쟁의 포화속으로 다 날아가버렸다.

내 고향 철원,
'철의 3각지'는 피에 물들었다.
고귀한 생명들도 가버리고
문학 선생도 북에 계신지, 남에 계신지
남북 어디에 계신지도 모르고
천국 어디쯤 계신 지도 알 수 없는
밤길을, 인생길을 걸어간다.

별처럼 아름다운 삶을 산
나의 스승님
별처럼 이세상을 밝혀주고, 비쳐주고
어디라도 살아 계시리라 믿는다.

*늦깎이 제자는 60이 넘고나서야 시인이 되고, 명예 문학 박사가 됐다. 이젠 80이 되도록 시도 쓰고, 소설도 써서 책을 내게 되니, 이것 또한 두루두루 고마운 일이 아닐 수 없다.

조랑말 나무장수

먹구름낀 피난민 열차
기차 화물통뒤에 달려 전주역까지가다.
전주 역전에 떨어져
제사 공장 피난민 수용소 거적때기 깔고앉다.
새우잠 자고나니,
경기도·강원도 피난민 수용소였다.

피난민은 지게꾼
피난민은 나무장수·새우젓장수
어떤 사람은 식모로 일하고
거렁뱅이짓도 있었다.
'목구멍이 포도청'이라
굶어 죽을 수는 없는 일이다.

각자 각자
가지 각색 일들을 하며
피눈물을 흘리며
혹은 슬픔에 잠기며
수용소 생활을 한다.

그런 저런 세월들도
잠깐사이에 가버린다.
하지만 전쟁은 아직도 끝나지않고
서울거리 자동차 전쟁처럼
감투싸움처럼 끝도 밑도 없다.
정신을 차리지않으면
지게꾼·조랑말 나무장수라도
새우젓장수라도, 거렁뱅이짓보다는 낫다.

그러나 전쟁이 나지않았더라면
내 언제 피난민 기차 화물통위에 타고앉아
저 남쪽 전주에까지 가보았겠나.
갈 수도 없을 뿐더러
내 팔자에 갈 시간도 없었을 거다.

그러나 이제 더 한 번만 피난민되면
우리나라도 찾을 수 없고

대한 민국 백성도 찾을 수 없다.
온국민・정치인들은
정신정신 다시 한 번 차리고
제발제발 '단결'해야 한다.
'뭉쳐야 산다.'
다시는 한국 전쟁이 없어야 살 수 있다.

철마는 꿈을 싣고 달리고싶다

남과 북을 끊어놓은 철원 월정리역 그 어디쯤
쓰러진 채
녹물로 역사를 쓰고있는 철마가 있다.
벌겋게 벌겋게 엎드려있다.

휴전선 철조망 콘크리트 방어탑은
철원 휴전선
길에 누워있다.
저렇게 긴 철조망은
동서로 저렇게 길게 누워있는 철조망은 못보았다.
한국의 휴전선 여기서 밖엔 못보았다.
엎드린 콩크릿 길도 길기만 하다.

한국 관광객은 손흔들며 지나간다.
하나같이 빈손 흔들며 지나간다.
북쪽 평강 평야를 바라보고
눈물에 젖는다, 늙은이들은.   <

불어오는 남풍에 고개숙인다.
잡초는 반쯤 고개 숙인다.
녹슬지않은 철조망엔
녹슨 철모가 하나 걸려있다.
벌겋게 구멍 뚫린 철모 하나 걸려있다.

서울에서 기차를 타고 철원으로 간다.
철원 월정리역으로 달린다.
철마는 기적을 울리며
내고향 철마는 기적을 울리며
원산을 향해 철원으로 철마는 달리고싶다.

아버지·어머니가 살아계실지도 모르는
원산역으로 기적을 울리며
내 생전 한 번이라도 가보고싶다.

철마는 꿈을 싣고 달리고 싶다.
꿈을 안고 생존하는 까닭에…

이산 가족의 눈물

나라도 한 나라
민족도 한 뿌리
뿌리도 한 핏줄
한민족의 피
한핏줄이다.

땅도 하나
하나의 땅
바다도 하나
하나의 조국
하늘도 하나
이산 가족의 눈물
하늘도 땅도 바다도 하나
남쪽땅 북쪽땅도 한겨레땅이다.

우리 민족은 한아비의 자손
백의 민족의 한핏줄이다.

남과 북이 갈라진 것도
다 누구 탓이랴.
그 누구의 탓도 아니다.
푸른하늘 푸른땅 탓이다.
마음을 비우고
손을 잡고 손뼉을 쳐야 한다.

이제 우리 서로의 마음
하나사랑 마음으로 한마음되어
이산 가족 사랑으로 한을 풀고
3천 리 금수 강산 부모 형제 만나
남북이 하나로 하나의 땅
하나의 민족으로 다시 태어나
남남 북녀 통일꽃 피우고
남남 북녀 다같이 일어날 일이다.

철새의 고향 철원

철새의 고향 철원
황금들에는
두루미·황새·기러기의 황금들
겨울이면 어김없이
고향 찾아오신다.
약속이나 한 듯
푸른하늘 푸른산천 찾아오신다.

하늘에는 남북이 따로 없듯이
철새들도 남북이 따로 없다.
두루미가 어디 남북을 가리는가.
황새·기러기가 어디 고향을 가리는가.
남북 서로 오가며 날고있다.

황새가 날고있다.
두루미가 날고있다.
기러기가 날고있다.
청둥오리 · 독수리
7천만 남북 가족이 날고있다.
통일 그날을 기다리며
철책선도 민통선도 필요없다며 날고있다.

내 고향하늘아래
눈부신 햇빛 비치면
철원 남쪽엔 금학산 북쪽엔 구암산 찬란하다.
남녘 굽이굽이 '고석정' 푸른 물굽이
고운 하늘땅 무궁꽃 핀다.

'백마 고지' 젊은 들꽃들도
철원 가을바람에 피고지며 울 때
인생은 가고 들국화도 서리밭에 외로이 핀다.
산명호 기러기 날개아래
낚시꾼들 돛단배도 푸른하늘로 날아오른다.
농민들의 가을바람
철원벌 들국화도 고향잠에 취해 하늘거린다.

철새의 고향 철원이 꽃피어 아롱거린다.

유 용 수(柳龍秀)──약력

- 1933. 12 6. 강원도 철원 출생. 명예 문학 박사.
- 1975. 남미로 이민.
- 1987. 미국으로 재이민.
- 남가주 미수복 강원도 도민 회장 역임.
- 대한 민국 재향 군인회 미서부 지회 이사.
- '해외 문학' 신인상 시부 당선.

- 2000. 가을. 제37회 '계간 自由文學' 신인상 시부 당선.
- 해외 문학 문인 협회 부이사장 역임.
- 한국 문인 협회 회원.
- 한국 자유 문인 협회 회원.

- 첫시집 '무궁화꽃 이산 가족의 눈물'
- 제2시집 '아버지의 사랑'.
- 단편 소설집 '어머니들은 南美에서 울지않았다'.
- 체험 전기 장편 소설 '고향 철원 실버드나무꽃 한 쌍'(2013. 도서 출판 天山).

- 740 S. OLIVE ST. APT.826. LOS ANGELES, CA. 900014 U. S. A.
  Yoo, Young Soo(213-622-2062)

天 山 소설선 ②
4346('13). 7. 27. 박음
4346('13). 7. 30. 펴냄

유 용 수 체험 전기 소설
고향 철원 실버드나무꽃 한 쌍

지은이 유 용 수
펴낸이 申 世 薰
잡은이 신 새 별
판본이 신 주 원
판든이 李 書 彬
펴낸데 도서출판 天 山
100-273. 서울시 중구 서애로 27(필동 3가 28-1). 서울 캐피탈빌딩 302호
'自由文學' 출판부.
등록 1991.10.31. 제1-1269호
☎745-0405 Ⓕ764-8905

ISBN 978-89-85747-49-3 03810
*잘못된 책은 바꿔드립니다.

값 10,000원